우리
소설
알짜읽기

스스로 생각하고 표현하는 독서의 길잡이

우리 소설 알짜 읽기

2014년 7월 15일 초판 발행

엮은이 현상길 ◎ **펴낸이** 안대현 ◎ **펴낸곳** 풀잎 ◎ **등록** 제2-4858호

주소 서울시 중구 필동로8길 61-16 ◎ **전화** 02_2274_5445/6 ◎ **팩스** 02_2268_3773

디자인 디자인스튜디오 203 대전

※ 잘못된 책은 바꾸어 드립니다

ISBN 979-11-85186-07-8 (부가기호:44810)

ISBN 979-11-85186-06-1 44810(세트)

이 도서의 국립중앙도서관 출판예정도서목록(CIP)은 서지정보유통지원시스템 홈페이지(http://seoji.nl.go.kr)와
국가자료공동목록시스템(http://www.nl.go.kr/kolisnet)에서 이용하실 수 있습니다. (CIP제어번호 : CIP2014019832)

우리 소설 알짜 읽기

중학생용 1

현상길 엮음

이 책의 좋은 점과 활용법

이 책의 좋은 점

- 국어교과서에 실린 우리 소설 중 청소년의 성장에 도움을 줄 수 있는 알짜 작품들을 가려 뽑아 실었습니다.
- 국어교과서에 수록된 유명 작가들의 교과서 밖 명작들을 엄선하여 심화 읽기를 돕도록 하였습니다.
- '준비 → 집중 → 읽기 → 마인드맵 → 정리 → 문제풀기 → 감상쓰기'의 단계를 통해 스스로 독서하는 능력을 키울 수 있게 하였습니다.
- 작가 이해와 작품 읽기에 도움이 되도록 '작가 프로필'을 실었습니다.
- 1권은 조금 짧고 쉬운 작품, 2권은 중간단계의 작품, 3권은 비교적 길고 내용의 깊이가 있는 작품들로 구성되어 수준별 읽기에 좋습니다.

이 책의 읽기 단계 활용법

- **작가 프로필 :** 작품을 읽기 전에 작가가 어떤 분인지 알아봅니다.
- **준비(읽기 전에 알아두자) :** 작품의 개요에 대하여 읽기 전에 알아둠으로써 내용 이해에 도움을 받을 수 있습니다.
- **집중(이것만은 꼭 생각하며 읽자) :** 이 부분을 잘 기억하고 있으면 끝까지 초점이 흐트러지지 않고 읽을 수 있습니다.
- **본문 읽기 :** 처음부터 끝까지 한 번에 집중하여 읽는 것이 좋습니다. 모르는 어휘는 각주를 참고하거나 사전을 찾아봅니다.

•**마인드맵 그리기 :** 작품을 읽은 후, 글의 요소들(인물, 사건, 배경 등)을 마인드 맵으로 그리면서 내용을 돌이켜 봅니다. 다음 예시를 참고하여 자신만의 개성 있는 마인드맵을 그려 보세요.

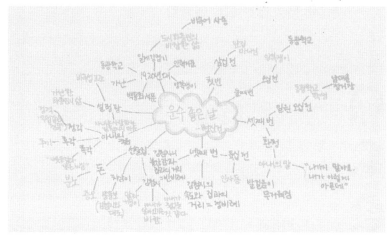

•**줄거리·주제·핵심 정리 :** 줄거리와 주제는 혼자 작성한 후에 책의 것과 비교해 보고, 핵심 내용은 잘 이해해서 기억해 둡니다.

•**문제 풀기 :** 스스로 답을 찾고 모범답과 비교해 봅니다. 서술형 답은 반드시 주어와 서술어가 있는 문장으로 써 보세요.

•**감상 쓰기 :** 작품을 읽은 후 인물에게 하고 싶은 말, 작가에게 보내는 편지, 또는 알게 된 점이나 느낀 점 등을 자유롭게 써 봅니다. 인상 깊은 장면을 컷이나 만화로 그려도 좋습니다.

　학창시절에 매일 독서하는 습관을 기르는 것은 매우 중요한 일입니다. 독서 습관이 형성되면 여러분은 평생 책과 함께 행복한 삶을 누리게 될 것입니다. 이 책이 여러분 스스로 독서하는 습관을 형성해 나가는 데 도움이 되기를 바랍니다.

2014년 7월
현 상 길

차례 Contents

우리 소설 알짜 읽기 제 1 권

차례 Contents

01

운수 좋은 날

 현진건 (玄鎭健, 1900~1943)

현진건 玄鎭健

1900~1943

일제 강점기 시대의 소설가, 언론인. 「운수 좋은 날」, 「술 권하는 사회」, 「고향」 등 20편의 단편소설과 7편의 중·장편소설을 남겼으며, 일제 식민지 치하 민족 수난기의 삶을 객관적인 현실 묘사 중심의 작품으로 표현한 한국 리얼리즘의 선구자임.

연보

- 1900년 8월 9일 경북 대구에서 4형제 중 막내로 출생
- 1912년 12세의 나이로 일본 도쿄의 세이죠 중학교에 입학
- 1915년 이순득과 결혼
- 1917년 도쿄에서 독일어 학교 졸업
- 1920년 중국 상하이 호강대학교 졸업
- 1921년 조선일보사 입사, 1927년 동아일보사 입사
- 1936년 손기정 선수의 사진에서 일장기를 삭제한 '일장기 말소 사건'으로 1년간 투옥
- 1939년 동아일보사 학예부장으로 복직, 장편소설 「흑치상지」 연재 중 일제의 강압으로 중단
- 1943년 4월 25일 장결핵으로 사망

❶ 현진건은 '일장기 말소 사건'에서도 알 수 있듯이 침략자인 제국주의 일본에 대한 저항의식을 드러내었던 소설가로서 그의 작품들은 대부분 일제의 지배하에 놓인 식민지 민중들의 삶을 사실적으로 묘사하였다. 또한 「빈처」, 「술 권하는 사회」 등에서는 식민지 시대 지식인의 모습을 드러내었으며, 「운수 좋은 날」 등에서는 하층민들의 삶을 사실감 있게 표현하였다.

❷ 현진건은 이광수의 작품들이 신소설류의 구식 문장과 계몽사상에서 탈피하지 못했던 것에 비해 본격적인 근대 서구식 문장과 사실주의 경향을 한국문학에 성공적으로 들여 놓았다는 평가를 받고 있다.

주요 작품들

빈처(1921)	술 권하는 사회(1921)
할머니의 죽음(1925)	B사감과 러브레터(1925)
불(1925)	무영탑(1938)
적도(1939)	흑치상지(1939,미완성)

준비

"읽기 전에 알아두자."

「운수 좋은 날」은 1924년 6월 「개벽」에 발표된 단편소설로 일제 강점기 시대의 한 인력거꾼의 비극을 통하여 가난한 하층민의 비참한 현실을 고발한 작품입니다. 이 소설은 현진건이 흔히 쓰는 아이러니(반어)의 기법을 쓰고 있는데, 인력거꾼 김 첨지가 가장 운수 좋은 날이라고 생각한 그날이 바로 아내가 죽은 비극의 날이 되고 있지요. 김 첨지의 생활은 식민지 조선의 실정을 상징적으로 보여주고 있습니다.

집중

"이것만은 꼭 생각하며 읽자."

이 작품은 1920년대 일제 식민지 시대에 서울 동소문 안에 살던 인력거꾼 김 첨지의 어느 '운수 좋은'(?) 비극적인 하루를 통해 당시대 도시 하층민의 비참한 생활상을 드러내고 있습니다. 작품의 제목과 내용을 비교해 보고 작가가 왜 이러한 제목을 붙이게 되었는지 생각하며 읽어 보세요.

운수 좋은 날

-
-
-

새침하게 흐린 품이 눈이 올 듯하더니, 눈은 아니 오고 얼다가 만 비가 추적추적 내리었다. 이날이야말로 동소문 안에서 인력거꾼 노릇을 하는 김 첨지[1] 에게는 오래간만에도 닥친 운수 좋은 날이었다. 문 안에(거기도 문밖은 아니지만) 들어간답시는 앞집 마나님을 전찻길까지 모셔다 드린 것을 비롯하여 행여나 손님이 있을까 하고 정류장에서 어정어정하며 내리는 사람 하나하나에게 거의 비는 듯한 눈길을 보내고 있다가, 마침내 교원인 듯한 양복장이를 동광학교(東光學校)까지 태워다 주기로 되었다.

첫 번에 삼십 전, 둘째 번에 오십 전—. 아침 댓바람[2]에 그리 흉하지 않은 일이었다. 그야말로 재수가 옴붙어서 근 열흘 동안 돈 구경도 못한 김 첨지는 십 전짜리 백통화 서 푼, 또는 다섯 푼이 찰깍하고 손바닥에 떨어질 제 거의 눈물을 흘릴 만큼 기뻤다. 더구나 이날 이때에 이 팔십 전이라는 돈이 그에게 얼마나 유용한지 몰랐다. 컬컬한 목에 모주[3] 한 잔도 적실 수 있

1_ **첨지** : 조선초 정3품에 해당하는 첨지중추부사의 준말이나, 여기서는 '나이 많은 이'를 낮추어 가볍게 부르는 말
2_ **댓바람** : 단 한번. 지체하지 않고 당장
3_ **모주** : 약주를 뜨고 난 지게미 술

거니와, 그보다도 앓는 아내에게 설렁탕 한 그릇도 사다줄 수 있음이다.

그의 아내가 기침으로 쿨룩거리기는 벌써 달포가 넘었다. 조밥도 굶기를 먹다시피 하는 형편이니 물론 약 한 첩 써본 일이 없다. 구태여 쓰려면 못 쓸 바도 아니로되, 그는 병이란 놈에게 약을 주어 보내면 재미를 붙여서 자꾸 온다는 자기의 신조(信條)에 어디까지 충실하였다. 따라서 의사에게 보인 적이 없으니 무슨 병인지는 알 수 없으나, 반듯이 누워 가지고 일어나기는커녕 새로 모로도 못 눕는 걸 보면 중증은 중증인 듯. 병이 이대도록 심해지기는 열흘 전에 조밥을 먹고 체한 때문이다. 그때도 김 첨지가 오래간만에 돈을 얻어서 좁쌀 한 되와 십 전짜리 나무 한 단을 사다 주었더니, 김 첨지의 말에 의하면, 오라질년이 천방지축(天方地軸)으로 남비에 대고 끓였다. 마음은 급하고 불길은 닿지 않아 채 익지도 않은 것을 그 오라질년이 숟가락은 고만두고 손으로 움켜서 두 뺨에 주먹덩이 같은 혹이 불거지도록 누가 빼앗을 듯이 처박질하더니만 그날 저녁부터 가슴이 땅긴다, 배가 켕긴다 하고 눈을 홉뜨고[4] 지랄을 하였다. 그때 김 첨지는 열화와 같이 성을 내며,

"에이, 오라질년. 조랑복[5]은 할 수가 없어, 못 먹어 병, 먹어서 병, 어쩌란 말이야! 왜 눈을 바루 뜨지 못해!"

하고 앓는 이의 뺨을 한 번 후려갈겼다. 홉뜬 눈은 조금 바루어졌건만 이슬이 맺히었다. 김 첨지의 눈시울도 뜨끈뜨끈하였다.

환자가 그러고도 먹는 데는 물리지 않았다. 사흘 전부터 설렁탕 국물이 마시고 싶다고 남편을 졸랐다.

4_ **홉뜨고** : 눈알을 굴려 눈시울을 위로 치뜨고
5_ **조랑복** : 복을 받아도 오래 누리지 못하는 사람을 두고 하는 말

"이런 오라질 년! 조밥도 못 먹는 년이 설렁탕은, 또 처먹고 지랄병을 하게."

라고 야단을 쳐보았건만, 못 사 주는 마음이 시원치는 않았다.

인제 설렁탕을 사 줄 수도 있다. 앓는 어미 곁에서 배고파 보채는 개똥이(세살먹이)에게 죽을 사 줄 수도 있다. ― 팔십 전을 손에 쥔 김 첨지의 마음은 풍푼하였다.

그러나, 그의 행운은 그걸로 그치지 않았다. 땀과 빗물이 섞여 흐르는 목덜미를 기름 주머니가 다 된 왜목 수건⁶으로 닦으며, 그 학교 문을 돌아 나올 때였다. 뒤에서

"인력거!"

하고 부르는 소리가 났다. 자기를 불러 멈춘 사람이 그 학교 학생인 줄 김 첨지는 한번 보고 짐작할 수 있었다. 그 학생은 다짜고짜로,

"남대문 정거장까지 얼마요?"

라고 물었다. 아마도 그 학교 기숙사에 있는 이로 동기 방학을 이용하여 귀향하려 함이로다. 오늘 가기로 작정은 하였건만, 비는 오고 짐은 있고 해서 어찌 할 줄 모르다가 마침 김 첨지를 보고 뛰어나왔음이리라. 그렇지 않다면 왜 구두를 채 신지 못해서 질질 끌고, 비록 '고꾸라' 양복일망정 노박이⁷로 비를 맞으며 김 첨지를 뒤쫓아 나왔으랴.

"남대문 정거장까지 말씀입니까?"

하고, 김 첨지는 잠깐 주저하였다. 그는 이 우중에 우장⁸도 없이 그 먼 곳을 철벅거리고 가기가 싫었음일까? 처음 것, 둘째 것으로 고만 만족하였음일까?

6_**왜목수건** : 광목 수건. '왜목'은 광목의 사투리
7_**노박이** : 줄곧 계속하여
8_**우장** : 雨裝. 비를 맞지 않게 우비를 차림. 또는 그 옷차림

아니다. 결코 아니다. 이상하게도 꼬리를 맞물고 덤비는 이 행운 앞에 조금 겁이 났음이다. 그리고 집을 나올 제 아내의 부탁이 마음에 켕기었다. 앞집 마나님한테서 부르러 왔을 제 병인은 그 뼈만 남은 얼굴에 유월의 샘물 같은 유달리 크고 움푹한 눈에다 애걸하는 빛을 띄우며,

"오늘은 나가지 말아요. 제발 덕분에 집에 붙어 있어요. 내가 이렇게 아픈데…….."

하고 모기 소리같이 중얼거리며 숨을 걸그렁걸그렁하였다. 그래도 김 첨지는 대수롭지 않은 듯이.

"압다, 젠장맞을 년. 빌어먹을 소리를 다 하네. 맞붙들고 앉았으면 누가 먹여 살릴 줄 알아."

하고 훌쩍 뛰어나오려니까 환자는 붙잡을 듯이 팔을 내저으며,

"나가지 말라도 그래. 그러면 일찍이 들어와요."

하고 목메인 소리가 뒤를 따랐다. 정거장까지 가잔 말을 들은 순간에 경련적으로 떠는 손, 유달리 큼직한 눈, 울 듯한 아내의 얼굴이 김 첨지의 눈앞에 어른어른하였다.

"그래, 남대문 정거장까지 얼마란 말이요?"

하고 학생은 초조한 듯이 인력거꾼의 얼굴을 바라보며 혼잣말같이,

"인천 차가 열한 점에 있고, 그 다음에는 새로 두 점이던가."

라고 중얼거린다.

"일 원 오십 전만 줍시요."

이 말이 저도 모를 사이에 불쑥 김 첨지의 입에서 떨어졌다. 제 입으로 부르고도 스스로 그 엄청난 돈 액수에 놀래었다. 한꺼번에 이런 금액을 불러라도 본 지가 그 얼마만인가! 그러자, 그 돈 벌 용기가 병자에 대한

염려를 사르고 말았다. 설마 오늘 안으로 어떠랴 싶었다. 무슨 일이 있더라도 제일 제이의 행운을 곱친 것보다도 오히려 갑절이 많은 이 행운을 놓칠 수 없다 하였다.

"일 원 오십 전은 너무 과한데."

이런 말을 하며 학생은 고개를 기웃하였다.

"아니올시다. 잇수로 치면 여기서 거기가 시오 리가 넘는답니다. 또 이런 진날에는 좀더 주셔야지요."

하고 빙글빙글 웃는 차부의 얼굴에는 숨길 수 없는 기쁨이 넘쳐흘렀다.

"그러면 달라는 대로 줄 터이니 빨리 가요."

관대한 어린 손님은 그런 말을 남기고 총총히 옷도 입고 짐도 챙기러 갈 데로 갔다.

그 학생을 태우고 나선 김 첨지의 다리는 이상하게 가뿐하였다. 달음질을 한다느니보다 거의 나는 듯하였다. 바퀴도 어떻게 속히 도는지 군다느니보다 마치 얼음을 지쳐나가는 스케이트 모양으로 미끄러져가는 듯하였다. 언땅에 비가 내려 미끄럽기도 하였다.

이윽고 끄는 이의 다리는 무거워졌다. 자기 집 가까이 다다른 까닭이다. 새삼스러운 염려가 그의 가슴을 눌렀다.

"오늘은 나가지 말아요. 내가 이렇게 아픈데."

이런 말이 잉잉 그의 귀에 울렸다. 그리고 병자의 움쑥 들어간 눈이 원망하는 듯이 자기를 노려보는 듯하였다. 그러자 엉엉 하고 우는 개똥이의 곡성도 들은 듯싶다. 딸국딸국하고 숨 모으는 소리도 나는 듯싶다.

"왜 이러우? 기차 놓치겠구먼."

하고, 탄 이의 초조한 부르짖음이 간신히 그의 귀에 들려왔다. 언뜻 깨달으니 김 첨지는 인력거 채를 쥔 채 길 한복판에 엉거주춤 멈춰 있지 않은가.

"예, 예."

하고 김 첨지는 또다시 달음질하였다. 집이 차차 멀어갈수록 김 첨지의 걸음에는 다시금 신이 나기 시작하였다. 다리를 재겨 놀려야만 쉴 새 없이 자기의 머리에 떠오르는 모든 근심과 걱정을 잊을 듯이……

정거장까지 끌어다 주고 그 깜짝 놀란 일 원 오십 전을 정말 제 손에 쥠에 말마따나 십 리나 되는 길을 비를 맞아가며 질퍽거리고 온 생각은 아니하고, 거저 얻은 듯이 고마웠다. 졸부나 된 듯이 기뻤다. 제 자식뻘밖에 안 되는 어린 손님에게 몇 번 허리를 굽히며,

"안녕히 다녀옵시요."

라고, 깍듯이 재우쳤다.

그러나 빈 인력거를 털털거리며 이 우중에 돌아갈 일이 꿈밖[9]이었다. 노동으로 하여 흐른 땀이 식어지자 굶주린 창자에서 물 흐르는 옷에서 어슬어슬 한기가 솟아나기 비롯하매 일 원 오십 전이란 돈이 얼마나 괜찮고 괴로운 것인 줄 절실히 느끼었다. 정거장을 떠나는 그의 발길은 힘 하나 없었다. 온몸이 옹송그려지며 당장 그 자리에 엎어져 못 일어날 것 같았다.

"젠장맞을 것! 이 비를 맞으며 빈 인력거를 털털거리고 돌아를 간담. 이런 빌어먹을, 제 할미를 붙을 비가 왜 남의 상판을 딱딱 때려!"

그는 몹시 홧증을 내며 누구에게 반항이나 하는 듯이 게걸거렸다. 그럴 즈음에 그의 머리엔 또 새로운 광명이 비쳤나니, 그것은 '이러구 갈 게 아니라 이 근처를 빙빙 돌며 차 오기를 기다리면 또 손님을 태우게 되는지도 몰

9_**꿈밖** : 꿈에도 생각 못함.

라.'란 생각이었다. 오늘 운수가 괴상하게도 좋으니까 그런 요행히 또 한번 없으리라고 누가 보증하랴. 꼬리를 굴리는 행운이 꼭 자기를 기다리고 있다는 내기를 해도 좋을 만한 믿음을 얻게 되었다. 그렇지만 정거장 인력거꾼의 등살이 무서워 정거장 앞에 섰을 수가 없었다. 그래 그는 이전에도 여러 번 해 본 일이라 바로 정거장에서 조금 떨어져서 사람 다니는 길과 전찻길 틈에 인력거를 세워 놓고, 자기는 그 근처를 빙빙 돌며 형세를 관망하기로 하였다. 얼마만에 기차는 왔고 수십 명이나 되는 손이 정류장으로 쏟아져 나왔다. 그 중에서 손님을 물색하던 김 첨지의 눈에 양머리에 뒤축 높은 구두를 신고 망토까지 두른 기생 퇴물인 듯, 난봉[10] 여학생인 듯한 여편네의 모양이 띄었다. 그는 슬근슬근 그 여자의 곁으로 다가들었다.

"아씨, 인력거 아니 타시랍시요?"

그 여학생인지 뭔지가 한참은 매우 때깔을 빼며 입술을 꼭 다문 채 김 첨지를 거들떠보지도 않았다. 김 첨지는 구경하는 거지나 무엇같이 연해연방 그의 기색을 살피며,

"아씨, 정거장 애들보담 아주 싸게 모셔다 드리겠습니다. 댁이 어디신가요?"

하고 추근추근하게도 그 여자의 들고 있는 일본식 버들고리짝[11]에 제 손을 대었다.

"왜 이래? 남 귀찮게."

소리를 벽력같이 지르고는 돌아선다. 김 첨지는 어랍시요 하고 물러섰다.

전차가 왔다. 김 첨지는 원망스럽게 전차 타는 이를 노리고 있었다. 그러나,

10_**난봉** : 허랑방탕한 짓을 하는 일, 또는 그러한 짓
11_**버들고리짝** : '버들고리' : 버들의 가지로 결어서 만든, 옷 따위를 넣는 고리

그의 예감을 틀리지 않았다. 전차가 빡빡하게 사람을 싣고 움직이기 시작하였을 제 타고 남은 손 하나가 있었다. 굉장하게 큰 가방을 들고 있는 걸 보면 아마 붐비는 차안에 짐이 크다 하여 차장에게 밀려 내려온 눈치였다. 김 첨지는 대어 섰다.

"인력거를 타시랍시요."

한동안 값으로 실랑이를 하다가 육십 전에 인사동까지 태워다 주기로 하였다. 인력거가 무거워지매 그의 몸은 이상하게도 가벼워졌고 그리고 또 인력거가 가벼워져서 몸은 다시금 무거워졌는데, 이번에는 마음조차 초조해온다. 집의 광경이 자꾸 눈앞에 어른거리어 이젠 요행을 바랄 여유도 없었다. 나무 등걸이나 무엇만 같고 제 것 같지도 않은 다리를 연해 꾸짖으며 갈팡질팡 뛰는 수밖에 없었다. 저놈의 인력거꾼이 저렇게 술이 취해 가지고 이 진 땅에 어찌 가노 하고, 길 가는 사람이 걱정을 하리만큼 그의 걸음은 황급하였다. 흐리고 비오는 하늘은 어둠침침한 게 벌써 황혼에 가까운 듯하다. 창경원 앞까지 다다라서야 그는 턱에 닿는 숨을 돌리고 걸음도 늦추 잡았다. 한 걸음 두 걸음 집이 가까워올수록 그의 마음은 괴상하게 누그러졌다. 그런데 이 누그러짐은 안심에서 오는 게 아니요, 자기를 덮친 무서운 불행이 박두한 것을 두려워하는 마음에서 오는 것이다.

그는 불행이 닥치기 전 시간을 얼마쯤이라도 늘리려고 버르적거렸다. 기적에 가까운 벌이를 하였다는 기쁨을 할 수 있으면 오래 지니고 싶었다. 그는 두리번두리번 사면을 살피었다. 그 모양은 마치 자기 집, 곧 불행을 향하고 달려가는 제 다리를 제 힘으로는 도저히 어찌할 수 없으니 누구든지 나를 좀 잡아다고, 구해다고 하는 듯하였다.

그럴 즈음에 마침 길가 선술집에서 친구 치삼이가 나온다. 그의 우글우글

살진 얼굴은 주홍이 오른 듯, 온 턱과 뺨을 시커멓게 구레나룻이 덮이고, 노르탱탱한 얼굴이 바짝 말라서 여기저기 고랑이 파이고 수염도 있대야 턱밑에만, 마치 솔잎 송이를 거꾸로 붙여 놓은 듯한 김 첨지의 풍채하고는 기이한 대상을 짓고 있었다.

"여보게, 김 첨지. 자네 문 안 들어갔다 오는 모양일세그려. 돈 많이 벌었을 테니 한 잔 빨리게."

뚱뚱보는 말라깽이를 보는 말맡에 부르짖었다. 그 목소리는 몸짓과 딴판으로 연하고 싹싹하였다. 김 첨지는 이 친구를 만난 게 어떻게 반가운지 몰랐다. 자기를 살려준 은인이나 무엇같이 고맙기도 하였다.

"자네는 벌써 한 잔 한 모양일세그려. 자네도 재미가 좋아 보이."
하고 김 첨지는 얼굴을 펴서 웃었다.

"압다. 재미 안 좋다고 술 못 먹을 낸가. 그런데 여보게, 자네 왼몸이 어째 물독에 빠진 새앙쥐 같은가? 어서 이리 들어와 말리게."

선술집은 훈훈하고 뜨뜻하였다. 추어탕을 끓이는 솥뚜껑을 열 적마다 뭉게뭉게 떠오르는 흰 김, 석쇠에서 빠지짓 빠지짓 구워지는 너비아니[12] 구이며, 제육이며, 간이며, 콩팥이며, 북어며, 빈대떡……. 이 너저분하게 늘어놓은 안주 탁자에 김 첨지는 갑자기 속이 쓰려서 견딜 수 없었다. 마음대로 할 양이면 거기 있는 모든 먹음 먹이를 모조리 깡그리 집어삼켜도 시원치 않았다. 하되, 배고픈 이는 우선 분량 많은 빈대떡 두 개를 쪼이기로 하고 추어탕을 한 그릇 청하였다. 주린 창자는 음식 맛을 보더니 더욱더욱 비어지며 자꾸자꾸 들이라 들이라 하였다. 순식간에 두부와 미꾸리 든 국

12_**너비아니** : 쇠고기를 얄팍얄팍하게 저며서 양념을 하여 구운 음식

한 그릇을 그냥 물같이 들이키고 말았다. 첫째 그릇을 받아들었을 제 데우던 막걸리 곱빼기 두 잔이 더 왔다. 치삼이와 같이 마시자 원원이[13] 비었던 속이라 찌르르 하고 창자에 퍼지며 얼굴이 화끈하였다. 눌러 곱빼기 한 잔을 또 마셨다.

김 첨지의 눈은 벌써 개개 풀리기 시작하였다. 석쇠에 얹힌 떡 두 개를 숭덩숭덩 썰어서 볼을 볼록거리며 또 곱빼기 두 잔을 부어라 하였다. 치삼은 의아한 듯이 김 첨지를 보며,

"여보게. 또 붓다니, 벌써 우리가 넉 잔씩 먹었네. 돈이 사십 전일세."

"아따 이놈아, 사십 전이 그리 끔찍하냐? 오늘 내가 돈을 막 벌었어. 참 오늘 운수가 좋았느니."

"그래 얼마를 벌었단 말인가?"

"삼십 원을 벌었어, 삼십 원을! 이런 젠장맞을, 술을 왜 안 부어……괜찮다, 괜찮아. 막 먹어도 상관이 없어. 오늘 돈 산더미같이 벌었는데."

"어, 이 사람 취했군, 그만두세."

"이놈아, 이걸 먹고 취할 내냐? 어서 더 먹어."

하고는 치삼의 귀를 잡아치며 취한 이는 부르짖었다. 그리고, 술을 붓는 열다섯 살 됨직한 중대가리에게로 달려들며,

"이놈, 오라질놈, 왜 술을 붓지 않아."

라고 야단을 쳤다. 중대가리는 희희 웃고 치삼이를 보며 문의하는 듯이 눈짓을 하였다. 주정꾼이 이 눈치를 알아보고 화를 버럭 내며,

"에미를 붙을 이 오라질 놈들 같으니, 이놈 내가 돈이 없을 줄 알고?"

13_ **원원이**: 원래부터

하자마자 허리춤을 훔척훔척하더니 일 원짜리 한 장을 꺼내어 중대가리 앞에 펄쩍 집어던졌다. 그 사품에 몇 푼 은전이 잘그랑 하며 떨어진다.

"여보게, 돈 떨어졌네. 왜 돈을 막 끼얹나."

이런 말을 하며 일변 돈을 줍는다. 김 첨지는 취한 중에도 돈의 거처를 살피는 듯이 눈을 크게 떠서 땅을 내려다보다가 불시에 제 하는 짓이 너무 더럽다는 듯이 고개를 소스라치자 더욱 성을 내며,

"봐라 봐! 이 더러운 놈들아, 내가 돈이 없나. 다리 뼉다구를 꺾어 놓을 놈들 같으니."

하고 치삼이 주워주는 돈을 받아,

"이 원수엣 돈! 이 육시를 할 돈!"

하면서 팔매질을 친다. 벽에 맞아 떨어진 돈은 다시 술 끓이는 양푼에 떨어지며 정당한 매를 맞는다는 듯이 쨍하고 울었다.

곱빼기 두 잔은 또 부어질 겨를도 없이 말려가고 말았다. 김 첨지는 입술과 수염에 붙은 술을 빨아들이고 나서 매우 만족한 듯이 그 솔잎 송이 수염을 쓰다듬으며,

"또 부어, 또 부어."

라고 외쳤다. 또 한 잔 먹고 나서 김 첨지는 치삼의 어깨를 치며 문득 껄껄 웃는다. 그 웃음소리가 어찌나 컸던지 술집에 있는 이의 눈이 모두 김 첨지에게로 몰리었다. 웃는 이는 더욱 웃으며,

"여보게, 치삼이. 내 우스운 이야기 하나 할까? 오늘 손을 태우고 정거장에까지 가지 않았겠나."

"그래서?"

"갔다가 그저 오기가 안됐네 그려. 그래 전차 정류장에서 어름어름하며

손님 하나를 태울 궁리를 하지 않았나. 거기 마침 마나님이신지 여학생이신지, 요새야 어디 논다니[14]와 아가씨를 구별할 수가 있던가. 망토를 잡수시고 비를 맞고 서 있겠지. 슬근슬근 가까이 가서 인력거를 타시랍시요 하고 손가방을 받으랴니까 내 손을 탁 뿌리치고 핵 돌아서더니만 '왜 남을 이렇게 귀찮게 굴어!' 그 소리야말로 꾀꼬리 소리지, 허허!"

김 첨지는 교묘하게도 정말 꾀꼬리 같은 소리를 내었다. 모든 사람은 일시에 웃었다.

"빌어먹을 깍쟁이 같은 년. 누가 저를 어쩌나? '왜 남을 귀찮게 굴어!' 어이구 소리가 체신도 없지, 허허."

웃음소리들은 높아졌다. 그런 그 웃음소리들이 사라지기 전에 김 첨지는 훌쩍훌쩍 울기 시작하였다.

치삼은 어이없이 주정뱅이를 바라보며,

"금방 웃고 지랄을 하더니, 우는 건 무슨 일인가?"

김 첨지는 연해 코를 들여마시며,

"우리 마누라가 죽었다네."

"뭐, 마누라가 죽다니, 언제"

"이놈아, 언제는. 오늘이지."

"예끼, 미친놈. 거짓말 말아."

"거짓말은 왜, 참말로 죽었어……. 참말로. 마누라 시체를 집에 빼들쳐 놓고 내가 술을 먹다니, 내가 죽일 놈이야 죽일 놈이야."

하고 김 첨지는 엉엉 소리 내어 운다. 치삼은 흥이 조금 깨어지는 얼굴로,

14_**논다니**: 웃음과 몸을 파는 계집

"원, 이 사람아. 참말을 하나, 거짓말을 하나. 그러면 집으로 가세, 가."

하고 우는 이의 팔을 잡아당기었다. 치삼의 끄는 손을 뿌리치더니 김 첨지는 눈물이 글썽글썽한 눈으로 싱그레 웃는다.

"죽기는 누가 죽어."

하고 득의 양양[15],

"죽기는 왜 죽어. 생떼같이 살아만 있단다. 그 오라질년이 밥을 죽이지. 인제 나한테 속았다."

하고 어린애 모양으로 손뼉을 치며 웃는다.

"이 사람이 정말 미쳤단 말인가. 나도 아주먼네가 앓는단 말은 들었었는데."

하고 치삼이도 어떤 불안을 느끼는 듯이 김 첨지에게 또 돌아가라고 권하였다.

"안 죽었어. 안 죽었대도 그래."

김 첨지는 홧증을 내며 확신 있게 소리를 질렀으되 그 소리엔 안 죽은 것을 믿으려고 애쓰는 가락이 있었다. 기어이 일 원어치를 채워서 곱빼기를 한 잔씩 더 먹고 나왔다. 궂은비는 의연히 추적추적 내린다.

김 첨지는 취중에도 설렁탕을 사 가지고 집에 다다랐다. 집이라 해도 물론 셋집이요, 또 집 전체를 세든 게 아니라 안과 뚝 떨어진 행랑방 한 간을 빌어든 것인데 물을 길어대고 한 달에 일 원씩 내는 터이다. 만일 김 첨지가 주기를 띠지 않았던들 한 발을 대문에 들여놓았을 제 그곳을 지배하는 무시무시한 정적(靜寂) ― 폭풍우가 지나간 뒤의 바다 같은 정적에 다리가 떨렸으리라. 쿨룩거리는 기침 소리도 들을 수 없다. 그르렁거리는 숨소리조차 들을 수 없다. 다만 이 무덤 같은 침묵을 깨뜨리는, 깨뜨린다느니보다 한층

15_**득의양양** : 得意揚揚. 뜻을 이루어 우쭐거리며 뽐내는 모양

더 침묵을 깊게 하고 불길하게 하는 빡빡하는 그윽한 소리, 어린애의 젖 빠는 소리가 날 뿐이다. 만일 청각이 예민한 이 같으면, 그 빡빡 소리는 빨 따름이요, 꿀떡꿀떡하고 젖 넘어가는 소리가 없으니, 빈 젖을 빤다는 것도 짐작할는지 모르리라. 혹은 김 첨지도 이 불길한 침묵을 짐작했는지도 모른다. 그렇지 않으면 대문에 들어서자마자 전에 없이,

"이 난장맞을 년, 남편이 들어오는데 나와 보지도 않아. 이 오라질년."

이라고 고함을 친 게 수상하다. 이 고함이야말로 제 몸을 엄습해 오는 무시무시한 증을 쫓아 버리려는 허장성세(虛張聲勢)[16]인 까닭이다.

하여간 김 첨지는 방문을 왈칵 열었다. 구역을 나게 하는 추기 — 떨어진 삿자리 밑에서 나온 먼지내, 빨지 않은 지저귀에서 나는 똥내와 오줌내, 가지각색 때가 켜켜이 앉은 옷내, 병인의 땀 섞은 내가 섞인 추기가 무딘 김 첨지의 코를 찔렀다. 방안에 들어서며 설렁탕을 한구석에 놓을 사이도 없이 주정꾼은 목청을 있는 대로 다 내어 호통을 쳤다.

"이 오라질년. 주야장천(晝夜長川) 누워만 있으면 제일이야! 남편이 와도 일어나지를 못해."

라는 소리와 함께 발길로 누운 이의 다리를 몹시 찼다. 그러나 발길에 채이는 건 사람의 살이 아니고 나무등걸과 같은 느낌이 있었다. 이때에 빡빡 소리가 응아 소리로 변하였다. 개똥이가 물었던 젖을 빼어놓고 운다. 운대도 온 얼굴을 찡그려 붙여서 운다는 표정을 할 뿐이다. 응아 소리도 입에서 나는 게 아니고, 마치 뱃속에서 나는 듯하였다. 울다가 울다가 목도 잠겼고 또 울 기운조차 시진한 것 같다.

16_**허장성세** : 虛張聲勢. 실력이 없으면서 허세(虛勢)로 떠벌림.

발로 차도 그 보람이 없는 걸 보자, 남편은 아내의 머리맡으로 달려들어 그야말로 까치집 같은 환자의 머리를 껴들어 흔들며,

"이년아, 말을 해, 말을! 입이 붙었어, 이 오라질년!"

"……"

"으응, 이것 봐. 아무 말이 없네."

"……"

"이년아, 죽었단 말이냐. 왜 말이 없어?"

"……"

"으응, 또 대답이 없네. 정말 죽었나보이."

이러다가 누운 이의 흰 창이 검은 창을 덮은, 위로 치뜬 눈을 알아보자마자,

"이 눈깔! 이 눈깔! 왜 나를 바루 보지 못하고 천정만 바라보느냐, 응"

하는 말끝엔 목이 메이었다. 그러자 산 사람의 눈에서 떨어진 닭똥 같은 눈물이 죽은 이의 뻣뻣한 얼굴을 어룽어룽 적시었다. 문득 김 첨지는 미친 듯이 제 얼굴을 죽은 이의 얼굴에 한데 비벼대며 중얼거렸다.

"설렁탕을 사다 놓았는데 왜 먹지를 못하니, 왜 먹지를 못하니……. 괴상하게도 오늘은 운수가 좋더니만……."

현진건의 「운수 좋은 날」을 다 읽으셨나요?

그러면 작품의 내용을 생각하면서 이 소설의 인물, 사건, 배경 등 여러 요소들에 대한 자신만의 마인드맵을 그려 보세요~!

줄거리

　　인력거꾼 김 첨지는 열흘 동안 돈 구경을 못하다가 이날따라 운수 좋게 손님이 계속 생겼다. 그의 아내는 달포가 넘게 심한 병에 걸려 있다. 이날 많은 돈을 번 김 첨지는 아내에게 설렁탕을 사주고 세 살짜리 자식에게 죽을 사 줄 수도 있다는 마음이 들어 기뻤다. 아침에 오늘 나가지 말라는 병든 아내의 생각이 자꾸 나서, 인력거를 끌다 집 가까이 오면 다리가 무거워진다. 그러나 집에서 멀어질수록 발은 가벼워졌다. 남대문 정거장에서 난봉 여학생쯤으로 보이는 여인에게 귀찮게 군다는 말을 듣고 기분이 상했으나, 운 좋게 또 한 손님을 태우고 인사동에 내려 주었다. 저녁이 되자 벌이는 기적에 가까웠으나 불행한 일이 있을 것 같아 집에 가기가 두려워졌다. 친구 치삼이를 만나 같이 술을 하게 되고 술에 취하게 되었다. 돈을 많이 벌었다는 주정과 함께 돈에 대한 원망도 하다가 아내가 죽었다는 말을 치삼에게 한다. 치삼이가 집으로 가라고 하자 거짓말이라고 말하면서 술을 더 하고 설렁탕을 사들고 집으로 간다. 집에 들어서자 김 첨지는 너무도 적막하며 아내가 나와 보지도 않는다고 소리를 지르며 불길함을 이기려 한다. 방문을 열어 보니, 아내는 죽어 있고 개똥이는 울다 지쳐 있었다. 김 첨지는 닭똥 같은 눈물을 흘리며 제 얼굴을 죽은 아내에게 비비면서 한탄한다. "설렁탕을 사다 놓았는데 왜 먹지를 못하니, 왜 먹지를 못하니……. 괴상하게도 오늘은 운수가 좋더니만……."

주제

일제 식민지 치하 우리 하층민의 비참한 생활상

• **등장인물**
· **김 첨지** : 가난한 인력거꾼으로 전형적인 하층민
· **아내** : 김 첨지의 아내로 굶주린 채 죽어가는 비극적 여인
· **치삼이** : 김 첨지의 절친한 친구
• **배경** – 일제 강점기 시대의 서울
• **시점** – 3인칭 전지적 작가 시점
• **성격** – 사실적, 비극적, 반어적
• **출전** – 「개벽」(1924)

 문제 풀기

모범답 → p. 272

1. 이 글의 제목 '운수 좋은 날'의 의미로 가장 알맞은 것은? (   )
　① 누구에게나 돈은 좋은 것이라는 보편적 가치
　② 돈의 힘에 굴복하고 마는 한 개인의 비극적인 최후
　③ 인간의 삶은 운수에 달려 있다는 한국인의 운명론적인 세계관
　④ 하층민에게는 '운수 좋은 날'도 가장 불행한 날이라는 반어적 의미
　⑤ 김 첨지가 가장 돈을 많이 번 날로 하층민도 노력하면 된다는 희망

2. 이 글의 지은이가 욕설과 같은 비속어들을 많이 사용한 이유는 무엇일까요?

....

....

....

02
붉은 산

 김동인 (金東仁, 1900~1951)

김동인 金東仁

1900~1951

일제 강점기 시대의 소설가. 「약한 자의 슬픔」을 시작으로 「배따라기」, 「감자」, 「광염소나타」 등 현대적인 문체의 단편소설들을 발표한 한국 근대문학의 선구자로 꼽히며, 소설을 하나의 예술로 승화시키는 기법을 발전시킴.

연보

- 1900년 10월 2일 평안남도 평양에서 대부호인 기독교 장로의 아들로 출생
- 1914년 일본에 유학하여 도쿄학원 중학부에 입학
- 1915년 도쿄학원의 폐쇄로 메이지학원 중학부 2학년 편입
- 1917년 부친의 사망으로 귀국
- 1917년 일본 도쿄의 미술학교인 가와바타화숙에 입학
- 1919년 2월 일본 도쿄에서 한국 최초의 순문예동인지 『창조』 창간, 단편소설 「약한 자의 슬픔」 발표
- 1924년 8월 동인지 『영대』 창간
- 1933년 4월 조선일보사 학예부장으로 약 40여 일간 재직
- 1946년 1월 우익단체인 '전조선문필가협회' 결성
- 1951년 1월 5일 하왕십리 자택에서 사망

❶ 김동인은 우리나라 단편소설의 선구자로서 종래에 없던 서사적인 과거 시제의 사용, 액자소설의 특징인 시점의 이동에 의한 서술 기법, 사실주의 경향의 문체 확립 등 소설을 하나의 예술로 승화시키는 기법을 발전시켰다는 점에서 그 공적은 매우 크다고 할 수 있다.

❷ 김동인은 이광수 비판에 지나치게 집착했고, 유아독존의 성격과 극단적인 예술지상주의에 빠졌으며, 독자를 무시하는 듯한 작가 우위적 창작 태도를 가진 점 등 여러 관점에서 비판도 받고 있다.

주요 작품들

배따라기(1921)	감자(1925)
광염 소나타(1929)	젊은 그들(1929)
발가락이 닮았다(1932)	광화사(1935)
대수양(1941)	망국인기(1947)

준비

"읽기 전에 알아두자."

「붉은 산」은 1933년 4월 『삼천리』 제37호에 발표되었는데, '어떤 의사의 수기'라는 부제가 붙어 있습니다. 1931년 7월 2일, 중국 길림성 지역에 이주한 한국 농민과 중국인 사이에 일어난 분쟁인 '만보산사건(萬寶山事件)'이 소설의 창작 동기가 된 것으로 알려져 있으며, 작가의 민족의식이 드러난 몇 안 되는 작품 중의 하나이지요. 이 소설에서 작가는 조국과 민족의식을 극대화시켜 보여주고 있으며, 주인공 '삵'을 1인칭 관찰자인 '나'의 눈을 통하여 묘사함으로써 소설의 사실주의적인 기교를 보여주었다는 평가를 받고 있습니다.

집중

"이것만은 꼭 생각하며 읽자."

1930년대는 일본 제국주의의 대륙 침략 야욕이 극에 달하고 있었습니다. 이로 인한 일제의 경제적 수탈에 시달리다 못해 만주 등지로 떠날 수밖에 없었던 우리 민족의 고통과 수난이 이 작품의 배경이지요. 일제 강점기 치하에서 조국과 고향을 떠나 만주로 이민 가서 살 수밖에 없었던 우리 민족의 수난과 조국의 소중함에 대해 생각하며 읽어 보세요.

붉은 산
어떤 의사(醫師)의 수기(手記)

- ●
- ●
- ●

그것은 여(余)[1]가 만주를 여행할 때 일이었다. 만주의 풍속도 좀 살필 겸 아직껏 문명의 세례를 받지 못한 그들의 사이에 퍼져 있는 병(病)을 조사할 겸 해서 일 년의 기한을 예산하여 가지고 만주를 시시콜콜히 다 돌아본 적이 있었다. 그때 ××촌이라 하는 조그만 촌에서 본 일을 여기에 적고자 한다.

　××촌은 조선 사람 소작인[2]만 사는 한 이십여 호 되는 작은 촌이었다. 사면을 둘러보아도 한 개의 산도 볼 수가 없는 광막한 만주의 벌판 가운데 놓여 있는 이름도 없는 작은 촌이었다.

　몽고 사람 종자[3](從者)를 하나 데리고 노새를 타고 만주의 촌촌을 돌아다니던 여가 그 ××촌에 이른 때는 가을도 다 가고 어느덧 광포한 북극의 겨울이 만주를 찾아온 때였다.

　만주의 어느 곳이나 조선 사람이 없는 곳은 없지만 이러한 오지[4](奧地)에서 한동네가 죄 조선 사람뿐으로 되어 있는 곳을 만나니 반가웠다. 더구나

1_ **여(余)** : 인칭대명사. '나'
2_ **소작인** : 남의 땅을 빌려 농사를 짓고 그 대가로 사용료를 내는 사람
3_ **종자(從者)** : 데리고 다니는 사람
4_ **오지(奧地)** : 해안이나 도시에서 멀리 떨어진 대륙 내부의 땅. 두메산골

그 동네는 비록 모두가 만주국인의 소작인이라 하나, 사람들이 비교적 온량하고 정직하여, 장성한 이들은 그래도 모두 천자문 한 권쯤은 읽은 사람이었다. 살풍경한 만주, 그 가운데서 살풍경한 살림을 하는 만주국인이며 조선 사람의 동네를 근 일 년이나 돌아다니다가 비교적 평화스런 이런 동네를 만나면, 그것이 비록 외국인의 동네라 하여도 반갑겠거늘, 하물며 우리 같은 동족임에랴. 여는 그 동네에서 한 십여 일 이상을 일없이 매일 호별 방문을 하며 그들과 이야기로 날을 보내며, 오래간만에 맛보는 평화적 기분을 향락하고 있었다.

'삵'[5]이라는 별명을 가지고 있는 '정익호'라는 인물을 본 것이 여기서이다.

익호라는 인물의 고향이 어디인지는 ××촌에서 아무도 몰랐다. 사투리로 보아서 경기 사투리인 듯하지만 빠른 말로 재재거리는 때에는 영남 사투리가 보일 때도 있고, 싸움이라도 할 때는 서북 사투리가 보일 때도 있었다. 그런지라 사투리로써 그의 고향을 짐작할 수가 없었다. 쉬운 일본말도 알고, 한문글자도 좀 알고, 중국말은 물론 꽤 하고, 쉬운 러시아말도 할 줄 아는 점 등등, 이곳저곳 숱하게 주워 먹은 것은 짐작이 가지만 그의 경력을 똑똑히 아는 사람은 없었다.

그는 여(余)가 ××촌에 가기 일 년 전쯤 빈손으로 이웃이라도 오듯 후덕덕 ××촌에 나타났다 한다. 생김생김으로 보아서 얼굴이 쥐와 같고 날카로운 이빨이 있으며 눈에는 교활함과 독한 기운이 늘 나타나 있으며, 발룩한 코에는 코털이 밖으로까지 보이도록 길게 났고, 몸집은 작으나 민첩하게 되었고,

---

5_ **삵** : 살쾡이

나이는 스물다섯에서 사십까지 임의로 볼 수 있으며, 그 몸이나 얼굴 생김이 어디로 보든 남에게 미움을 사고 근접치 못할 놈이라는 느낌을 갖게 한다.

그의 장기(長技)는 투전[6]이 일쑤며, 싸움 잘하고, 트집 잘 잡고 칼부림 잘하고, 색시에게 덤벼들기 잘하는 것이라 한다.

생김생김이 벌써 남에게 미움을 사게 되었고, 거기다 하는 행동조차 변변치 못한 일만이라, ××촌에서도 아무도 그를 대척하는 사람이 없었다. 사람들은 모두 그를 피하였다. 집이 없는 그였으나 뉘 집에 잠이라도 자러 가면 그 집 주인은 두말없이 다른 방으로 피하고 이부자리를 준비하여 주고 하였다. 그러면 그는 이튿날 해가 낮이 되도록 실컷 잔 뒤에 마치 제 집에서 일어나듯 느직이 일어나서 조반을 청하여 먹고는 한 마디의 사례도 없이 나가버린다. 그리고 만약 누구든 그의 이 청구에 응치 않으면 그는 그것을 트집으로 싸움을 시작하고, 싸움을 하면 반드시 칼부림을 하였다.

동네의 처녀들이며 젊은 여인들은 익호가 이 동네에 들어온 뒤부터는 마음 놓고 나다니지를 못하였다. 철없이 나갔다가 봉변을 당한 사람도 몇이 있었다.

'삵'— 이 별명은 누가 지었는지 모르지만 어느덧 ××촌에서는 익호를 익호라 부르지 않고 '삵'이라고 부르게 되었다.

"삵이 뉘 집에서 묵었다?"

"김 서방네 집에서."

"다른 봉변은 없었다나?"

"요행히 없었다네."

6_**투전**: 돈치기

그들은 아침에 깨면 서로 인사 대신으로 '삵'의 거취를 알아보고 하였다.

'삵'은 이 동네에는 커다란 암종[7]이었다. '삵' 때문에 아무리 농사에 사람이 부족한 때라도 젊고 튼튼한 몇 사람들은 동네의 젊은 부녀를 지키기 위하여 동네 안에 머물러 있지 않을 수가 없었다. '삵' 때문에 부녀와 아이들은 아무리 더운 여름 저녁에라도 길에 나서서 마음 놓고 바람을 쏘여보지를 못하였다. '삵' 때문에 동네에서는 닭의 가리[8]며 돼지우리를 지키기 위하여 밤을 새지 않을 수가 없었다.

동네의 노인이며 젊은이들은 몇 번을 모여서 '삵'을 이 동리에서 내어쫓기를 의논하였다. 물론 합의는 되었다. 그러나 내어쫓는 데 선착할 사람은 없었다.

"첨지가 선착하면 뒤는 내 담당하마."

"뒤는 걱정 말고 형님 먼저 말해 보시오."

제각기 '삵'에게 먼저 달려들기를 피하였다.

이리하여 동리에서는 합의는 되었으나 '삵'은 그냥 태연히 이 동네에 묵어 있게 되었다.

"며늘년들이 조반이나 지었나?"

"손주놈들이 잠자리나 준비했나?"

마치 그 동네의 모두가 자기의 집안인 것같이 '삵'은 마음대로 이 집 저 집을 드나들었다.

××촌에서는 사람이라도 죽으면 반드시 조상 대신으로,

"삵이나 죽지 않고."

7_**암종** : 癌腫. [병]암
8_**닭의 가리** : 닭을 가두어 두는 대발로 엮은 기구

하는 한 마디의 말을 잊지 않고 하였다. 누가 병이라도 나면,

"에익! 이놈의 병 '삵'한테로 가거라."

고 하였다.

암종—— 누구나 '삵'을 동정하거나 사랑하는 사람이 없었다. '삵'도 남의 동
정이나 사랑은 벌써 단념한 사람이었다. 누가 자기에게 아무런 대접을 하든
탓하지 않았다. 보이는 데서 보이는 푸대접을 하면 그 트집으로 반드시 칼
부림까지 하는 그였지만, 뒤에서 아무런 말을 할지라도—— 그리고 그것이 '삵'
의 귀에까지 갈지라도 탓하지 않았다.

"흥……."

이 한마디는 그의 가장 큰 처세 철학이었다.

흔히 곁 동네 만주국인들의 투전판에 가서 투전을 하였다. 때때로 두들
겨 맞고 피투성이가 되어서 돌아오는 일도 있었다. 그러나 그는 그 하소연을
하는 일이 없었다. 한다 할지라도 들을 사람도 없거니와—— 아무리 무섭게
두들겨 맞은 뒤라도 하루만 샘물에 상처를 씻고 절룩절룩한 뒤에는 또 이튿
날은 천연히 나다녔다.

여(余)가 ××촌을 떠나기 전날이었다.

송 첨지라는 노인이 그 해 소출[9]을 나귀에 실어 가지고 만주국인 지주가 있
는 촌으로 갔다. 그러나 돌아올 때는 송장이 되었다. 소출이 좋지 못하다고
두들겨 맞아서 부러져 꺾어진 송 첨지는 나귀등에 몸이 결박되어서 겨우 ××
촌에 돌아왔다. 그리고 놀란 친척들이 나귀에서 몸을 내릴 때에 절명하였다.

9_**소출**: 논밭에서 나는 곡식. 또는 그 곡식의 양

××촌에서는 왁자하였다.

"원수를 갚자!"

명 아닌 목숨을 끊은 송 첨지를 위하여 동네 젊은이는 모두 흥분하였다. 제각기 이제라도 들고 일어설 듯하였다.

그러나 그뿐이었다. 누구든 앞장을 서려는 사람이 없었다. 만약 이때에 누구든 앞장을 서는 사람만 있었더라면 그들은 곧 그 지주에게로 달려갔을지 모른다. 그러나 제가 앞장을 서겠노라고 나서는 사람은 없었다. 제각기 곁 사람을 돌아보았다.

발을 굴렀다. 부르짖었다. 학대 받는 인종의 고통을 호소하며 울었다. 그러나 그뿐이었다. 남의 일로 지주에게 반항하여 제 밥자리까지 떼이기를 꺼림인지, 용감히 앞서 나가는 사람은 없었다.

여는 의사라는 여의 직업상 송 첨지의 시체를 검시하였다. 돌아오는 길에 여는 '삵'을 만났다. 키가 작은 '삵'을 여는 내려다보았다. '삵'은 여를 쳐다보았다.

"가련한 인생아. 인종의 거머리야, 가치 없는 인생아. 밥버러지야. 기생충아!"

여는 '삵'에게 말하였다.

"송 첨지가 죽은 줄 아나?"

여의 말에 아직껏 여를 쳐다보고 있던 '삵'의 얼굴이 아래로 떨어졌다. 그리고 여가 발을 떼려는 순간에 얼핏 '삵'의 얼굴에 나타난 비창한 표정을 여는 넘길 수가 없었다.

고향을 떠난 만 리 밖에서 학대 받는 인종의 가엾음을 생각하고 그 밤은 여도 잠을 못 이루었다. 그 억분함[10]을 호소할 곳도 못 가진 우리의 처지를

10_**억분함** : 억울하고 분함.

생각하고, 여도 눈물을 금치 못하였다.

　이튿날 아침이었다.

　여를 깨우러 오는 사람의 소리에 여는 반사적으로 일어났다.

　'삵'이 동구(洞口) 밖에서 피투성이가 되어 죽어 있다는 것이었다. 여는 '삵'이라는 말에 눈살을 찌푸렸다. 그러나 의사라는 직업상, 곧 가방을 수습하여 가지고 '삵'이 넘어진 데까지 달려갔다. 송 첨지의 장례식 때문에 모였던 사람 몇은 여의 뒤를 따라왔다.

　여는 보았다. '삵'의 허리가 기역자로 뒤로 부러져서 밭고랑 위에 넘어져 있는 것을. 여는 달려가 보았다. 아직 약간의 온기는 있었다.

　"익호! 익호!"

　그러나 그는 정신을 못 차렸다. 여는 응급수단을 취하였다. 그의 사지는 무섭게 경련되었다. 이윽고 그가 눈을 번쩍 떴다.

　"익호! 정신 드나?"

　그는 여의 얼굴을 보았다. 끝이 없이 한참을 쳐다보았다. 그의 눈동자가 움직이었다. 겨우 처지를 깨달은 모양이었다.

　"선생님, 저는 갔었습니다."

　"어디를?"

　"그놈― 지주놈의 집에―."

　무얼? 여는 눈물 나오려는 눈을 힘 있게 닫았다. 그리고 덥석 그의 벌써 식어가는 손을 잡았다. 잠시의 침묵이 계속되었다. 그의 사지에서는 무서운 경련이 끊임없이 일었다. 그것은 죽음의 경련이었다. 듣기 힘든 작은 그의 소리가 또 그의 입에서 나왔다.

"선생님."

"왜?"

"보고 싶어요. 전 보구 시……."

"뭐이?"

그는 입을 움직였다. 그러나 말이 안 나왔다. 가운이 부족한 모양이었다. 잠시 뒤에 그는 또다시 입을 움직였다. 무슨 소리가 그의 입에서 나왔다.

"무얼?"

"보구 싶어요. 붉은 산이— 그리고 흰 옷이!"

아아, 죽음에 임하여 그의 고국과 동포가 생각난 것이었다. 여는 힘 있게 감았던 눈을 고즈넉이 떴다. 그때에 '삵'의 눈도 번쩍 뜨이었다. 그는 손을 들려고 하였다. 그러나 이미 부러진 그의 손을 들리지 않았다. 그는 머리를 돌이키려 하였다. 그러나 그런 힘이 없었다.

그는 마지막 힘을 혀끝에 모아 가지고 입을 열었다.

"선생님!"

"왜?"

"저것— 저것—."

"무얼?"

"저기 붉은 산이— 그리고 흰 옷이— 선생님, 저게 뭐예요?"

여는 돌아보았다. 그러나 거기는 황막한 만주의 벌판이 전개되어 있을 뿐이었다.

"선생님 노래를 불러주세요. 마지막 소원— 노래를 해주세요. 동해물과 백두산이 마르고 닳도록—."

여는 머리를 끄덕이고 눈을 감았다. 그리고 입을 열었다. 여의 입에서는 창가[11]가 흘러나왔다.

여는 고즈넉이 불렀다.

"동해물과 백두산이……."

고즈넉이 부르는 여의 창가 소리에 뒤에 둘러섰던 다른 사람의 입에서도 숭엄한 코러스는 울리어 나왔다.

무궁화 삼천리

화려 강산—

광막한 겨울의 만주벌 한편 구석에서는 밥버러지 익호의 죽음을 조상하는 숭엄한 노래가 차차 크게 엄숙하게 울리었다. 그 가운데 익호의 몸은 점점 식었다.

11_**창가**: 갑오개혁 이후에 생긴 근대 음악 형식의 간단한 노래

김동인의 「붉은 산」을 다 읽으셨나요?

그러면 작품의 내용을 생각하면서 이 소설의 인물, 사건, 배경 등 여러 요소들에 대한
자신만의 마인드맵을 그려 보세요~!

붉은 산

줄거리

　의사인 '여'(나)는 의학 연구를 위해서 만주로 들어가 조선인만이 모여 살면서 소작으로 생계를 이어가는 한 마을에 이른다. 그 마을에는 어디에서 흘러 들어왔는지 '삵'이라는 별명으로 불리는 교포 청년 '정익호'가 있다. 삵은 동리에서 암적인 존재로, 동리 사람들의 미움과 저주를 아랑곳하지 않고 제멋대로 행동하며 지낸다. 그는 괴팍하고 간교할 뿐만 아니라 생김새나 행동거지가 모두 사람들의 이맛살을 찌푸리게 하고 미움을 사게 한다. 그는 투전, 싸움, 트집, 칼부림, 색시에게 덤벼들기 등 온갖 못된 짓을 다한다. 이런 삵을 동네 사람들은 쫓아내기로 합의하나 선뜻 나서서 실현시키는 사람이 없다.

　그러던 중 동네 주민 송 첨지가 그 해의 소작료를 나귀에 싣고 만주인 지주에게 바치러 갔다가 부당하게 폭행을 당하여 죽자, 주민 모두가 원수를 갚자고 흥분하나 막상 지주와 맞서려는 사람은 없다. 이런 이야기를 여에게 전해들은 삵의 얼굴에는 비창한 기운이 서린다. 다음날 아침, 그는 동구 밖의 밭고랑에 피투성이가 된 채로 발견된다.

　그는 혼자의 몸으로 못된 만주인 지주의 집에 가서 송 첨지를 죽인 분풀이를 하다가 당한 것이다. 마을 사람들이 모여 불러 주는 애국가를 들으며 그는 죽어간다.

주제

일제 강점기 만주 이주민들의 고통스런 생활상과
　한 떠돌이 인간의 민족애

핵심 정리

- **등장인물**
  - · **정익호** : 주인공. '삵'이라는 별명을 가진 떠돌이로 포악한 인물
  - · **송첨지** : 만주에 사는 한 동포
  - · **여(나)** : 의사. 관찰자이며 사건을 전달하는 서술자
- **배경** – 일제 강점기의 만주 땅 ××촌
- **시점** – 1인칭 관찰자 시점
- **성격** – 사실적, 상징적, 민족주의적
- **출전** – 「삼천리」(1932)

문제 풀기

모범답 → p. 272

1. 이 글을 읽고 난 후 감상을 가장 적절하게 말한 사람은? (　　)

① 미림 : '삵'이 죽으려고 지주를 찾아간 것은 어리석은 행동이야.

② 은숙 : '여'가 의사이기 때문에 작품의 주인공이 되어야 했었어.

③ 재동 : 사람들이 먼저 '삵'을 쫓아냈다면 그는 죽지 않았을 거야.

④ 영민 : 비도덕인 인물이라고 해도 애국심을 가질 수 있음을 알았어.

⑤ 진주 : 만주로 떠나지 말고 아무리 힘들어도 고향을 지켜야 했었어.

2. 이 글의 결말에 나오는 '붉은 산'과 '흰 옷'은 무엇을 상징할까요?

감상 쓰기 　주인공이나 지은이에게 하고 싶은 말, 알게 된 점, 느낀 점 등

03
산(山)

 이효석 (李孝石, 1907~1942)

이효석 李孝石

1907~1942

일제 강점기 시대의 소설가, 교육자. 1930년대 순수와 향수의 문학을 추구함과 동시에 고향에 대한 그리움과 이국에 대한 동경을 주로 작품화 하였으며, 「메밀꽃 필 무렵」(1936)은 이효석의 순수문학을 대표하는 단편 소설로 유명함.

연보

- 1907년 2월 23일 강원도 평창에서 출생
- 1920년 경성제일고보에 입학, 1년 선배인 유진오와 교류
- 1928년 『조선지광』에 「도시와 유령」 발표 후 본격적인 문학 활동 시작
- 1930년 경성제국대학 법문학부 영문학과 졸업
- 1931년 이경원과 혼인 후 총독부 경무국을 거쳐 경성농업학교 영어교사로 부임
- 1933년 '구인회'에 가입, 본격 순수문학 추구
- 1934년 평양의 숭실전문학교로 전임
- 1940년 부인과 사별하고 둘째 딸마저 잃은 뒤 극심한 실의에 빠져 만주 등지를 돌아다니다가 귀국
- 1942년 5월 25일 뇌막염으로 사망

❶ 이효석은 1928년 「도시와 유령」을 발표하면서부터 본격적 문학 활동을 전개하는데, 이 소설은 도시 하층민의 비참한 생활을 고발한 것으로 그 뒤 이러한 경향의 작품들을 창작함으로써 유진오와 함께 계급주의 계열의 작가를 의미하는 '동반자작가'로 불리었다.

❷ 이효석은 1932년경부터 초기의 계급주의 요소를 탈피하여 순수문학을 추구하는데, 「오리온과 능금」(1932), 「돈」(1933), 「수탉」(1933) 등과 같이 향토적·이국적·성적 요소 중심의 작품들을 많이 발표하였다.

❸ 이효석 소설의 특징은 「메밀꽃 필 무렵」으로 대표되는 '향수의 문학'이라고 요약할 수 있으며, 그는 고향에 대한 그리움과 이국에 대한 동경을 작품으로 형상화시킨 한국 순수문학의 선구자라고 할 수 있다.

주요 작품들

노령근해(1930)	돈(1933)
산(1936)	메밀꽃 필 무렵(1936)
장미 병들다(1938)	해바라기(1938)
황제(1939)	벽공무한(1940)

준비

"읽기 전에 알아두자."

「산」은 1936년 『삼천리』에 발표되었는데, 감각적인 표현이 돋보이는 단편소설입니다. 숲 속에 살면서 자연과의 교감으로 행복해 하고, 그런 생활에 동화되어 인위적인 사회제도, 풍습, 습관 등을 벗어난 인간의 자유로운 모습을 그려내고 있지요. 사실주의적이며 서정적인 이 작품은 향토색 물씬 풍기는 어휘를 사용하고 있으며, 지금은 잘 쓰지 않는 사라진 우리말도 많이 볼 수 있습니다.

집중

"이것만은 꼭 생각하며 읽자."

작가들이 자유롭게 창작활동을 할 수 없었던 1930년대의 시대 상황을 고려할 때, 주인공이 산으로 들어가게 한 설정은 이상을 꿈꾸던 지은이가 이념을 포기하고 자연으로 도피한 것으로 보입니다. 주인공 '중실'이 선택한 자연은 인간이 돌아가야 할 참된 가치의 대상이라기보다는 일시적인 위안에 불과할 수도 있는데, 소설의 특성 중 하나인 '서사성'과 연관 지으면서 비판적인 관점에서 이 글을 읽어 보세요.

산(山)

1

나무하던 손을 쉬고 중실은 발밑의 깨금나무 포기를 들쳤다. 지천으로
떨어지는 깨금알이 손안에 오르르 들었다. 익을 대로 익은 제철의 열매가
어금니 사이에서 오도독 두 쪽으로 갈라졌다.

돌을 집어던지면 깨금알같이 오도독 깨어질 듯한 맑은 하늘, 물고기 등
같이 푸르다. 높게 뜬 조각구름 떼가 해변에 뿌려진 조개껍질같이 유난스럽
게도 한편에 옹졸봉졸 몰려들 있다. 높은 산등이라 하늘이 가까우련만 마
을에서 볼 때와 일반으로 멀다. 구만 리일까 십만 리일까. 골짜기에서의 생
각으로는 산기슭에만 오르면 만져질 듯하던 것이 산허리에 나서면 단번에
구만 리를 내빼는 가을 하늘.

산 속의 아침나절은 졸고 있는 짐승같이 막막은 하나 숨결이 은근하다.
휘엿한 산등은 누워 있는 황소의 등어리요, 바람결도 없는데, 쉴 새 없이 파
르르 나부끼는 사시나무 잎새는 산의 숨소리다. 첫눈에 띄는 하아얗게 분
장한 자작나무는 산 속의 일색. 아무리 단장한대야 사람의 살결이 그렇게
흴 수 있을까. 수북 들어선 나무는 마을의 인총보다도 많고 사람의 성보다
도 종자가 흔하다. 고요하게 무럭무럭 걱정 없이 잘들 자란다. 산오리나무,

물오리나무, 가락나무, 참나무, 졸참나무, 박달나무, 사스레나무, 떡갈나무, 무치나무, 물가리나무, 싸리나무, 고로쇠나무. 골짜기에는 신나무, 아그배나무, 갈매나무, 개옻나무, 엄나무. 산등에 간간이 섞여 어느 때나 푸르고 향기로운 소나무, 잣나무, 전나무, 노간주나무 — 걱정 없이 무럭무럭 잘들 자라는 — 산 속은 고요하나 웅성한 아름다운 세상이다.

과실같이 싱싱한 기운과 향기, 나무 향기, 흙 냄새, 하늘 향기, 마을에서는 찾아볼 수 없는 향기다.

낙엽 속에 파묻혀 앉아 깨금을 알뜰이 바수는 중실은, 이제 새삼스럽게 그 향기를 생각하고 나무를 살피고 하늘을 바라보는 것이 아니었다. 그런 것은 한데 합쳐 몸에 함빡 젖어들어 전신을 가지고 모르는 결에 그것을 느낄 뿐이다. 산과 몸이 빈틈없이 한데 얼린 것이다.

눈에는 어느 결엔지 푸른 하늘이 물들었고, 피부에는 산 냄새가 배었다. 바심[1]할 때의 짚북더기보다도 부드러운 나뭇잎 — 여러 자 깊이로 쌓이고 쌓인 깨금잎, 가락잎, 떡갈잎의 부드러운 보료[2] 속에 몸을 파묻고 있으면 몸뚱어리가 마치 땅에서 솟아난 한 포기의 나무와도 같은 느낌이다. 소나무, 참나무, 총중[3]의 한 대의 나무다. 두 발은 뿌리요, 두 팔은 가지다. 살을 베면 피 대신에 나뭇진이 흐를 듯하다. 잠자코 섰는 나무들의 주고받는 은근한 말을, 나뭇가지의 고개짓하는 뜻을, 나뭇잎의 소곤거리는 속심을 총중의 한 포기로써 넉넉히 짐작할 수 있다. 해가 뜰 때에 즐거워하고, 바람 불 때에 농탕치고, 날 흐릴 때 얼굴을 찡그리는 나무들의 풍속과 비밀을 역력히

1_ **바심** : 채 익기 전의 벼나 보리를 지레 베어 떨거나 흙을 터는 일. '풋바심'의 준말
2_ **보료** : 솜·짐승의 털 따위로 속을 두껍게 넣어, 앉는 자리에 늘 깔아두는 요
3_ **총중** : 叢中. 한 떼의 가운데

번역해 낼 수 있다. 몸은 한 포기의 나무다. 별안간 부드득 솟아오르는 힘을 느끼고 중실은 벌떡 뛰어 일어났다.

쭉 펴는 네 활개에 힘이 뻗쳐 금시에 그대로 하늘에라도 오를 듯싶었다. 넘치는 힘을 보낼 곳 없어 할 수 없이 입을 크게 벌리고 하늘이 울려라 고함을 쳤다. 땅에서 솟는 산 정기의 힘찬 단순한 목소리다. 산이 대답하고 나뭇가지가 고갯짓한다.

또 하나 그 소리에 대답한 것은 맞은편 산허리에서 불시에 푸드득 날아뜨는 한 자웅의 꿩이었다. 살찐 까투리의 꽁지를 물고 나는 장끼의 오색 날개가 맑은 하늘에 찬란하게 빛났다.

살찐 꿩을 보고 중실은 문득 배가 허출함을 깨달았다. 아래편 골짜기 개울 옆에 간직하여 둔 노루 고기와 가랑잎 새에 싸 둔 개꿀이 있음을 생각하고 다시 낫을 집어 들었다.

첫 참 때까지에는 한 점은 채워 놓아야 파장되기 전에 읍내에 다다르겠고, 팔아 가지고는 어둡기 전에 다시 산으로 돌아와야 할 것이다. 한참 쉰 뒤라 팔에는 기운이 남았다. 버스럭거리는 나뭇잎 소리가 품안에 요란하고 맑은 기운이 몸을 한바탕 멱 감긴 것 같다. 산은 마을보다 몇 곱절 살기가 좋은가. 산에 들어오기를 잘했다고 중실은 생각하였다.

2

세상에 머슴살이같이 잇속 적은 생업은 없다.

싸울래 싸운 것이 아니라 김 영감 편에서 투정을 건 셈이다. 지금 와 보면 처음부터 쫓아낼 의사였던 것이 확실하다. 중실은 머슴 산 지 칠 년에 아무 것도 쥔 것 없이 맨주먹으로 살던 집을 쫓겨났다. 원통은 하였으나 애통하지는 않았다.

해마다 사경을 또박또박 받아 본 일 없다. 옷 한 벌 버젓하게 얻어 입은 적 없다. 명절에는 놀이할 돈도 푼푼이 없이 늘 개보름 쇠듯 하였다. 장가들이고 집 사고 살림을 내 준다는 것도 헛소리였다. 첩을 건드렸다는 생뚱같은[4] 다짐이었으나, 그것은 처음부터 계책한 억지요, 졸색의 등글개 따위에는 손 댈 염도 없었던 것이다. 빨래하러 갔던 첩과 동구 밖에서 마주쳐 나뭇짐을 지고 앞서고 뒤서서 돌아왔다고 의심받을 법은 없다. 첩과 수상한 놈팡이는 도리어 다른 곳에 있는 것을, 애매한 중실에게 엉뚱한 분풀이가 돌아온 셈이었다. 가살스런[5] 첩의 행실을 휘어잡지 못하고 늘그막 판에 속 태우는 영감의 신세가 하기는 가엾기는 하다. 더욱 엉클어질 앞일을 생각하고 중실은 차라리 하직하고 나온 것이었다. 넓은 하늘 밑에서도 갈 곳이 없다. 제일 친한 곳이 늘 나무하러 가던 산이었다. 짚북더기보다도 부드러운 두툼한 나뭇잎의 맛이 생각났다. 그 넓은 세상은 사람을 배반할 것 같지는 않았다. 빈 지게만을 걸머지고 산으로 들어갔다. 그 속에서 얼마 동안이나 견딜 수 있을까가 한 시험도 되었다.

박중골에서도 오 리나 들어간, 마을과 사람과는 인연이 먼 산협이다. 산등이 펑퍼짐하고 양지쪽에 해가 잘 쬐고, 골짜기에 개울이 흐르고, 개울가에 나무 열매가 지천으로 열려 있는 곳이다. 양지쪽에서는 나무하러 왔다 낮잠을 잔 적도 여러 번이었다. 개울가에 불을 피우고 밭에서 뜯어온 옥수수 이삭을 구웠다. 수풀 속에서 찾은 으름과 나뭇가지에 익어 시든 아그배와

4_**생뚱같은** : 앞뒤가 맞지 아니하고 엉뚱한
5_**가살스런** : 말이나 하는 짓이 얄망궂고 되바라진

산사로 배가 불렀다. 나뭇잎을 모아 그 속에 푹 파고 든 잠자리도 그다지 춥지는 않았다.

이튿날 산을 헤매다가 공교롭게도 주영나무 가지에 야트막하게 달린 벌집을 찾아냈다. 담배 연기를 피워 벌떼를 이지러뜨리고 감쪽같이 집을 들어냈다. 속에는 맑은 꿀이 차 있었다. 사람은 살라고 마련인 듯싶다. 꿀은 조금으로도 요기가 되었다. 개와 함께 여러 날 양식이 되었다.

꿀이 다 떨어지지도 않은 그저께 밤에는 맞은편 심산에 산불이 보였다. 백일홍같이 새빨간 불꽃이 어둠 속에 가깝게 솟아올랐다. 낮부터 타기 시작한 것이 밤에 들어가서 겨우 알려진 것이다. 누에에게 먹히는 뽕잎같이 아물아물 헤어지는 것 같으나, 기실은 한 자리에서 아롱아롱 타는 것이었다. 아귀의 혀끝같이 널름거리는 불꽃이 세상에도 아름다왔다. 울밑의 꽃보다도, 비단결보다도, 무지개보다도 맨드라미보다도 곱고 장하다.

중실은 알 수 없이 신이 나서 몽둥이를 들고 산등을 따라 오르고 골짜기를 건너 불붙는 곳으로 끌려 들어갔다. 가깝게 보이던 것과는 딴판으로 꽤 멀었다. 불은 산등에서 산등으로 둘러붙어 골짜기로 타 내려갔다. 화기가 확확 튀어 가까이 갈 수 없었다. 후끈후끈 무더웠다. 나무뿌리가 탁탁 튀며 땅이 쩽쩽 울렸다. 민출한 자작나무는 가지가지에 불이 피어올라 한 포기의 산호수 같은 불나무로 변하였다. 헛되이 타는 모두가 아까왔다.

중실은 어쩌는 수 없이 몽둥이를 쓸데없이 휘두르며 불 테두리를 빙빙 돌뿐이었다. 불은 힘에 부치는 것이었다. 확실히 간 보람은 있었다. 그을린 노루 한 마리를 얻은 것이었다. 불 테두리를 뚫고 나오지 못한 노루는 산골짜기에서 뱅뱅 돌아 결국 불벼락을 맞은 것이다. 물론 그것을 얻을 때는 불도 거의 다 탄 새벽이었으나, 외로운 짐승이 몹시 가엾었다. 그러나 이미 죽은 후의 고기라 중실은 그것을 짊어지고 산으로 돌아갔다. 사람을 살리자는 신의 뜻이라고 비위 좋게 생각하면 그만이었다. 여러 날 동안의 흐뭇한 양식이 되었다. 다만 한 가지 그리운 것이 있었다. 짠맛 — 소금이었다. 사람은 그립지 않으나 소금이 그리웠다. 그것을 얻자는 생각으로만 마음이 그리웠다.

3

힘자라는 데까지 졌다.

이십 리 길을 부지런히 걸으려니 잔등에 땀이 내배었다. 걸음을 따라 나뭇짐이 휘청휘청 앞으로 휘었다.

간신히 파장 전에 대었다. 나무를 판 때의 마음이 이날같이 즐거운 적은 없었다. 물건을 산 때의 마음도 이날같이 즐거운 적은 없었다. 그것은 짜장 필요한 물건이기 때문이다.

나무 판 돈으로 중실은 감자 말과 좁쌀 되와 소금과 남비를 샀다. 산 속의 호젓한 살림에는 이것으로써 족하리라고 생각되었다. 목숨을 이어가는 데 해어[6]쯤이 없으면 어떨까도 생각되었다.

올 때보다 짐이 단출하여 지게가 가벼웠다. 거리의 살림은 전과 다름없이 어수선하고 지지부레하였다. 더 나아진 것도 없으려니와 못해진 것도 없다.

술집 골방에서 왁자지껄하고 싸우는 것도 전과 다름없다. 이상스러운 것은 그런 거리의 살림살이가 도무지 마음을 당기지 않는 것이다. 앙상한 사람들의 얼굴이 그다지 그리운 것이 아니었다.

6_ **해어** : 바닷물고기

60

무슨 까닭으로 산이 이렇게도 그리울까. 편벽된 마음을 의심도 하여 보았다. 그러나 별로 이치도 없었다. 덮어놓고 양지쪽이 좋고, 자작나무가 눈에 들고, 떡갈잎이 마음을 끄는 것이다. 평생 산에서 살도록 태어났는지도 모른다.

김 영감의 그 후의 소식은 물어 낼 필요도 없었으나, 거리에서 만난 박 서방 입에서 우연히 한 구절 얻어듣게 되었다.

병든 등글개 첩은 기어코 김 영감의 눈을 감춰 최 서기와 줄행랑을 놓았다. 종적을 수색 중이나 아직도 오리무중이라 한다.

사랑방에서 고시렁고시렁 잠을 못 이룰 육십 노인의 꼴이 측은하게 눈에 떠올랐다. 애매한 머슴을 내쫓았음을 뉘우치리라고 생각되었다. 그러나 중실에게는 물론 다시 살러 들어갈 뜻도, 노인을 위로하고 싶은 친절도 가지기 싫었다. 다만 거리의 살림이라는 것이 더한층 어수선하게 여겨질 뿐이었다. 산으로 향하는 저녁길이 한결 개운하다.

4

개울가에 남비를 걸고 서투른 솜씨로 지은 저녁을 마쳤을 때에는 밤이 적이 어두웠다. 깊은 하늘에 별이 총총 돋고 초생달이 나뭇가지를 올가미 지웠다. 새들도 깃들이고 바람도 자고 개울물만이 쫄쫄쫄쫄 숨 쉰다. 검은 산등은 잠든 황소다. 등걸불이 탁탁 튄다. 나뭇잎 타는 냄새가 몸을 휩싸며 구수하다. 불을 쬐며 담배를 피우니 몸이 훈훈하다. 더 바랄 것 없이 마음이 만족스럽다.

한 가지 욕심이 솟아올랐다. 밥 짓는 일이란 머슴애 할 일이 못 된다. 사내 자식은 역시 밭 갈고 나무하는 것이 옳은 것이다. 장가를 들려면 이웃집 용녀 만한 색시는 없다. 용녀를 데려다 밥 일을 맡길 수밖에는 없다고 생각하였다.

용녀를 생각만 하여도 즐겁다. 궁리가 차례차례로 솔솔 풀렸다.

굵은 나무를 베어다 껍질째 토막을 내 양지쪽에 쌓아 올려 단간의 조촐한 오두막을 짓겠다. 펑퍼짐한 산허리를 일궈 밭을 만들고 봄부터 감자와 귀리를 갈 작정이다. 오랍뜰[7]에 우리를 세우고 염소와 돼지와 닭을 칠 터. 산에서 노루를 산 채로 붙들면 우리 속에 같이 기르고 용녀가 집일을 하는 동안에 밭을 가꾸고 나무를 할 것이며, 아이를 낳으면 소같이 산같이 튼튼하게 자라렸다. 용녀가 만약 말을 안 들으면 밤중에 내려가 가만히 업어올 걸.

한번 산에만 들어오면 별수 없지.

불이 거의거의 아스러지고 물소리가 더 한층 맑다.

별들이 어지럽게 깜박거린다. 달이 다른 나뭇가지에 걸렸다. 나머지 등걸불을 발로 비벼 끄니 골짜기는 더 한층 막막하다. 어느만 때인지 산 속에서는 때도 분별할 수 없다.

자기가 이른지 늦은지도 모르면서 나무 밑 잠자리로 향하였다.

낟가리같이 두두룩하게 쌓인 낙엽 속에 몸을 송두리째 파묻고 얼굴만을 빠끔히 내놓았다. 몸이 차차 푸근하여 온다. 하늘의 별이 와르르 얼굴 위에 쏟아질 듯싶게 가까웠다 멀어졌다 한다.

별 하나 나 하나, 별 둘 나 둘, 별 셋 나 셋ㅡ

어느 결엔지 별을 세이고 있었다. 눈이 아물아물하고 입이 뒤바뀌어 수효가 틀려지면 다시 목소리를 높여 처음부터 고쳐 세이곤 하였다.

별 하나 나 하나, 별 둘 나 둘, 별 셋 나 셋ㅡ

세는 동안에 중실은 제 몸이 스스로 별이 됨을 느꼈다.

7_**오랍뜰** : 오래뜰. 대문이나 중문 안에 있는 뜰

이효석의 「산」을 다 읽으셨나요?

그러면 작품의 내용을 생각하면서 이 소설의 인물, 사건, 배경 등 여러 요소들에 대한
자신만의 마인드맵을 그려 보세요~!

산

줄거리

중실은 머슴살이 7년 만에 아무 것도 없이 맨주먹으로 김 영감 집에서 첩 등글개를 건드렸다는 오해로 쫓겨났다. 갈 곳이 없는 그는 빈 지게를 걸머지고 산으로 들어간다. 그 넓은 산은 사람을 배반할 것 같지는 않았기 때문이다.

그는 산에서 벌집을 찾아내어 담배 연기를 사용해 꿀을 얻었고, 산불 덕택에 죽은 노루를 얻어 여러 날 양식으로 사용할 수 있었다. 다만, 한 가지 아쉬운 것은 소금이었다. 어느 날, 그는 나무를 팔러 마을 장에 내려와 나무 판 돈으로 감자, 좁쌀, 소금, 냄비를 샀다. 그리고 김 영감의 첩이 면 서기와 줄행랑을 쳤다는 소식도 듣는다. 지금쯤 머슴을 내쫓고 뉘우치고 있을 김 영감을 위로하고 싶었으나, 그는 다시 산이 그리워져 물건들을 지게에 지고 산으로 올라갔다.

그는 이웃집 용녀를 생각한다. 그녀와 더불어 오두막집을 짓고 감자밭을 일구며 염소, 돼지, 닭 칠 것을 상상해 본다. 그리고 낙엽을 잠자리로 삼아 별을 헤면서 잠을 청한다. 하늘의 별이 와르르 얼굴 위에 쏟아질 듯싶게 가까웠다 멀어졌다 한다. 별을 세는 동안에 중실은 제 몸이 스스로 별이 됨을 느낀다.

주제

자연에 동화된 인간의 소박한 삶과 자연애

- **등장인물**
  - **중실** : 주인집에서 나와 산에 사는 머슴. 자연에서 행복을 느끼는 인물
  - **김 영감** : 주인(등장하지 않음)
  - **용녀** : 중실이 사모하는 여인(등장하지 않음)
  - **등글개** : 김 영감의 첩(등장하지 않음)
- **배경** – 가을의 산
- **시점** – 3인칭 전지적 작가 시점
- **성격** – 서정적, 묘사적, 낭만적
- **출전** –「삼천리」(1936)

문제 풀기

모범답 → p. 272

1. 이 글의 문장과 어휘에 나타난 표현의 특징으로 적당하지 <u>않은</u> 것은? (　)
  ① 시적인 정서를 드러내고 있다.
  ② 열거법, 의인법을 많이 사용하고 있다.
  ③ 자기 고백적인 표현을 통해 긴장감을 드러낸다.
  ④ 감각적인 표현으로 사물을 효과적으로 드러내고 있다.
  ⑤ 서사적인 성격보다 서정적인 성격이 더 잘 나타나고 있다.

2. 사건 중심의 일반 소설과 비교할 때 이 작품에서 부족한 점은 무엇일까요?

....

....

....

04
돌다리

 이태준 (李泰俊, 1904~?)

이태준 李泰俊

1904~?

일제 강점기 시대부터 해방 직후까지 활동한 소설가. 인간적인 서정성과 순수한 휴머니즘의 시각으로 대상과 사건을 묘사한 다수의 작품들을 창작함으로써 한국 단편소설의 예술성을 높였으며, 한국전쟁 이후 북한에서 숙청당했다고 전해짐.

연보

- 1904년 11월 4일 강원도 철원군 묘장면 산명리에서 출생
- 1921년 휘문고보에 입학, 1924년 동맹휴교 주동으로 퇴학
- 1925년 『조선문단』에 「오몽녀」 발표 후 작품 활동 시작
- 1927년 도쿄 조치대학 예과에 입학, 1928년 중퇴
- 1933년 '구인회' 동인으로 활동
- 1939년 문학잡지 『문장』 주관
- 1941년 제2회 조선예술상 수상
- 1946년 '조선문학가동맹' 부위원장으로 활동
- 1946년 7~8월경 월북
- 1956년 북한에서 숙청당했으며, 사망 연도는 미상

❶ 이태준은 1933년 '구인회' 동인으로 활동하면서 1934년 첫 단편집 『달밤』 발간을 시작으로 『가마귀』(1937), 『이태준 단편선』(1939) 등 서정성이 농후한 작품들을 창작하였다.

❷ 이태준의 해방 이전 작품들은 대체로 현실에 초연하여 예술정신을 추구하려는 색채를 강하게 나타내었으며, 섬세한 묘사와 휴머니즘의 시선으로 대상을 바라보는 태도를 추구함으로써 단편소설의 예술적 완성도를 높였다.

❸ 이태준은 강제로 월북되었다는 이야기가 전해지며, 한국전쟁 이후 숙청을 당한 것은 그가 철저한 사회주의적 작가가 아니었으며, 그의 문학이 인간적 서정성과 순수성에 기초하고 있음을 반증한다고 볼 수 있다.

주요 작품들

달밤(1934)	가마귀(1937)
구원의 여상(1937)	화관(1938)
청춘무성(1940)	사상의 월야(1946)
해방전후(1947)	소련기행(1947)

준비

"읽기 전에 알아두자."

「돌다리」는 1943년 『국민문학』에 발표되었습니다. 서양에서 들어온 물질 중시의 가치관과 전통을 중시하는 우리의 정신적 가치관이 섞여 혼란스러운 당시의 사회 현실을 가족 구성원 간의 갈등을 통해 보여주는 사실주의 소설이지요. 이 작품이 창작된 시기는 일제 강점기 시대 일본을 통해 서구적인 가치관이 우리나라에 마구잡이로 들어옴으로써 전통적인 가치관이 무너지던 때였습니다. 이런 상황 속에서 전통적인 가치관의 소중함을 일깨워 준다는 점에서 이 작품의 의의가 있습니다.

집중

"이것만은 꼭 생각하며 읽자."

이 작품의 갈등은 농토를 파는 문제로 빚어집니다. 돈을 최고로 여기는 가치관을 가진 아들과 고향의 땅을 중요시하는 전통적 가치를 존중하는 아버지 사이의 갈등을 통해 물신주의 사회를 비판하고 있습니다. 일제 강점기 시대의 사회 현실이 부자 사이의 갈등을 통해 어떻게 표현되고 있는지 살펴보고, 오늘날 우리 사회에서 일어나고 있는 세대 간의 갈등과 원인, 그리고 해결 방안은 무엇인지 생각하며 읽어 보세요.

돌다리

-
-
-

정거장에서 샘말 십 리 길을 내려오노라면 반이 될락 말락 한 데서부터 샘말 동네보다는 그 건너편 산기슭에 놓인 공동묘지가 먼저 눈에 뜨인다.

창섭은 잠깐 걸음을 멈추고까지 바라보았다.

봄에 올 때 보면, 진달래가 불붙듯 피어 올라가는 야산이다. 지금은 단풍철도 지나고 누르테테한 가닥나무들만 묘지를 둘러, 듣지 않아도 적막한 버스럭 소리만 울릴 것 같았다. 어느 것이라고 집어 낼 수는 없어도, 창옥의 무덤이 어디쯤이라고는 짐작이 된다. 창섭은 마음으로 '창옥아.' 불러 보며 묵례를 보냈다. 다만 오뉘뿐으로 나이가 훨씬 떨어진 누이였었다. 지금도 눈에 선하다.

자기가 마침 방학으로 와 있던 여름이었다. 창옥은 저녁 먹다 말고 갑자기 복통으로 뒹굴었다. 읍으로 뛰어 들어가 의사를 청해 왔다. 의사는 주사를 놓고 들어갔다. 그러나 밤새도록 열은 내리지 않았고 새벽녘엔 아파하는 것도 더해 갔다. 다시 의사를 데리러 갔으나 의사는 바쁘다고 환자를 데려오라 하였다. 하라는 대로 환자를 데리고 들어갔으나 역시 오진[1](誤診)을 했

1_**오진(誤診)** : 진단을 잘못하는 일, 또는 그런 진단

었다. 다시 하루를 지나 고름이 터지고 복막(腹膜)이 절망적으로 상해 버린 뒤에야 겨우 맹장염(盲腸炎)인 것을 알아낸 눈치였다.

그때 창섭은 자기도 어른이기만 했으면 필시 의사의 멱살을 들었을 것이었다. 이런 누이의 허무한 주검에서 창섭은 뜻을 세워, 아버지가 권하는 고농[2](高農)을 마다하고 의전[3](醫專)으로 들어갔고, 오늘에 이르러는, 맹장 수술로는 서울서도 정평이 있는 한 권위가 된 것이다.

'창옥아, 기뻐해 다구. 이번에 내 병원이 좋은 건물을 만나 커지는 거다. 개인병원으론 제일 완비한 수술실이 실현될 거다! 입원실 부족도 해결될 거다. 네 사진을 크게 확대해 내 새 진찰실에 걸어 노마 ……'

창섭은 바람도 쌀쌀할 뿐 아니라 오후 차로 돌아가야 할 길이라 걸음을 재우쳤다.

길은 그전보다 넓어도 졌고 바닥도 평탄하였다. 비나 오면 진흙에 헤어날 수 없었는데 복판으로는 자갈이 깔리고, 어떤 목은 좁아서 소바리가 논으로 미끄러져 들어가기 십상이었는데 바위를 갈라내어서까지 일매지게[4] 넓은 길로 닦아졌다. 창섭은, '이럴 줄 알았더면 정거장에서 자전거라도 빌려 타고 올걸.' 하였다.

눈에 익은 정자나무 선 논이며 돌각담을 두른 밭들도 나타났다. 자기 집 논과 밭들이었다. 논둑에 선 정자나무는 그전부터 있는 것이나 밭에 돌각담들은 아버지께서 손수 쌓으신 것이다.

창섭의 아버지는 근검(勤儉)으로 근방에 소문난 영감이다. 그러나 자기

2_**고농(高農)** : 농업고등학교
3_**의전(醫專)** : '의학 전문학교'의 준말
4_**일매지게** : 죄다 고르고 가지런하게

대에 와서는 밭 하루갈이도 늘쿠지는⁵ 못한 것으로도 소문난 영감이다. 곡식값보다는 다른 물가들이 높아졌을 뿐 아니라 전대(前代)에는 모르던 아들의 유학이란 것이 큰 부담인데다가,

"할아버니와 아버니께서 나를 부자 소린 못 들어도 굶는단 소린 안 듣고 살도록 물려주시구 가셨다. 드럭드럭 탐내 모아선 뭘 허니, 할아버니께서 쇠똥을 맨손으로 움켜다 넣시던 논, 아버니께서 멍덜⁶을 손수 이룩허신 밭을 더 건 논으로 더 기름진 밭이 되도록, 닦달만 해가기에도 내겐 벅찬 일일 게다."

하고 절용해 쓰고 남는 돈이 있으면 그 돈으로는 품을 몇씩 들여서까지 비뚠 논배미를 바로잡기, 밭에 돌을 추려 바람맞이로 담을 두르기, 개울엔 둑막이하기, 그리다가 아들이 의사가 된 후로는, 아들 학비로 쓰던 몫까지 들여서 동네 길들은 물론, 읍길과 정거장 길까지 닦아 놓았다. 남을 주면 땅을 버린다고 여간 근실한 자국이 아니면 소작을 주지 않았고, 소를 두 필이나 매고 일꾼을 세 명씩이나 두고 적지 않은 전답을 전부 자농(自農)으로 버티어 왔다. 실속이 타작(打作)만 못하다는 둥, 일꾼 셋이 저희 농사 해 가지고 나간다는 둥 이해만을 따져 비평하는 소리가 많았으나 창섭의 아버지는 땅을 위해서는 자기의 이해만으로 타산하려 하지 않았다. 이와 같은 임자를 가진 땅들이라 곡식은 거둔 뒤 그루만 남은 논과 밭이되, 그 바닥들의 고름, 그 언저리들의 바름, 흙의 부드러움이 마치 시루떡 모판이나 대하는 것처럼 누구의 눈에나 탐스럽게 흐뭇해 보였다.

이런 땅을 팔기에는, 아무리 수입은 몇 배 더 나은 병원을 늘쿠기 위해서나 아버지께 미안하지 않을 수 없었다. 그러나 잡히기나 해가지고는 삼만 원

5_늘쿠지는 : 늘리지는
6_멍덜 : 너설. 험한 바위나 돌 따위가 삐죽삐죽 나온 곳

돈을 만들 수가 없었고, 서울서 큰 양관[7](洋館)을 손에 넣기란 돈만 있다고
도 아무 때나 될 일이 아니었다.

'아버지께선 내년이 환갑이시다! 어머니께선 겨울이면 해마다 기침이 도
지신다. 진작부터 내가 모셔야 했을 거다. 그런데 내가 시골로 올 순 없고,
천생 부모님이 서울로 가시어야 한다. 한동네서도 땅을 당신만치 못 거둘 사
람에겐 소작을 주지 않으셨다. 땅 전부를 소작을 내어맡기고는 서울 가 편
안히 계실 날이 하루도 없으실 게다. 아버님의 말년을 편안히 해드리기 위
해서도 땅은 전부 없애 버릴 필요가 있는 거다!'

창섭은 샘말에 들어서자 동구에서 이내 아버지를 뵐 수가 있었다. 아버
지는, 가에는 살얼음이 잡힌 찬물에 무릎까지 걷고 들어서서 동네 사람들
을 축추겨[8] 돌다리를 고치고 계시었다.

"어떻게 갑재기 오느냐?"

"네 좀 급히 여쭤 봐야 할 일이 생겼습니다."

"그래? 먼저 들어가 있거라."

동네 사람 수십 명이 쇠고삐 두 기장은 흘러내려간 다릿돌을 동아줄에
얽어 끌어올리고 있었다. 개울은 동네 복판을 흐르고 있어 아래위로 징검
다리는 서너 군데나 놓였으나 하룻밤 비에도 일쑤 넘치어 모두 이 큰 돌다
리로 통행하던 것이었다. 창섭은 어려서 아버지께 이 큰 돌다리의 내력을 들
은 것이 아직도 기억에 남아 있다.

"너이 증조부님 돌아가시어서다. 산소에 상돌을 해오시는데 징검다리로

7_ **양관(洋館)**: 서양식의 집. 양옥
8_ **축추겨**: 부추겨

야 건네올 수가 있니? 그래 너이 조부님께서 다리부터 이렇게 넓구 튼튼한 돌루 노신 거란다."

그 후 오륙십 년 동안 한 번도 무너진 적이 없었는데 몇 해 전 어느 장마엔 어찌 된 셈인지 가운데 제일 큰 장이 내려앉아 떠내려갔던 것이다. 두께가 한 자는 실하고 폭이 여섯 자, 길이는 열 자가 넘는 자연석 그대로라 여간 몇 사람의 힘으로는 손을 댈 염두부터 나지 못하였다. 더구나 불과 수십 보 이내에 면(面)의 보조를 얻어 난간까지 달린 한다한 나무다리가 놓인 뒤에 일이라 이 돌다리는 동네 사람들에게 완전히 잊혀진 채 던져져 있던 것이었다.

집에 들어가니, 어머니는 다리 고치는 사람들 점심을 짓느라고, 역시 여러 명의 동네 여편네들과 허둥거리고 계시었다.

"웬일인데 어째 혼자만 오느냐?"

어머니는 손자아이들부터 보이지 않음을 물으신다.

"오늘루 가야겠어서 아무두 안 데리구 왔습니다."

"오늘루 갈 걸 뭘 허 오누?"

"인전 어머니서껀 서울로 모셔 갈 채빌 허러 왔다우."

"서울루! 제발 아이들허구 한데서 살아 봤음 원이 없겠다."

하고 어머니는 땅보다, 조상님들 산소나 사당보다 손자아이들에게 더 마음이 끌리시는 눈치였다. 그러나 아버지만은 그처럼 단순히 들떠질 마음이 아니었다.

아버지는 아들의 뒤를 쫓아 이내 개울에서 들어왔다. 아들은, 의사인 아들은 마치 환자에게 치료 방법을 이르듯이 냉정히 차근차근히 이야기를 시작하였다. 외아들인 자기가 부모님을 진작 모시지 못한 것이 잘못인 것, 한 집에 모이려면 자기가 병원을 버리기보다는 부모님이 농토를 버리시고 서울로 오시는 것이 순리인 것, 병원은 나날이 환자가 늘어가나 입원실이 부족되어 오는 환자의 삼분지 일밖에 수용 못하는 것, 지금 시국에 큰 건물을 새로 짓기란 거의 불가능의 일인 것, 마침 교통 편한 자리에 삼층 양옥이 하나 난 것, 인쇄소였던 집인데 전체가 콘크리트여서 방화 방공으로 가치가 충분한 것, 삼층은 살림집과 직공들의 합숙실로 꾸미었던 것이라 입원실로 변장하기에 용이한 것, 각층에 수도·가스가 다 들어온 것, 그러면서도 가격은 염한 것, 염하기는 하나 삼만이천 원이라, 지금의 병원을 팔면 일만오천 원쯤은 받겠지만 그것은 새 집을 고치는 데와, 수술실의 기계를 완비하는 데 다 들어갈 것이니 집값 삼만이천 원은 따로 있어야 할 것, 시골에 땅을 둔대야 일 년에 고작 삼천 원의 실리가 떨어질지 말지 하지만 땅을 팔아다 병원만 확장해 놓으면, 적어도 일 년에 만 원 하나씩은 이익을 뽑을 자신이 있는 것, 돈만 있으면 땅은 이담에라도, 서울 가까이라도 얼마든지 좋은 것으로 살 수 있는 것……. 아버지는 아들의 의견을 끝까지 잠잠히 들었다. 그리고,

"점심이나 먹어라. 나두 좀 생각해 봐야 대답허겠다."

하고는 다시 개울로 나갔고, 떨어졌던 다릿돌을 올려놓고야 들어와 그도 점심상을 받았다.

점심을 자시면서였다.

"원, 요즘 사람들은 힘두 줄었나 봐! 그 다리 첨 놀 제 내가 어려서 봤는데 불과 여남은이서 거들던 돌인데 장정 수십 명이 한나잘을 씨름을 허다니!"

"나무다리가 있는데 건 왜 고치시나요?"

"너두 그런 소릴 허는구나. 나무가 돌만허다든? 넌 그 다리서 고기 잡던

생각두 안 나니? 서울루 공부 갈 때 그 다리 건너서 떠나던 생각 안 나니? 시쳇사람[9]들은 모두 인정이란 게 사람헌테만 쓰는 건 줄 알드라! 내 할아버니 산소에 상돌을 그 다리로 건네다 모셨구, 내가 천잘[10] 끼구 그 다리루 글 읽으러 댕겼다. 네 어미두 그 다리루 가말 타구 내 집에 왔어. 나 죽건 그 다리루 건네다 묻어라……. 난 서울 갈 생각 없다."

"네?"

"천금이 쏟아진대두 난 땅은 못 팔겠다. 내 아버님께서 손수 이룩허시는 걸 내 눈으루 본 밭이구, 내 할아버님께서 손수 피땀을 흘려 모신 돈으루 장만허신 논들이야. 돈 있다고 어디가 느르지논 같은 게 있구, 독시장밭 같은 걸 사? 느르지 논둑에 선 느티나문 할아버님께서 심으신 거구, 저 사랑마당 엣 은행나무는 아버님께서 심으신 거다. 그 나무 밑에를 설 때마다 난 그 어른들 동상(銅像)이나 다름없이 경건한 마음이 솟아 우러러보군 헌다. 땅이란 걸 어떻게 일시 이해를 따져 사구 팔구 허느냐? 땅 없어 봐라, 집이 어딨으며 나라가 어딨는 줄 아니? 땅이란 천지만물의 근거야. 돈 있다구 땅이 뭔지두 모르구 욕심만 내 문서 쪽으로 사 모기만 하는 사람들, 돈놀이처럼 변리만 생각허구 제 조상들과 그 땅과 어떤 인연이란 건 도시 생각지 않구 헌 신짝 버리듯 하는 사람들, 다 내 눈엔 괴이한 사람들루밖엔 뵈지 않드라."

"……"

"네가 뉘 덕으루 오늘 의사가 됐니? 내 덕인 줄만 아느냐? 내가 땅 없이 뭘루? 밭에 가 절하구 논에 가 절해야 쓴다. 자고로 하눌 하눌 허나 하눌의 덕이 땅을 통허지 않군 사람헌테 미치는 줄 아니? 땅을 파는 건 그게 하눌을

9_ **시쳇사람** : 요즘 사람
10_ **천잘** : 천자(천자문)를

파나 다름없는 거다."

"……"

"땅을 밟구 다니니까 땅을 우섭게들 여기지? 땅처럼 응과(應果)가 분명헌 게 무어냐? 하눌은 차라리 못 믿을 때두 많다. 그러나 힘들이는 사람에겐 힘들이는 만큼 땅은 반드시 후헌 보답을 주시는 거다. 세상에 흔해 빠진 지주들, 땅은 작인들헌테나 맡겨 버리구, 떡 도회지에 가 앉어 소출은 팔어다 모다 도회지에 낭비해 버리구, 땅 가꾸는 덴 단돈 일 원을 벌벌 떨구, 땅으루 살며 땅에 야박한 놈은 자식으로 치면 후레자식[11] 셈이야. 땅이 말을 할 줄 알어 봐라? 배가 고프단 땅이 얼마나 많을 테냐? 해마다 걷어만 가구, 땅은 자갈밭이 되니 아나? 둑이 떠나가니 아나? 거름 한번을 제대로 넣나? 정 급허게 돼 작인이 우는 소리나 해야 요즘 너이 신의들 주사침 놓듯, 애꿎인 금비[12][藥品肥料]만 갖다 털어넣지. 그렇게 땅을 홀댈 허군 인제 죽어서 땅이 무서서 어디루들 갈 텐구!"

창섭은 입이 얼어 버리었다. 손만 부비었다. 자기의 생각은 너무나 자기 본위였던 것을 대뜸 깨달았다. 땅에는 이해를 초월한 일종 종교적 신념을 가진 아버지에게 아들의 이단적(異端的)인 계획이 용납될 리 만무였다. 아버지는 상을 물리고도 말을 계속하였다.

"너루선 어떤 수단을 쓰든지 병원부터 확장허려는 게 과히 엉뚱헌 욕심은 아닐 줄두 안다. 그러나 욕심을 부런 못 쓰는 거다. 의술은 예로부터 인술(仁術)이라지 않니? 매살 순탄허게 진실허게 해라."

"……"

11_**후레자식** : 배운 것 없이 제멋대로 자라서 버릇이 없는 자식
12_**금비** : 돈을 주고 사서 쓰는 비료. 화학비료

"네가 가업을 이어나가지 않는다군 탄허지 않겠다. 넌 너루서 발전헐 길을 열었구, 그게 또 모리지배(謀利之輩)[13]의 악업이 아니라 활인(活人)허는 인술이구나! 내가 어떻게 불평을 말허니? 다만 삼사 대 집안에서 공들여 이룩해 논 전장을 남의 손에 내맡기게 되는 게 저윽 애석헌 심사가 없달 순 없구……."

"팔지 않으면 그만 아닙니까?"

"나 죽은 뒤에 누가 거두니? 너두 이제두 말했지만 너두 문서쪽만 쥐구 서울 앉어 지주 노릇만 허게? 그따위 지주허구 작인 틈에서 땅들만 얼말 곯는지 아니? 안 된다. 팔 테다. 나 죽을 임시엔 다 팔 테다. 돈에 팔 줄 아니? 사람헌테 팔 테다. 건너 용문이는 우리 느르지논 같은 건 한 해만 부쳐 보구 죽어두 농군으로 태났던 걸 한허지 않겠다구 했다. 독시 장밭을 내논다구 해봐라. 문보나 덕길이 같은 사람은 길바닥에 나앉드라두 집을 팔아 살려구 덤빌 게다. 그런 사람들이 땅 임자 안 되구 누가 돼야 옳으냐? 그러니 아주 말이 난 김에 내 유언(遺言)이다. 그런 사람들 무슨 돈으로 땅값을 한몫 내겠니? 몇몇 해구 그 땅 소출을 팔아 연년이 갚어 나가게 헐 테니 너두 땅값을랑 그렇게 받어 갈 줄 미리 알구 있거라. 그리구 네 모가 먼저 가면 내가 묻을 거구, 내가 먼저 가게 되면 네 모만은 네가 서울루 그때 데려가렴. 난 샘말서 이렇게 야인(野人)으로나 죄 없는 밥을 먹다 야인인 채 묻힐 걸 흡족히 여긴다."

"……"

"자식의 젊은 욕망을 들어 못 주는 게 애비 된 맘으루두 섭섭허다. 그러나 이 늙은이헌테두 그만 신념쯤 지켜 오는 게 있다는 걸 무시하지 말어다구."

13_**모리지배(謀利之輩)**: 모리배. 온갖 수단으로 제 이익만 꾀하는 사람이나 무리

아버지는 다시 일어나 담배를 피우며 다리 고치는 데로 나갔다. 옆에 앉았던 어머니는 두 눈에 눈물을 쭈루루 흘리었다.

"너이 아버지가 여간 고집이시냐?"

"아뇨, 아버지가 어떤 어룬이신 건 오늘 제가 더 잘 알었습니다. 우리 아버진 훌륭헌 인물이십니다."

그러나 창섭도 코허리가 찌르르하였다. 자기가 계획하고 온 일이 실패한 것쯤은 차라리 당연하게 생각되었고, 아버지와 자기와의 세계가 격리되는 일종의 결별의 심사를 체험하는 때문이었다.

아들은 아버지가 고쳐 놓은 돌다리를 건너 저녁차를 타러 가버리었다. 동구 밖으로 사라지는 아들의 뒷모양을 지키고 섰을 때, 아버지의 마음도, 정말 임종에서 유언이나 하고 난 것처럼 외롭고 한편 불안스러운 심사조차 설레었다.

아버지는 종일 개울에서 허덕였으나 저녁에 잠도 달게 오지 않었다. 젊어서 서당에서 읽던 백낙천(白樂天)의 시가 다 생각이 났다. 늙은 제비 한 쌍을 두고 지은 노래였다. 제 뱃속이 고픈 것은 참아 가며 입에 얻어 문 것은 새끼들부터 먹여 길렀으나, 새끼들은 자라서 나래에 힘을 얻자 어디로인지 저희 좋을 대로 다 날아가 버리어, 야위고 늙은 어버이 제비 한 쌍만 가을 바람 소슬한 추녀 끝에 쭈그리고 앉었는 광경을 묘사하였고, 나중에는, 그 늙은 어버이 제비들을 가리켜, 새끼들만 원망하지 말고, 너희들이 새끼 적에 역시 그러했음도 깨달으라는 풍자(諷刺)의 시였다.

'흥!'

노인은 어두운 천장을 향해 쓴웃음을 짓고 날이 밝기를 기다려 누구보다도 먼저 어제 고쳐 놓은 돌다리를 보러 나왔다.

흙탕이라고는 어느 돌틈에도 남아 있지 않았다. 첫 곬으로도, 가운뎃 곬으로도, 끝엣 곬으로도 맑기만 한 소담한 물살이 우쭐우쭐 춤추며 빠져 내려갔다. 가운뎃장으로 가 쾅 굴러 보았다. 발바닥만 아플 뿐 끄떡이 있을리 없다. 노인은 쭈루루 집으로 들어와 소금 접시와 낯수건을 가지고 나왔다. 제일 낮은 받침돌에 내려앉아 양치를 하고 세수를 하였다. 나중에는 다시 이가 저린 물을 한입 물어 마시며 일어섰다. 속에 모든 게 씻기는 듯 시원하였다. 그리고 수염에 물을 닦으며 이렇게 생각하였다.

'비가 아무리 쏟아져도 어떤 한정을 넘는 법은 없다. 물이 분수없이 늘어 떠내려갔던 게 아니라 자갈이 밀려 내려와 물구멍이 좁아졌든지, 그렇지 않으면, 어느 받침돌의 밑이 물살에 궁굴러 쓰러졌던 그런 까닭일 게다. 미리 바닥을 치고 미리 받침돌만 제대로 보살펴 준다면 만년을 간들 무너질 리 없을 게다. 그저 늘 보살펴야 허는 거다. 사람이란 하눌 밑에 사는 날까진 하루라도 천리(天理)에 방심을 해선 안 되는 거다……'

이태준의 「돌다리」를 다 읽으셨나요?

그러면 작품의 내용을 생각하면서 이 소설의 인물, 사건, 배경 등 여러 요소들에 대한
자신만의 마인드맵을 그려 보세요~!

돌다리

줄거리

창섭은 학창시절에 자신의 누이가 의사의 오진으로 죽자 농업학교로 진학하라는 아버지의 뜻을 어기고 서울로 가서 의전에 들어가 의사가 된다. 그는 열심히 노력하여 맹장 수술 분야에서 최고의 권위자가 되고 병원을 운영하여 성공한다. 창섭은 병원을 확장하기로 하고 모자라는 돈을 고향의 땅을 팔아 채우고, 부모를 서울에서 모시리라 결심하면서 고향으로 내려오지만, 그 계획은 의외로 완강한 부친의 반대에 부딪친다.

창섭의 부친은 동네에서 근검하기로 소문난 사람인데, 부지런히 일할 뿐만 아니라 논과 밭을 가꾸는 일에 모든 정성을 들이고 아들 학비로 동네 길들을 물론 읍내 길과 정거장 길까지 닦는 사람이다. 창섭이 고향에 도착했을 때 부친은 장마에 내려앉은 돌다리를 보수하고 있었는데, 창섭이 서울로 올라가자는 제안을 단호하게 거절한다. 부친은 창섭이 땅을 허술히 생각하고 있는 것에 가슴 아파하지만, 창섭은 자기 세계와 아버지 세계와의 결별을 체험하고 서울로 다시 올라간다. 아버지는 다음날 새벽이 되자마자 보수한 다리로 나가 세수를 하며 천리(天理)에 따라 사는 삶의 소중함에 대해 생각한다.

주제

돈과 물질 중심의 가치관에 대한 비판과 전통 계승

핵심 정리

- **등장인물**
  - **아버지** : 한평생 삶의 터전인 땅에 대한 애착심이 강한 농부
  - **어머니** : 아들과 함께 살기를 바라는 소박한 촌부
  - **창섭** : 돈과 물질을 중시하는 가치관을 지닌 신세대
- **배경** – 1930년대의 농촌
- **시점** – 3인칭 전지적 작가 시점
- **성격** – 사실적, 교훈적, 비판적
- **출전** – 『국민문학』(1943)

문제 풀기

모범답→ p. 272

1. 이 글을 읽고 난 후 감상을 가장 적절하게 말한 사람은? ( )

① 영철 : 아버지의 고집이 아들의 발전을 가로막고 있어.

② 진숙 : 사람 사는 데는 땅보다는 돈이 더 중요한 거야.

③ 정희 : 아무리 고향이 좋아도 아들을 따라 사는 게 중요해.

④ 경아 : 시대가 변해도 버리지 말아야 할 가치는 존재하는 거야.

⑤ 철수 : 어머니는 너무 나약하고 아들은 줏대가 없는 것이 문제야.

2. 이 글에서 땅에 대한 아버지의 생각이 가장 잘 나타난 문장을 찾아 쓰세요.

감상 쓰기 주인공이나 지은이에게 하고 싶은 말, 알게 된 점, 느낀 점 등

05

학(鶴)

 황순원 (黃順元, 1915~2000)

황순원 黃順元

1915~2000

일제 강점기에 태어나 시인으로 작품 활동을 시작한 소설가. 해방 이후 현대에 이르기까지 단편과 장편에 걸쳐 서정성과 향토성, 개인과 역사의 문제를 높은 예술성으로 승화시켰으며, 20세기 한국문학을 대표하는 작가정신의 전범으로 평가받고 있음.

연보

- 1915년 3월 26일 평안남도 대동군 재동면에서 출생
- 1929년 정주 오산학교에 입학 후 한 학기 뒤 평양 숭실중학교로 전학
- 1931년 시 「나의 꿈」을 『동광』에 발표한 후 『방가』(1934), 『골동품』(1936) 등의 시집 출간
- 1934년 3월에 숭실중학교 졸업, 동경에서 이해랑, 김동원 등과 극예술단체 '동경 학생예술좌' 창립
- 1939년 3월 일본 와세다대학 영문과 졸업
- 1940년 『황순원 단편집』(후에 『늪』으로 고침) 출간
- 1955년 장편소설 『카인의 후예』로 아시아 자유문학상 수상
- 1957년 경희대 문리대 교수, 예술원 회원
- 1983년 장편 『신들의 주사위』로 대한민국문학상 본상 수상
- 2000년 9월 14일 서울 동작구 자택에서 사망

❶ 황순원의 작품들은 문체가 간결하고 세련되었으며, 소설 문학의 예술성을 추구하는 다양한 기법, 휴머니즘의 정신의 추구, 한국인의 전통적인 삶에 대한 애정 등을 보여주는 한국문학의 정수라 할 수 있다.

❷ 황순원의 장편소설들은 서정적인 아름다움이 잘 표현되는 가운데에서도 일제 강점기 시대로부터 근대화가 이루어지는 시기에까지 우리 민족의 정신문화에 대한 역사적 조명에 초점을 맞추어 창작되어 높은 평가를 받고 있다.

❸ 황순원은 문예사조의 관점에서 볼 때 낭만주의 경향이 강한 소설들을 주로 창작했으며, 작품이 발표된 이후에도 끊임없이 수정 작업을 거듭함으로써 완전한 작품을 지향했던 장인정신의 소유자라 할 수 있다.

주요 작품들

목넘이 마을의 개(1948)	소나기(1953)
카인의 후예(1954)	인간접목(1957)
나무들 비탈에 서다(1960)	일월(1964)
움직이는 성(1973)	신들의 주사위(1982)

준비

"읽기 전에 알아두자."

「학」은 1953년 5월 『신천지』에 발표된 단편소설입니다. 이 작품에는 지은이가 꾸준히 추구해 온 인간 신뢰의 태도가 6·25전쟁을 배경으로 잘 나타나고 있지요. 고결한 모습 때문에 우리나라 사람들에게 많은 사랑을 받아 온 길조인 '학'을 중심으로, 조국 분단으로 인한 인간성의 파괴를 사랑의 관계로 회복하고자 하는 것이 이 작품의 주제라 할 수 있습니다. 어떤 이념도 우정이나 순수한 인간애를 파괴할 수 없다는 작가정신이 잘 표현된 소설입니다.

집중

"이것만은 꼭 생각하며 읽자."

이 작품에는 1950년 일어난 6·25전쟁의 상황과 삼팔선 접경 마을이라는 뚜렷한 배경이 제시되어 있는데, 작품 속의 마을은 국토 분단과 동족상잔의 참화를 겪은 비극의 현장으로서 우리의 국토를 상징하는 공간입니다. 우리 민족의 분단 원인과 분단의 비극을 극복할 수 있는 방법은 무엇인지 생각하며 읽어 보세요.

학(鶴)

•

•

•

삼팔¹ 접경의 이 북쪽 마을은 드높이 개인 가을 하늘 아래 한껏 고즈

넉했다.

　주인 없는 집 봉당에 흰 박통만이 흰 박통만을 의지하고 굴러 있었다. 어

쩌다 만나는 늙은이는 담뱃대부터 뒤로 돌렸다. 아이들은 또 아이들대로

멀찌감치서 미리 길을 비켰다. 모두 겁에 질린 얼굴들이었다. 동네 전체로는

이번 동란²에 깨어진 자국이라곤 별로 없었다. 그러나 어쩐지 자기가 어려서

자란 옛 마을은 아닌 성싶었다.

　뒷산 밤나무 기슭에서 성삼이는 발걸음을 멈추었다. 거기 한 나무에 기

어올랐다. 귓속 멀리서, 요놈의 자식들이 또 남의 밤나무에 올라가는구나,

하는 혹부리할아버지의 고함소리가 들려 왔다.

　그 혹부리할아버지도 그새 세상을 떠났는가, 몇 사람 만난 동네 늙은이

가운데 뵈지 않았다. 성삼이는 밤나무를 안은 채 잠시 푸른 가을 하늘을

치어다보았다. 흔들지도 않은 밤나무가지에서 남은 밤송이가 저 혼자 아람

1_ **삼팔** : 삼팔선(三八線). 북위 38°선으로 제 2차 세계 대전 직후 한반도가 남북으로 나뉘게 된 경계선을
　　이르는 말
2_ **동란** : 1950년 6월 25일 발발한 한국전쟁

이 벌어져 떨어져 내렸다.

임시 치안대 사무소로 쓰고 있는 집 앞에 이르니, 웬 청년 하나가 포승에 묶이어 있다. 이 마을에서 처음 보다시피하는 젊은이라, 가까이 가 얼굴을 들여다보았다. 깜짝 놀랐다. 바로 어려서 단짝 동무였던 덕재가 아니냐.

천태에서 같이 온 치안대원에게 어찌된 일이냐고 물었다. 농민동맹[3] 부위원장을 지낸 놈인데 지금 자기 집에 잠복해 있는 걸 붙들어 왔다는 것이다. 성삼이는 거기 봉당 위에 앉아 담배를 피워 물었다.

덕재를 청단까지 호송하기로 되었다. 치안 대원 청년 하나가 데리고 가기로 했다. 성삼이가 다 탄 담배꽁투리에서 새로 담뱃불을 댕겨가지고 일어섰다.

"이 자식은 내가 데리고 가지요."

덕재는 한결같이 외면한 채 성삼이 쪽은 보려고도 하지 않았다.

동구 밖을 벗어났다. 섬삼이는 연거푸 담배만 피웠다. 담배 맛은 몰랐다. 그저 연기만 기껏 빨았다 내뿜곤 했다. 그러다가 문득 이 덕재 녀석도 담배 생각이 나려니 하는 생각이 들었다. 어려서 어른들 몰래 담모퉁이에서 호박잎 담배를 나눠 피우던 생각이 났다. 그러나 오늘 이놈에게 담배를 권하다니 될 말이냐.

한번은 어려서 덕재와 같이 혹부리할아버지네 밤을 훔치러 간 일이 있었다. 성삼이가 나무에 올라갈 차례였다. 별안간 혹부리할아버지의 고함소리가 들려왔다. 나무에서 미끄러져 떨어졌다. 엉덩이에 밤송이가 찔렸다. 그러나 그냥 달렸다. 혹부리할아버지가 못 따라올 만큼 멀리 가서야 절로 눈물이 질끔거려졌다. 덕재가 불쑥 자기 밤을 한 줌 꺼내어 성심이 호주머니에 넣어 주었다.

3_**농민동맹** : 6·25전쟁 때 북한이 만든 농민 조직

성삼이는 새로 불을 댕겨 문 담배를 내던졌다. 그리고는 이 덕재 자식을 데리고 가는 동안 다시 담배는 붙여 물지 않으리라 마음먹는다.

고갯길에 다다랐다. 이 고개는 해방 전전해 성삼이가 삼팔 이남 천태 부근으로 이사 가기까지 덕재와 더불어 늘 꼴 베러 넘나들던 고개다.

성삼이는 와락 저도 모를 화가 치밀어 고함을 질렀다.

"이 자식아, 그동안 사람을 몇이나 죽였냐?"

그제야 덕재가 힐끗 이쪽을 바라다보더니 다시 고개를 거둔다.

"이 자식아, 사람 몇이나 죽였어?"

덕재가 다시 고개를 이리로 돌린다. 그리고는 성삼이를 쏘아본다. 그 눈이 점점 빛을 더해 가며 제법 수염발 잡힌 입 언저리가 실쭉거리더니,

"그래, 너는 사람을 그렇게 죽여 봤니?"

이자식이! 그러면서도 성삼이의 가슴 한복판이 환해짐을 느낀다. 막혔던 무엇이 풀려 내리는 것만 같은. 그러나,

"농민동맹 부위원장쯤 지낸 놈이 왜 피하지 않구 있었어? 필시 무슨 사명을 마구 잠복해 있는 거지?"

덕재는 말이 없다.

"바른대루 말해라. 무슨 사명을 띠구 숨어 있었냐?"

그냥 덕재는 잠잠히 걷기만 한다. 역시 이 자식 속이 꿀리는 모양이구나. 이런 때 한 번 낯짝을 봤으면 좋겠는데 외면한 채 다시는 고개를 돌리지 않는다.

성삼이는 허리에 찬 권총을 잡으며,

"변명은 할려구두 않는다. 내가 제일 빈농의 자식인데다가 근농꾼[4]이라구

4_ **근농**: 勤農. 농사에 힘씀. 또는 그런 농가

해서 농민동맹 부위원장 됐든 게 죽을 죄라면 하는 수 없는 거구, 나는 예나 이제나 땅 파먹는 재주밖에 없는 사람이다."

그리고 잠시 사이를 두어,

"지금 집에 아버지가 앓아 누웠다. 벌써 한 반 년 된다."

덕재 아버지는 홀아비로 덕재 하나만 데리고 늙어 오는 빈농꾼이었다. 칠 년 전에 벌써 허리가 굽고 검버섯[5]이 돋은 얼굴이었다.

"장간 안 들었나?"

잠시 후에,

"들었다."

"누와?"

"꼬맹이와."

아니 꼬맹이와? 거 재미있다. 하늘 높은 줄 모르고 땅 높은 줄만 알아, 키는 작고 똥똥하기만 한 꼬맹이. 무던히 새침데기였다. 그것이 얄미워서 덕재와 자기는 번번이 놀려서 울려 주곤 했다. 그 꼬맹이한테 덕재가 장가를 들었다는 것이다.

"그래 애가 몇이나 되나?"

"이 가을에 첫애를 낳는대나."

성삼이는 그만 저도 모르게 터져 나오려는 웃음을 겨우 참았다. 제 입으로 애가 몇이나 되느냐 묻고서도 이 가을에 첫애를 낳게 됐다는 말을 듣고는 우스워 못 견디겠는 것이다. 그러지 않아도 작은 몸에 곧 배를 한아름 안고 꼬맹이. 그러나 이런 때 그런 일로 웃거나 농담을 할 처지가 아니라는 걸

5_**검버섯**: 늙은이의 살갗에 생기는 거무스름한 점

깨달으며,

"하여튼 네가 피하지 않구 남아 있는 건 수상하지 않어?"

"나두 피하려구 했었어. 이번에 이남서 쳐들어오믄 사내란 사낸 모주리 잡아죽인다구 열일곱에서 마흔 살까지의 남자는 강제루 북으로 이동하게 됐었어. 할 수 없이 나두 아버질 업구라두 피난 갈까 했지. 그랬드니 아버지가 안 된다는 거야. 농사꾼이 다 지어 놓은 농살 내버려 두구 어딜 간단 말이냐구. 그래 나만 믿구 농사일루 늙으신 아버지의 마지막 눈이나마 내 손으루 감겨 드려야겠구, 사실 우리 같이 땅이나 파먹는 것이 피난 간댔자 별수 있는 것두 아니구 —."

지난 유월달에는 성삼이 편에서 피난을 갔었다. 밤에 몰래 아버지더러 피난 갈 이야기를 했다. 그때 성삼이 아버지도 같은 말을 했다. 농사꾼이 농사일을 늘어놓구 어디루 피난 간단 말이냐. 성삼이 혼자서 피난을 갔다. 남쪽 어느 낯설은 거리와 촌락을 헤매다니면서 언제나 머리에서 떠나지 않는 건 늙은 부모와 어린 처자에게 맡기고 나온 농사일이었다. 다행히 그때나 이제나 자기네 식구들은 몸성히들 있다.

고갯마루를 넘었다. 어느새 이번에는 성삼이 편에서 외면을 하고 걷고 있었다. 가을 햇볕이 자꾸 이마에 따가웠다. 참 오늘 같은 날은 타작⁶하기에 꼭 알맞은 날씨라고 생각했다.

고개를 다 내려온 곳에서 성삼이는 주춤 발걸음을 멈추었다.

저쪽 벌 한가운데 흰 옷을 입은 사람들이 허리를 굽히고 섰는 것 같은 것은 틀림없는 학 떼였다. 소위 삼팔선 완충지대가 되었던 이곳. 사람이 살

6_**타작**:곡식의 이삭을 떨어서 그 알을 거두는 일

고 있지 않은 그 동안에도 이들 학들만은 전대로 살고 있은 것이었다.

지난 날 성삼이와 덕재가 아직 열두어 살쯤 났을 때 일이었다. 어른들 몰래 둘이서 올가미를 놓아 여기 학 한 마리를 잡은 일이 있었다. 단정학이었다. 새끼로 날개까지 얽어매 놓고는 매일같이 둘이서 나와 학의 목을 쓸어안는다, 등에 올라탄다, 야단을 했다. 그러한 어느 날이었다. 동네 어른들의 수군거리는 소리를 들었다. 서울서 누가 학을 쏘러 왔다는 것이다. 무슨 표본인가를 만들기 위해서 총독부의 허가까지 맡아 가지고 왔다는 것이다. 그길로 둘이는 벌로 내달렸다. 이제는 어른들한테 들켜 꾸지람 듣는 것 같은 건 문제가 아니었다. 그저 자기네의 학이 죽어서는 안 된다는 생각뿐이었다. 숨 돌릴 겨를도 없이 잡풀 새를 기어 학 발목의 올가미를 풀고 날개의 새끼를 끌렀다. 그런데 학은 잘 걷지도 못하는 것이다. 그동안 얽매여 시달렸던 탓이리라. 둘이서 학을 마주 안아 공중에 투쳤다.[7] 별안간 총소리가 들렸다. 학이 두서너 번 날개짓을 하다가 그대로 내려왔다. 맞았구나. 그러나 다음 순간, 바로 옆 풀숲에서 펄럭 단정학[8] 한 마리가 날개를 펴자 땅에 내려앉았던 자기네 학도 긴 목을 뽑아 한번 울음을 울더니 그대로 공중에 날아올라, 두 소년의 머리 위에 동그라미를 그리며 저쪽 멀리로 날아가 버리는 것이었다. 두 소년은 언제까지나 자기네 학이 사라진 푸른 하늘에서 눈을 뗄 줄을 몰랐다 ─.

"얘, 우리 학 사냥이나 한번 하구 가자."

성삼이가 불쑥 이런 말을 했다.

7_**투쳤다** : 멀리 가도록 던져 쫓았다.
8_**단정학** : 丹頂鶴. 정수리에 붉은 점이 있는 학으로 (백)두루미를 달리 일컫는 말

덕재는 무슨 영문인지 몰라 어리둥절해 있는데,

"내 이걸루 올가미 만들어 놓께 너 학을 몰아오너라."

포승줄을 풀어 쥐더니, 어느새 잡풀 새로 기는 걸음을 쳤다.

대번 덕재의 얼굴에서 핏기가 걷혔다. 좀 전에, 너는 총살감이라던 말이 퍼뜩 머리를 스치고 지나갔다. 이제 성삼이가 기어가는 쪽 어디서 총알이 날아오리라.

저만치서 성삼이가 홱 고개를 돌렸다.

"어이, 왜 멍추⁹같이 서 있는 게야? 어서 학이나 몰아 오너라."

그제서야 덕재도 무엇을 깨달은 듯 잡풀 새를 기기 시작했다.

때마침 단정학 두세 마리가 높푸른 가을 하늘에 큰 날개를 펴고 유유히 날고 있었다.

9_**멍추**:기억력이 부족하고 흐리멍덩한 사람

황순원의 「학」을 다 읽으셨나요?

그러면 작품의 내용을 생각하면서 이 소설의 인물, 사건, 배경 등 여러 요소들에 대한 자신만의 **마인드맵**을 그려 보세요~!

줄거리

　한 마을 단짝 동무인 성삼이와 덕재는 6·25 전쟁이 발발하면서 적대 관계로 만나게 된다. 치안대원이 되어 고향으로 온 성삼이는 덕재가 체포되어 온 것을 보고 청단까지 호송할 것을 자청한다. 호송 도중, 성삼이는 어린 시절 호박잎 담배를 나누어 피우던 일과 혹부리 할아버지네 밤을 서리하다 들켰던 추억을 떠올린다. 농민동맹 부위원장까지 지낸 덕재에 대해 적대감을 품기도 했으나, 대화를 하면서 점차 그의 진실을 알게 된다. 덕재는 단지 빈농이라는 이유만으로 이용당했을 뿐, 실은 자기네 아버지들처럼 땅밖에 모르는 순박한 농민이었던 것이다.

　덕재는 아버지가 병석에 있고 농사에 대한 고집스러운 애착으로 인하여 피난 가지 않았다고 한다. 성삼이는 자신이 피난 가던 때를 회상하면서, 농사일에 대한 걱정 때문에 피난하기를 끝까지 걱정하던 아버지를 떠올리며 덕재의 처지를 이해하게 된다. 성삼이는 고갯길을 내려오면서 전처럼 살고 있는 학 떼를 발견하고 옛일을 회상한다. 어린 시절, 사냥꾼이 학을 잡으러 왔다는 소문을 듣고 놀라서 학 발목의 올가미를 풀어 준 적이 있었다. 그때, 자유스러워진 학이 푸른 하늘로 날아가던 추억을 생각하며 성삼이는 덕재의 포승줄을 풀어준다. 덕재는 성삼이의 재촉에 무엇을 깨달은 듯 잡풀 사이로 도망친다. 때마침 단정학 두세 마리가 가을 하늘을 날고 있다.

주제

사상과 이념을 초월한 인간애의 회복

- **등장인물**
  - **성삼** : 순박하고 생각이 깊은 농민. 덕재의 고향 동무
  - **덕재** : 전쟁 발발 후 농민동맹 부위원장이 된 성삼이의 고향 동무
- **배경** – 6 · 25전쟁 당시 삼팔 접경의 북쪽 마을
- **시점** – 3인칭 작가 관찰자 시점
- **성격** – 상징적, 인간주의적
- **출전** – 『신천지』(1953)

문제 풀기

모범답 → p. 272

1. 다음 밑줄 친 부분과 같이 말하는 성삼이의 마음으로 보기 어려운 것은? ( )

> 저만치서 성삼이가 홱 고개를 돌렸다.
> "어이, 왜 멍추같이 서 있는 게야? 어서 학이나 몰아 오너라."
> 그제서야 덕재도 무엇을 깨달은 듯 잡풀 새를 기기 시작했다.

① 너는 나의 진정한 친구야.

② 나에겐 사상보다도 우정이 더 중요해.

③ 나는 너에게 도망갈 기회를 주고 싶어.

④ 왜 나의 의도를 알아차리지 못하는 거야?

⑤ 학을 몰아오지 못하면 너를 총살시킬 수밖에 없어.

2. 이 글의 결말에서 두 친구가 함께 고개를 넘는 장면은 무엇을 상징할까요?

감상 쓰기 주인공이나 지은이에게 하고 싶은 말, 알게 된 점, 느낀 점 등

06

쑥 이야기

 최일남 (崔一男, 1932~)

최일남 崔一男

1932~

20세기 후반의 소설가. 산업화가 진행되면서 도시에 비해 상대적으로 낙후된 농촌과 고향의 모습을 그려냈으며, 벼락출세한 시골 출신 도시인들이 감당해야 하는 모순된 삶의 방식 등을 해학적 필치로 표현함으로써 한국 현대소설의 한 주류를 형성함.

연보

- 1932년 12월 29일 전라북도 전주에서 출생
- 1952년 전주사범학교 졸업
- 1953년 『문예』지에 「쑥 이야기」 추천
- 1956년 서울대학교 문리대 국문과 졸업
- 1959년 민국일보사 문화부장 역임
- 1963년 동아일보사 문화부장 역임
- 1975년 월탄문학상 수상, 창작집 「서울 사람들」 출간
- 1981년 창작집 『홰치는 소리』로 14회 한국창작문학상 수상
- 1986년 중편 「흐르는 북」으로 제10회 이상문학상 수상
- 1988년 한겨레신문사 논설고문 역임
- 1994년 인촌문학상 수상
- 2008년 한국작가회의 이사장 역임

❶ 최일남은 1960년대 이후 급격한 도시화와 산업화가 이루어진 시기에 급격히 돈을 벌고 출세한 사람들이 겪는 이야기를 풍부한 토착어를 구사함과 동시에 건강한 해학성을 바탕으로 한 개성적인 작품들을 많이 발표하였다.

❷ 최일남은 1980년대 들어 해직의 아픔을 겪은 후 1984년 동아일보 논설위원으로 복직한 이후 언론인과 소설가 활동을 활발히 전개하였으며, 「거룩한 응달」(1982), 「서울의 초상」(1983) 등과 같은 작품을 통하여 날카로운 역사적 감각과 현실에 대한 비판의식을 표출하였다. 그러나 분명한 사회비판적 메시지를 전하면서도 날선 공격이 아닌 해학적인 문체를 살려 작품의 예술적 가치를 높였다.

두 여인(1966)	왜치는 소리(1981)
거룩한 응달(1982)	누님의 겨울(1984)
장씨의 수염(1986)	그때 말이 있었네(1989)
아주 느린 시간(2000)	석류(2004)

준비

"읽기 전에 알아두자."

「쑥 이야기」는 1953년 11월 『문예』에 발표된 작가의 첫 추천작으로, 고달픈 삶을 살아가는 모녀 이야기를 통하여 가난의 악순환을 보여주고 있습니다. 가난한 그들의 삶이 더욱 고달프게 된 것은 아버지가 노무자로 끌려갔기 때문이라는 점과 그런 상황은 자신들의 뜻과는 전혀 상관없이 이루어졌다는 점을 말하고 있지요. 그리고 농촌의 가난과 농민들의 무기력한 생존, 나아가서는 효를 위한 도둑행위의 정당성 등을 생각하게 해주는 작품입니다.

집중

"이것만은 꼭 생각하며 읽자."

이 작품은 가난 속에서 간신히 목숨을 이어나가는 모녀를 통해서 가난과 인간애의 문제를 보여주고 있습니다. 물질의 가난이 인간의 삶에 어떤 영향을 미칠 수 있는지, 그리고 인간 본연의 참된 사랑은 어떠해야 하는지 깊이 생각하며 읽어 보세요.

쑥 이야기

-
-
-

쑥을 캐다 말고 인순(仁順)이는 산을 바라보았다.

두 봉우리가 쫑긋하게 솟아 있는 산 모양이, 토끼귀를 닮았대서 토이산(兎耳山)이라 부른다는 냇물 건너 먼 산에는 아른아른 아지랑이가 산허리를 둘러싸고, 먼지를 뿌린 듯한 부우연 대기 속에 보이는 산봉우리는 졸리도록 아득하다. 봄볕은 이불 속같이 따스하고 꼭 꿈꾸는 것 같다. 좋다. 참 좋다.

몸이 괜히 우쭐거리고 가슴이 다 울먹인다. 한참을 넋 나간 사람 모양 멍하니 앉아 있던 인순이는, 앉은자리의 풀을 뿌드득 한 주먹 뽑아서 탁 팽개치며, 발로는 잔디풀을 부욱 밀어 으깨었다.

홑적삼 하나만을 걸친 등허리 위로 하도 따뜻하게 쪼속쪼속 스며드는 햇볕이 어쩐지 근질근질하기도 해서, 무엇을 오드득 씹든가 힘껏 쥐어뜯어 보고 싶은 충동이 치미는 것이었다.

인순이는 쑥을 질근질근 깨물었다. 입 안이 쓰다기보다 왈칵 구역질이 난다.

"퉤퉤."

뱉었다. 쪽박처럼 일그러진 어머니의 새카만 얼굴이 힐끗 쳐다본다.

"배고프냐?"

"아니."

얼른 대답한다.

"후유우."

어머니는 한숨을 짓는다. 길게 숨을 들이마셨다가 입으로 후우 내뿜으면 되는, 그렇게 익숙해진 한숨이다.

"어머닌 안 고푸?"

"……."

대답이 없다. 야위다 못해 막가지처럼 뻣뻣하게 뻗어난 손가락들이 징그럽다. 쭈그리고 앉아 바싹 마른 몸뚱이의 중간에 이 달이 산월이라는, 분묘를 연상케 하는 불룩한 배가 보기 흉하게 두 무릎과 가슴패기 사이에 끼여서 색색 괴로워하는 어머니는, 단 십 분을 제대로 배기지 못해 자주 풀밭에 반쯤 누워서 숨을 돌리곤 한다.

인순이는 어머니가 딴 낯모르는 사람인 양 느껴졌다. 어쩌면 저렇게도 야위었담. 광대뼈가 보기 사납게 불거지고 손질 한번 않은 헝클어진 머릿단에 남루한 옷차림새가 밤에 본다면 흡사 얘기 속에 나오는 귀신 형용이라고 하겠다.

"어마나, 할미꽃 봐!"

인순이는 저만치 떨어져 피어 있는 할미꽃 옆으로 걸어가서 꽃이 귀여워 감싸주는 시늉을 한다. 어머니는 거들떠보지도 않는다. 되레 화라도 난 듯이, 칼날이 거의 땅에 묻히도록 힘을 주어 푹푹 찔러댄다.

인순이는 허리를 추켜올렸다. 몸뻬[1]의 고무줄 허리띠가 더욱 배를 졸라맨다. 아침에 훌쩍였던 쑥죽은 이미 가뭇이 없고[2], 밥꼴을 본 지가 옛일인 듯 까마득하다. 눈이 침침해지고, 언뜻 하늘을 우러르면 빨강이 노랑이 푸른 점점이가

1_**몸뻬** : 여자들이 일할 때 입는 바지의 하나(일본말)
2_**가뭇이 없고** : 보이던 것이 전혀 보이지 않아 찾을 곳이 감감하고

여기저기 번쩍번쩍 하늘에 박혔다가 사라졌다가 한다. 그 속에는 어쩌다가 '그놈'의 것도 보인다. 행여 꿈에라도 볼까 싶은…… 쑥물만 빨고 자랐을 테니 살결이 온통 풀색 같은 쑥애기! 아마 눈깔은 새파랗게 생길는지도 몰라! 정말 그럴 수가 있을까? 갑자기 무서운 생각이 들어 더는 하늘을 안 보았다.

봄철 한 달 동안을 밥꼴을 못 보고 아침저녁을 거의 쑥죽으로만 살아온 인순에게는, 어머니가 낳을 애기는 어쩌면 살결이 쑥빛을 닮아 퍼럴 것이리라 생각되어 남몰래 혼자 속으로 두려워해 오고 있었다. 그뿐만 아니다. 어머니나 자기의 살빛도 차차 퍼런 색깔로 변해가는 듯만 했다. 뒤볼 때 보면, 대변은 말할 것도 없고 오줌도 다소는 퍼렇게 보인다. 자기 몸뚱어리의 어느 곳이든 쥐어짠다면 창병³ 걸린 닭 똥물 비슷한 거무튀튀한 쑥물이 금방 비어져 나올 것 같았다.

"어머니!"

오랜만에 부르는 소리에도 어머니는 대꾸 대신 고개만 돌려준다.

"애긴 언제?"

"언제라니?"

"언제 낳아요?"

일부러 응석조로 대든다.

"모른다."

어머니의 대답은 매몰스럽다.

"사내? 기집애?"

"쓸데없는 소리 작작허구 부지런히 캐어. 이대로 가다간 내다 팔기는커녕

3_ **창병**: 피부에 나는 질병을 통틀어 이르는 말

우리 먹을 것도 모자라겠다."

아닌 게 아니라 군데군데 허옇게 널려 있는 쑥꾼들이 매일같이 캐 나르고 보니 인제 쑥 캐는 일도 좀해 어려워졌다. 인순이는 불현듯 또 고개를 들었다. 양 떼처럼 듬성 널려 있는 구름 사이로 이번엔 아버지의 얼굴이 그려진다. 보고 싶은 아버지! 지금쯤은 무얼 하고 계시는지, 어머니와 단둘이의 생활 속에 언제나 기다려지고 그립고 한 것은 아버지였다. 아버지가 노무자로 뽑혀 간 것은 작년 겨울 동지(冬至)도 지나서 함박눈이 펑펑 퍼붓던 어느 날 석양이었다. 벌이를 나갔다가 붙잡혀서 하룻밤을 읍내 농업 창고에서 새우고 나서 이튿날 트럭을 타고 떠날 무렵, 어머니는 오지도 못하고 인순이 혼자서 어머니가 싸준 김밥을 들고 와서 아버지를 찾았을 때, 아버지는 눈물을 주룩주룩 흘리고 섰는 인순이에게 울지 말고 어서 돌아가라고 타이르고는 사람들 틈으로 헤쳐 들어갔다.

그 후 인순이와 어머니는 말할 수 없는 곤경에서 빠듯빠듯한 그날 그날을 보내어 왔다. 어머니는 고구마를 쪄서 팔았다. 밀가루 빵도 받아다 팔았다. 그러나 장삿속에 익숙치 못한 어머니는 번번이 밑지기만 했다. 봄에 접어들면서는 기어코 본전마저 다 잘리고야 말았다. 그 뒤로 어머니는 만삭이된 몸을 무릅쓰고 나물이 채 나오지도 않은 이른 봄부터 인순이를 앞세우고 쑥을 캐러 나섰다. 뾰족뾰족 갓 자란 나물은 하루 종일을 캐어도 좀체 붙지가 않았다. 그걸 삶아서 된장에 무쳐 끼니를 때우고 혹 낫게 캔 날은 시장에 내다 팔아서 됫박쌀을 바꾸어 한 주먹씩 섞어서 죽을 끓여 간신히 연명해 왔다. 이제 와서는 쑥 맛이 어떤 것인지 멍멍하다.

오줌을 누고 나서 새벽잠이 살풋 들었던 인순이는 누가 앓는 것 같은 소리에 가만히 눈을 떠 봤다. 아직 날이 밝지는 않은 성싶은데 창호지로 발라 놓은 판자 틈바구니들이 희유끄름하게 비친다.

"으응, 으응⋯⋯."

머리맡에서 또다시 앓는 소리가 들려왔을 때 인순이는 벌떡 일어났다. 무슨 흥건한 물에 손이 잠긴다. 비린내가 확 끼친다. 자리에서 일어나 윗목 쪽을 쳐다본 순간,

"에그머니!"

되게 놀랐기 때문에 깊은 땅 속에서나 들려오는 듯한 비명과 함께 미처 고쳐 앉을 사이도 없이 인순이는 소스라쳐 놀라면서 뒤로 물러났다.

무섭다.

어두컴컴한 가운데 머리를 함부로 흐트린 어머니가 이를 악물어 팔을 뒤고 짚고는 간신히 벽에 기대어 앓고 있는 것이었다. 그런데 그 앞에는 목침 덩이만한 무슨 덩어리가 꿈적거리고 있다. 그것이 이내,

"응애! 응애애!"

하면서, 보매보다는⁴ 야무진 소리로 울기 시작했다. 그러고 보면 딴은 저게 갓난아기였던가 하고 짐짓 굽어보려던 찰나,

"앗!"

인순이는 기겁을 하며 일어섰다. 그것이다. 그것이다! 언뜻 보니 아, 쑥, 쑥 물이 거무튀튀하게 근방에 흥건하고 갓난아기도 그 빛으로 보이지 않는가!

"아앙―."

인순이는 느닷없이 울음을 터뜨렸다. 그때였다.

4_**보매보다는** : 겉으로 보기보다는

"이잉!"

하는 신음 소리와 함께 옆으로 벽에 기대었던 어머니가 몸을 가누지 못해 애쓰더니 기어코 아기 위로 까무러쳐 쓰러졌다.

"꾸꾹……."

모기 소리만큼이나 가늘게 개구리 울음소리 비슷한 음성이 새어 나왔다.

"어머니잇!"

있는 힘을 다 내어 어머니를 부르면서 그러나 인순이는 방문을 박차고 밖으로 뛰쳐나갔다. 동네가 발칵 뒤집혔다.

"아니, 이게 원."

한참 만에 뒷집 용규네 할머니가 제일 먼저 들어왔다.

"애기 엄마, 정신 차려요, 정신을."

산모를 한옆으로 눕히며 갓난이를 안는다.

"어찌된 일이우?"

뒤미처 종민네 어머니가 좇아왔다.

"쯧쯧, 이 물 같은 것을 글쎄 눌러서 숨이 졌구려."

"저걸 어째. 쯧쯧, 이 일을 어떡허우?"

"어떡허긴 별 수 있소. 한 번 죽은 건 헐 수 없지만 산 산모나 구해야 할 게 아뇨. 어서 더운 물이라도 좀 데워요."

동네 사람들의 간호로 더운 물로 수족을 문지르고 미음죽을 먹이고 하여, 까무러쳤던 인순네 어머니는 간신히 정신을 회복하였다.

"참, 세상에 이런 참혹한 일도 있담."

"여북했으면 정신을 잃고 제 자식 위로 넘어졌겠소. 내내 쑥으로만 연명해 왔으니 기신이 없었던 게지. 산모라도 살았으니 다행이죠."

"인순네 아버지가 돌아오시면 기가 맥히겠수."

"그러게 말이우."

도와주러 왔던 동네 사람들은 제각기 한마디씩을 남기고는 돌아갔다.

어머니가 자리에 눕게 된 후로 인순이는 혼자서 쑥을 캐 날랐다. 그러나 성한 사람도 부지할 수 없는 그까짓 것이 누워 있는 사람의 구미를 당길 수는 없었다. 그래도 어머니는 그런 내색을 뵈지 않으려 딸의 수고를 치하하기에 애썼고, 인순이는 인순이대로 열한 살이란 나이에 동떨어지게 가려운 데 손이 가도록 어머니의 몸을 보살폈다.

그러던 어느 날이었다.

그날도 인순이는 쑥을 캐어 가지고 시장으로 나갔다. 여느 때와 마찬가지로 쌀가게 옆에 쪼그리고 앉아 있었다. 장날이 아닌 촌시장, 더구나 해가 저물어 가는 석양에는 사람들의 왕래도 퍽 한산하고 인순이가 좀 늦은 탓인지 다른 나물 장사들도 없이 인순이 혼자만이었다. 인순이는 자기 옆에 있는 쌀가게를 쳐다보았다. 하얀 쌀이 둥지에 수북하게 쌓인 옆으로 보리, 팥 녹두 등이 소꿉장난하듯 골고루 놓여 있다. 인순이는 뜻밖에 쌀이 부러워졌다. 마치 이때까지는 쌀이란 것이 무엇인지를 모르고 있다가 새삼스럽게 발견한 것처럼. 쌀! 저 좋은 쌀, 저것이 밥이 된다. 기름기가 자르르 흐르는 하얀 쌀밥. 그 밥을 한 번 맘껏 배불리 먹어 봤으면 죽어도 한이 없을 성싶었다.

'어머니에게도 내가 쌀밥을 지어 드린다면 얼마나 기뻐하실까.'도 생각해 보았다. 인순이는 저도 모르게 사방을 둘러보았다. 한번 만져라도 보고 싶었기 때문이다. 아무도 보는 사람이 없다. 주인은 아까부터 바로 옆에 있는 대포 술집에서 막걸리를 먹고 있는 걸 안다. 지금도,

"하하하."

하고, 그의 탁한 웃음소리가 들려온다. 마침 잘 되었다. 인순이는 나물 소쿠리를 쌀 둥지 곁으로 바짝 끄집어 당겨 앉았다. 그리고 눈으로는 연신 앞쪽을 바라보면서 한편 손으로는 쌀을 만지작거렸다. 꽉 한 주먹을 쥐었다.

살며시 주먹을 펴면 손가락 사이로 조르르 빠져 나가는 감촉이 어찌도 흐뭇한지, 그녀는 한참 동안 그것을 되풀이하다가 필경 대여섯 알쯤 입으로 집어넣었다. 똑 깨물었다. 단번에 양쪽 어금니에서 단침이 흘러나와 쌀알을 감춘다.

또 한 번, 또 한 번, 이번엔 조금 많이 털어 넣었다. 고소한 뜨물이 목구멍을 타고 내려간다. 인순이는 자꾸만 씹었다. 그러다가 이것을 집으로 가져가서 어머니와 밥을 지어 먹으려니 작정하고는, 아무 거리낌 없이 소쿠리를 쌀 둥지에다 대어 쑥을 한옆으로 제치고 쌀을 쓱 밀어 넣고 있던 인순이는,

"턱!"

하는 소리와 함께 눈앞이 아찔해지면서 앞으로 거꾸러졌다. 뒤미처 우악스런 손이 인순이의 머리를 나꿔채었다.

"이년! 괘씸한 년, 조막만한 것이 벌써부터 남의 물건을 훔쳐! 도둑년, 늬 애비가 그렇게 가르치던, 배라먹을 년!"

인순이는 그제서야 쌀이 남의 것이었고 자기는 그것을 도둑질하다가 들켰다는 사실을 깨닫자, 생후 처음 당해보는 일에 얼굴이 화끈화끈 달아오르며 어쩔 줄을 몰라 했다. 정말이지 쥐구멍이라도 있다면 뛰어들어가고 싶은 마음이 간절하였다.

텁석부리 싸전 주인은 쑥 소쿠리를 내동댕이치며 큰 벼슬이라도 한 듯이 소리소리 치면서 인순이의 머리채를 휘어잡고 돌돌 뱅뱅이를 돌리는 것이었다.

"흥! 세상이 안될라니깐두루 요런 깍쟁이가 다 생기거던, 응 요런 깍쟁이가!"

하면서, 더 세게 머리채를 나꿔채였다가 힘껏 던져 버렸다.

"아이구머니!"

술집 벽에 호되게 부딪친 인순이는 비명과 함께 그 자리에 나자빠졌다.

"아가, 허리가 지금도 쑤시냐?"

"응, 여기 여기가."

인순이는 몸을 모로 일으키며 등골을 가리킨다. 어머니는 머리 밑으로 손을 넣어 인순이를 일으켜 세운 채 그녀의 입에다 미음 숟갈을 갖다 댄다.

"아가, 인순아. 미음 좀 떠 넣을까?"

인순이는 고개를 살래살래 흔든다. 쌀장수한테 혼땜이 난 후 인순이는 오늘까지 사흘을 두고 자리보전을 하고 누워 있다. 텁석부리가 동댕이치는 바람에 야윌 대로 야위어서 팔랑개비 같은 인순이의 몸은 하필 벽 모서리에 부닥쳐서 꼼짝을 못하고 누워 있는 것을, 마침 너더댓 발자국 앞의 가게에서 풀떡빵을 벌여 놓고 있던 용규 아버지가 집에까지 업고 왔다. 그것도 텁석부리는, 어느 때까지든지 제 에미 애비가 찾아올 때까지 내버려 두라는 것을 인순네 집 형편을 사정사정 얘기해서 데려왔다는 것이다.

"그렇게 암것도 안 먹으면 큰일난다, 큰일나."

인순이는 아무 말 없이 사르르 감았던 눈을 뜬다.

"오늘도 쑥 캐루 가?"

"안 간다."

"왜?"

"먹을 게 있어."

"무엇이?"

"……보리."

"보리? 어데서 났어?"

"배급이란다."

"무슨 배급?"

"노무자."

"인제버텀 글로 살우?"

"아아니."

"그럼?"

"그런 걱정 말구 어서 이것이나 받아 먹어."

그러나 인순이는 손으로 미음을 떼밀면서,

"어머니."

말똥말똥 쳐다본다.

"이렇게 오래 아프면 죽지?"

"방정맞은 소리……."

"사람이 죽으면 어데로 가?"

"모른다."

"천당? 지옥?"

"……나는 그런 건 몰라."

"사람이 죽으면 천당과 지옥으로 갈려 간대. 천당은 아름다운 꽃밭이구, 지옥은 무서운 짐승들이 들끓는 곳이구……. 착한 사람은 천당으로 가서 재밌게 살구, 나쁜 짓 한 사람은 지옥으로 끌려가서 무서운 벌을 받는대."

딸의 의윗 소리에 어머니는 잠자코 눈만 끄먹거릴 뿐이었다.

"누가 그러던?"

"계숙이가. 예배당에서 선생님이 그러드래."

"……"

"어머니, 난 죽으면 어데로 가우?"

"……"

"아무래도 지옥으로 갈 것만 같애!"

"기집애두 별 미친 소릴."

"아냐, 꼭 그럴 거야."

인순이는 또 어젯밤의 무서운 꿈이 떠올랐다. 퍼어런 벌판이었다. 마냥 망망한 벌판이었다. 그것이 온통 쑥밭이었다. 인순이는 어머니와 마주 서서 바라보고 있었다. 그 자리에 쪼그리고 앉아 쑥 밑동을 칼로 베기 시작했다.

그때였다. 많은 쑥들이 저절로 모두 목이 훌훌 잘려서 공중으로 날으는 것이었다. 그러다가는 목을 잘린 쑥 밑동들이 엉엉 울기 시작했다. 그 중에서는 분명코 어머니가 애기를 낳았을 때 들었던 '응애 응애' 소리도 들려오는 것이었다.

인순이도 왈칵 무서운 생각이 들어 엉엉 울었다. 들판을 도망질쳤다. 마구 달렸다. 그런데 공중에서 날고 있던 쑥들이 이제는 달려가는 인순이를 향해 머리 얼굴 어깨 가슴 할 것 없이 한사코 덤벼드는 것이었다. 인순이는 있는 힘을 다하여 우선 얼굴에 달라붙는 쑥을 떼기 위하여 죽어라고 울면서 제 얼굴을 쥐어뜯으며 철썩! 때렸다. 그와 동시에 퍼뜩 눈이 떠졌다. 다행히도 꿈이었다.

등에서는 찬물을 끼얹는 듯한 소름이 쪽 끼쳤다. 지금 생각해도 무서운 일이었다. 그래서 그 꿈은 다름이 아니라 이제까지 수다⁵한 쑥 모가지를

5_ **수다** : 수효가 많음.

베어온 자기는 죽으면 꼭 그 지옥이란 곳으로 끌려갈 것이란 징조라고 믿었다.

"어머니, 지옥에도 쑥이 있수? 꼭 있을 거야, 그치?"

"애가 왜 이렇게…… 더 아프냐?"

"쑥을 만나믄 어떡해? 죽기 싫여! 난 안 죽을 테야."

인순이 어머니는 딸이 허기증이 났기 때문에 자꾸만 헛소리를 하는 것이려니 믿고는 인순이를 꼬옥 껴안고 달래어 본다.

"아버지가 오시거던 고운 옷이랑 해 줄게. 어서 이걸 먹어라."

"무슨 옷?"

"고운 옷이지. 우리 인순이가 입때까지 못 입어 본……."

"무슨 색?"

"글쎄, 노랑 저고리에 수박색 치마로 할까?"

"수박색은 무슨 빛깔?"

"퍼어렇지."

"퍼어런…… 싫여, 싫여. 퍼어런 색은 안 입을 테야."

"그럼?"

"으응, 분홍색."

"분홍색도 좋지."

"정말?"

"암."

"어쩌믄! 난 어머니가 지일 좋아."

"그래."

어머니의 눈에 글썽글썽 고였던 눈물이 기어코 한 방울 인순이에게 번졌다.

최일남의 「쑥 이야기」을 다 읽으셨나요?

그러면 작품의 내용을 생각하면서 이 소설의 인물, 사건, 배경 등 여러 요소들에 대한 자신만의 마인드맵을 그려 보세요~!

쑥 이야기

줄거리

　인순이는 만삭이 된 어머니와 함께 쑥을 캐며 산다. 아버지는 작년 겨울에 노무자로 뽑혀 나간 뒤에 소식이 없고, 그날 이후 인순이와 어머니는 말할 수 없는 가난 속에서 하루하루를 빠듯하게 살아가고 있다. 어머니는 여러 가지 장사를 해 보았지만 경험 부족으로 본전만 다 날리고 망해 버렸다. 그 이후로 인순이와 어머니는 쑥을 뜯어다가 팔아서 얻은 곡식으로 쑥죽을 끓여 먹으면서 간신히 연명을 한다.

　그러던 어느 날 인순이는 밤중에 어머니가 아이를 낳은 것을 보게 된다. 인순이는 어머니의 뱃속에 들어 있는 아이가 쑥빛을 닮아 퍼럴지도 모른다고 두려워한다. 그러나 기운을 차리지 못한 어머니는 어린 아이 위에 쓰러지고, 아이는 깔려 죽고 만다.

　아픈 어머니를 위해서 혼자서 쑥을 뜯어서 장에 팔러나간 인순이는 어머니 생각에 흰 쌀을 훔치다가 잡혀서 매를 맞는다. 풀떡빵을 파는 이웃집 아저씨의 도움으로 집에 업혀 온 인순이는 앓아 누워 목이 잘린 쑥들이 자신을 못 살게 하는 꿈으로 시달린다. 헛소리를 하는 인순이를 근심스레 바라보던 어머니는 이제 아버지가 돌아오시면 고운 치마를 사주겠다고 달랜다. 그러나 그 치마 빛깔이 쑥처럼 퍼런 수박색이라는 것을 듣고 난 인순은 싫다고 한다. 모녀는 아버지가 하루바삐 돌아올 때를 꿈꾼다.

주제

고난 속에서도 변함없는 모성애와 인간 본연의 사랑

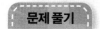

- **등장인물**
  · **인순** : 지독한 가난 속에서 간신히 연명해 나가는 소녀
  · **어머니** : 가난 속에서도 모성을 잃지 않는 여인
- **배경** – 어느 봄날의 가난한 농촌
- **시점** – 전지적 작가 시점
- **성격** – 사실적, 묘사적, 심리적
- **출전** – 『문예』(1953)

문제 풀기

모범답 → p. 272

1. 이 글의 내용으로 거리가 먼 것은? (   )

① 인순이는 어머니와 함께 산다.

② 인순이 어머니는 아이 낳기를 싫어했다.

③ 인순이는 처음부터 쌀을 훔칠 생각은 없었다.

④ 인순이 아버지는 겨울에 노무자로 뽑혀 나갔다.

⑤ 인순이의 동생이 죽은 것은 결국 가난 때문이다.

2. 이 글의 제재인 '쑥'이 가지고 있는 두 가지 의미는 무엇일까요?

....

....

....

감상 쓰기 주인공이나 지은이에게 하고 싶은 말, 알게 된 점, 느낀 점 등

07

학마을 사람들

 이범선 (李範宣, 1920~1981)

이범선 李範宣

1920~1981

6.25전쟁 이후 활동한 소설가. 무기력하고 절망적인 사람들의 모습과 사회와 현실에 대한 비판의식, 인간의 궁극적인 존재론 등과 관련된 주제를 휴머니즘에 입각하여 작품으로 창작해냄으로써 한국문학의 내적 성숙을 지향함.

연보

- 1920년 12월 30일 평안남도 안주군 신안주에서 출생
- 1938년 진남포공립상공학교 졸업, 이후 은행원으로 근무하던 중 일제 말기에 평북 풍천 탄광으로 징용
- 1952년 동국대학교 국문과 졸업 후 거제고, 대광고, 숙명여고 등에서 교사 역임
- 1955년 『현대문학』에 「암표」와 「일요일」이 김동리에 의해 추천되어 등단
- 1968년 한국외국어대학 전임강사 역임, 1977년 교수 승진
- 1970년 제5회 월탄문학상 수상
- 1981년 대한민국예술상 수상
- 1981년 3월 31일 사망

❶ 이범선은 1950년대 발표한 소설들에서 자신이 경험한 비극적인 현실들을 작품 속에 반영하면서 무기력하고 절망에 빠진 사람들의 모습을 많이 부각시키는 한편, 사회와 현실에 대한 비판적인 작가의식을 담담한 문체를 통하여 예술성 높은 소설로 형상화시켰다.

❷ 이범선은 1959년 발표한 「오발탄」 이후 여러 작품에서 고발의식에 투철한 사실주의 경향으로 전환하여 사회 약자들의 삶과 전후의 침울한 사회 모습, 종교인들의 위선, 다양한 인간들의 삶의 생태를 생생하게 묘사하였으며, 후기에는 인간의 궁극적인 존재론적 의미와 휴머니즘의 문제를 작품화하였다.

주요 작품들

암표(1955)	학마을 사람들(1957)
갈매기(1958)	오발탄(1959)
살모사(1964)	춤추는 선인장(1967)
판도라의 후예(1978)	흰 까마귀의 수기(1979)

준비

"읽기 전에 알아두자."

　「학마을 사람들」은 1957년 1월 『현대문학』에 발표된 단편소설로서 일제 강점기 말기에서 한국전쟁에 이르는 민족 수난기의 삶을 '학(鶴)'이라는 민속적인 제재를 통해서 그려낸 작품입니다. 학을 마을의 수호신으로 믿는 학동 사람들이 일제 치하에서부터 한국전쟁을 거치면서 겪었던 비극을 간결한 문체로 서술하고 있지요. 학의 상징성이 작품의 핵심을 이루면서 민족성을 주체적 관점으로 바라보는 작가의식이 잘 나타나고 있는 작품입니다.

집중

"이것만은 꼭 생각하며 읽자."

　이 작품은 일제 강점기에 접어들기 전부터 6·25전쟁 직후까지 비극적인 우리 민족의 역사를 배경으로 잃어버린 공동체의 질서를 회복하려는 마을 사람들의 의지를 표현하고 있습니다. 지금까지도 분단국가로 남아 있는 우리 민족의 상황은 어떠하며, 통일을 위해 무엇이 필요한지 생각하면서 읽어 보세요.

학마을 사람들

-
-
-

자동찻길에 가재도 오르는 데 십 리, 내리는 데 십 리라는 영(嶺)을 구름을 뚫고 넘어, 또 그 밑의 골짜기를 삼십 리 더듬어 나가야 하는 마을이었다.

강원도 두메의 이 마을을 관(官)에서는 뭐라고 이름 지었는지 몰라도, 그들은 자기네 곳을 학(鶴)마을이라고 불렀다.

무더기무더기 핀 진달래꽃이 분홍 무늬를 놓은 푸른 산들이 사면을 둘러싼 가운데 소복이 들어앉은 일곱 집이 이 마을의 전부였다. 영마루에서 내려다보면 꼭 새둥우리 같았다. 마을 한가운데에는 한 그루 늙은 소나무가 섰고, 그 소나무를 받들어 모시듯 둘레에는 집집마다 울안에 복숭아꽃이 활짝 피어 있었다.

때때로 목청을 돋우어 길게 우는 낮닭의 소리를 받아 우물가 버드나무 밑에서 애들이 부는 버들피리 소리가 '피리 피리 필릴리' 영마루에까지 타고 피어올랐다.

이 학마을 이장(里長) 영감과 서당의 박 훈장(朴訓長)은, 지팡이로 턱을 괴고 영마루에 나란히 앉아 말없이 마을을 내려다보고 있었다.

그들은 둘이 다 오늘 아침, 면사무소(面事務所) 마당에서 손자들을 화물(貨物) 자동차에 실어 보내고 돌아오는 길이었다. 왜놈들은 끝내 이 두메에서까지 병정(兵丁)을 뽑아냈던 것이다.

두 노인은 흐린 눈으로 똑같이, 저 밑에 마을 한가운데 소나무를 물끄러미 내려다보고 있었다. 그들은 아침부터 지금 낮이 기울도록, 삼십 리 길을 같이 걸어오면서도 거의 한마디의 말도 없었다.

이윽고, 이장 영감이 지팡이와 함께 쥐었던 장죽으로, 걸터앉은 바윗등을 가볍게 두드리며 입을 열었다.

"학(鶴)이 안 온 지가 벌써 삼십 년이 넘어."

"그렇지, 올해 삼십육 년쨰가?"

박 훈장은 여전히 마을을 내려다보는 채였다.

"내가 마흔넷이던 해니까, 그렇군. 꼭 서른여섯 해째구나."

이장 영감은 장죽에 담뱃가루를 담으며 한숨을 쉬었다. 또 다시, 그 느릿느릿한 잠꼬대 같은 대화마저 끊어졌다.

"꼬꼬……."

또 한 번 마을에서 닭이 울었다. 다음은 고요했다. 졸리도록 따스한 봄볕이 흰 무명옷의 등에 간지러웠다. 이장 영감은 갓끈과 함께 흰 수염을 한 번 길게 쓸어 내렸다.

학마을. 얼마나 아름답고 포근한 마을이었노.

이장 영감은 어느새 황소 같은 떠꺼머리총각으로 돌아가, 이글이글 타오르는 화톳불을 돌며 덩실덩실 춤을 추고 있었다.

옛날, 학마을에는 해마다 봄이 되면 한 쌍의 학이 찾아오곤 했었다. 언제부터 학이 이 마을을 찾아오기 시작하였는지는 아무도 모른다. 어쨌든, 올해 여든인 이장 영감이 아직 나기 전부터라 했다. 또, 그의 아버지가 나기도 더 전부터라 했다.

씨 뿌리기 시작할 바로 전에, 학은 꼭 찾아오곤 했었다. 그러고는 정해 두고 마을 한가운데 서 있는 노송(老松) 위에 집을 틀었다. 마을 사람들은 이 노송을 학나무라고 불렀다.

학이 돌아온 날은 학마을의 가장 큰 잔칫날이었다. 학나무 밑에선 호기롭게 떡을 쳤다. 서당에선 어른들이 모여 앉아 술상을 앞에 놓고 길고 느린 노래를 흥얼흥얼 하였다. 그러나 가장 즐겁기는 젊은이들이었다. 이 마을 젊은이들이 마음 놓고 술을 마실 수 있는 날은 이날뿐이었다. 그 외에는 혼인 잔치에서까지도 젊은이들은 술을 마셔서는 아니 된다는 것이 이 학마을의 율법이었다. 그날은 밤이 깊도록 학나무 밑에 화톳불이 이글이글 탔다. 아직 추운 삼월이라 불가에 둘러앉은 젊은이들은 막걸리를 사발로 마구 들이켰다. 그러면 마을 처녀들은 이렇게 마셔대는 막걸리와 안주를 떨어지지 않게 날라야 했다. 그런 때면, 그 처녀가 화톳불을 싸고 빙 둘러앉은 청년들 중 누구의 어깨 너머로 술이나 안주를 넘겨 놓는가가 문제였다. 처녀가 술이나 안주를 누구의 어깨 너머로 살짝 넘겨 놓으면, 그때마다 일제히 '와'하고 함성을 올렸다. 술에 단 젊은이들의 검붉은 얼굴들이 와그르르 웃으면, 처녀들은 불빛에 빨가니 단 얼굴을 획 돌려 치마폭에 쌌다. 그때, 탄실이는 꼭 억쇠 — 지금의 이장 영감의 어깨 너머로 듬뿍듬뿍 안주를 날라다 놓곤 하였다. 그러면 또, '와와' 함성을 올렸다. 억쇠는 슬쩍 뒤를 돌아보았다. 탄실이는 긴 머리채를 흔들며 달아나면서도 억쇠를 향하여 눈을 흘기는 것만은 잊지 않았다. 억쇠는 그저 즐거웠다. 취기가 올라오기 시작하면 억쇠는 일어나 춤을 추었다. 젓가락으로 두들기는 사발 장단에 맞추어 덩실덩실 돌았다. 어느 해엔가는 잔뜩 취하여 잠방이 띠가 풀린 것도 모르고 춤을 추다 웃음판에 그대로 나가넘어진 일도 있었다.

학으로 하여 즐거운 이야기는 마을 처녀들에게도 있었다. 처녀들도 역시 학이 좋았다.

그네들은 물을 길으러 박우물로 갔다. 그러자면 꼭 학나무 밑을 지나가야 했다. 그런데 어쩌다 학의 똥이 처녀들의 물동이에 떨어지는 일이 있었다. 그러면 그 처녀는 그해 안에 시집을 간다는 것이었다. 그래서 나이 찬 처녀들은 물동이를 이고 학나무 밑을 거닐 때면 걸음걸이가 더욱 의젓하였다. 한 해에 한둘은 꼭 물동이에 학의 똥을 받았다. 그리고 그들은 틀림없이 그해 안에 시집을 가곤 하였다.

탄실이가 시집을 가던 해에도 그랬다. 물방앗간 옆 대추나무 밑에서 자근자근 빨간 댕기를 씹으며,

"학이……."

하고 탄실이가 고개를 숙였을 때, 억쇠는 구름 사이 으스름 달을 쳐다보았다. 탄실이는 이미 아버지가 정해 놓은 곳이 있었다. 한참만에 억쇠는 탄실이의 보동한 손목을 꽉 붙들었다. 그들은 그 길로 영을 넘었다. 호 호, 호 호……. 길가 나무 꼭대기에서 부엉새가 울었다. 그래도 억쇠의 굵은 팔에 안겨 걷는 탄실이는 조금도 무섭지 않았다. 그러나 그것은 시집을 가는 게 아니래서였던지 다음날 아침 그들은 탄실이 아버지한테 붙들리어 다시 돌아왔다. 그러나 그 가을에 탄실이는 울며, 단풍 든 영을 넘어 이웃 마을로 시집을 가고 말았고, 다음 해부터는 학 날이 와도 억쇠는 춤을 추지 않았다.

"학이 안 오던 그핸 가물도 심하더니."

"허 참, 나라가 망하던 판에 오죽해."

이장 영감은 장죽과 쌈지를 옆의 박 훈장에게 건네주었다.

이장이 마흔네 살이 되던 해였다.

씨 뿌릴 준비를 다 해놓고 마을 사람들은 학을 기다렸다. 그런데 웬일인지 계절(季節)이 다 늦도록 학은 돌아오지 않았다. 그들은 하는 수 없어, 학 없이 씨를 뿌렸다. 가뭄이 들었다. 봄내, 여름내 비 한 방울 안 왔다. 모든 곡식은 바삭바삭 말라 버렸다. 마을 사람들은 그저 헛되이 학나무만 쳐다보았다. 학나무에는 지난해에 틀었던 학의 둥우리만이 빈 채 달려 있었다.

'학만 있었으면.'

마을 사람들은 여느 해에 그렇게도 영험하던 학의 생각이 몹시도 간절하였다. 이런 때면 학은 늘 하늘과 그들 사이에 있어 주었었다. 가뭄이 들어도 그들은 학나무를 쳐다보았다. 그러면 학이 그 긴 주둥이를 하늘로 곧추고 '비오…, 비오…' 울어 고해 주는 것이었다. 그러면 또 하늘은 꼭 비를 주시곤 했다. 장마가 져도 그들은 또 학을 쳐다보았다. 이번엔 학이 '가, 가' 길게 울어 주기만 하면, 비는 곧 가시는 것이었다. 바람이 불 것도 그들은 미리 알 수 있었다. 학이 삭은 나뭇가지를 자꾸 둥우리로 물어 올리면 그들은 곡식을 빨리빨리 거둬들여야 했다.

그러던 그들은, 학이 없던 그해, 그렇게 가뭄이 심해도 어떻게 하늘에 고해 볼 길이 없었다. 저녁때 들에서 돌아오다가는 빨간 놀을 등에 지고 그림자처럼 조용히 서서, 빤히, 석양을 받은 학의 빈 둥우리를 오랜 버릇으로 한참씩 쳐다보고 섰을 뿐이었다.

그러던 어느 날, 기다리던 비대신 기막힌 소문이 날아 들어왔다. 왜놈들이 우리나라를 빼앗으러 나왔다는 것이다. 마을 사람들은 며칠 동안 김을 맬 생각도 않고 학나무 밑에 모여 앉아 멍히 맞은편 산만 바라보고 있었다.

그런데 또 한 겹 더 겹쳐, 마을 안에 열병이 퍼지기 시작하였다. 한 집 두 집, 꼭 젊은 일꾼들이 앓아누웠다. 거의 날마다 곡소리가 들렸다. 학마을은 그대로 무덤이었다.

다음 해 봄에도, 또 다음 해 봄에도 학은 돌아오지 않았고, 흉년만 계속되었다. 그러자 이제 학이 버리고 간 이 학마을에서는 살 수 없으리라는 말이 누구의 입에서부터인지 퍼져 나왔다.

한 집이 떠났다. 또, 한 집이 떠났다. 그들은 영마루에서 서서 한참씩 학나무를 내려다보다가는, 드디어 산을 넘어 어디론지 떠나가곤 하는 것이었다.

근 이십 가구나 되던 마을이 겨우 일곱 집만 남았다.

그동안 이장 영감도 몇 번이나 밖으로 나가 살 만한 곳을 찾아보았다. 그러나 그때마다 번번이 그는 이 학마을을 버리지 못했다. 무쇠 같은 그의 가슴에 첫사랑이 뻘겋게 달아오르던 곳이라서만은 아니었다. 그저 어쩐지 이 학마을을 떠나서는 살 수 없을 것만 같았던 것이었다. 빈 둥우리나마 아직 남아 있는 학나무 밑을 떠나서 왜놈들이 들끓는 마당에 어딜 가면 살 수 있겠는가하는 생각에서였다. 남아 있는 딴 사람들도 그랬다. 학은 오지 않고 이름만 남은 학마을은 말할 수 없이 고달팠다.

그래도 해마다 봄은 찾아왔다. 아지랑이가 가물가물 타기 시작하면 그들은 양지쪽에 앉아 수숫대로 바자를 엮으며 어린것들에게 가지가지 학 이야기를 들려주는 것이었다. 어린애들에게는 그건 해마다 들어도 재미있는 옛날이야기였다. 그러나 이야기하는 어른들에게는 그건 슬픈 추억이었고, 또 봄마다 속아 벌써 삼십 년이 지난 오늘까지도 끝내 아주 버릴 수는 없는 희망이기도 하였다.

"그런데 그 학이 어딜 갔을까?"

"알 수 없지."

"살아 있기는 살아 있을까?"

"학은 장생불사(長生不死)[1]라지 않아?"

"장생불사."

이장 영감은 또 한 번 천천히 수염을 내리쓸다 그 끝을 쥐고 내려다보며 중얼거렸다.

"쾡 쾡, 쾡 쾡, 쾡 쾡, 쾡 쾡."

바로 그때였다. 저 밑에 마을에서 꽹과리 소리가 요란스레 들려 왔다. 무슨 일이 일어난 신호(信號)였다.

이장 영감은 벌떡 일어섰다. 박 훈장도 담뱃대를 털며 따라 일어섰다. 그대로 꽹과리 소리는 울려 올라왔다. 잠든 듯 고요하던 마을에 새까만 사람의 그림자들이 왔다갔다하였다. 이장 영감은 눈에다 힘을 주고 마을을 살피고 있었다.

"학이다……. 학이다."

이장 영감은 힐끔 뒤의 박 훈장을 돌아보았다. 박 훈장도 이장 영감을 마주 보았다.

"학이다……. 학이다."

아직 메아리가 길게 꼬리를 떨고 있었다. 둘이 다 분명히 들었다. 그러나 둘이 다 똑같이 자기의 귀에 자신이 없었다. 쾡, 쾡, 쾡, 쾡, 꽹과리 소리가 또 들려왔다. 그들은 얼른 손을 펴 갓양[2]에 가져다 대었다. 하늘을 살폈다. 그러나 그들이 아무리 그 흐린 눈을 비비고 크게 떠도 그저 저만큼 둥실 흰 구름이 한 점 보일 뿐, 학은 보이지 않았다. 그들은 한번 더 눈을 비볐다. 그래도 역시 학은 없었다. 그저 흰 수염만이 그들의 턱에서 가늘게 떨리고 있었다.

1_**장생불사(長生不死)**: 오래 살아 죽지 않음.
2_**갓양**: 갓의 밑둘레 밖으로 둥글넓적하게 된 부분

그날, 과연 학은 마을에 들어와 있었다. 영을 내려와 비로소 학이 돌아온 것을 본 이장 영감과 박 훈장은 얼싸안고 엉엉 울었다.

"왔다, 정말 왔어. 으흐흐."

"영감, 이게 꿈은 아니지, 응? 이장 영감, 꿈은 아니지? 으흐흐."

이장 영감과 박 훈장은 갓이 뒤로 벗겨지는 줄도 모르고 고개를 젖혀 학나무 꼭대기만 쳐다보고 있었다.

쓱 치켜든 긴 주둥이, 이마의 빨간 점, 늘씬히 내뺀 목, 눈처럼 흰 깃, 꼬리께 까만 깃에서는 안개가 피었다. 한 마리는 슬쩍 한 다리를 ㄴ자로 구부리고 섰고, 또 한 마리는 그 윗가지에서 길게 목을 빼고 두룩두룩 마을을 살펴보고 있었다.

옛날 본 그 학이었다. 꼭 그대로였다. 그들은 자꾸자꾸 솟아 나오는 눈물을 몇 번이나 손등으로 닦았다.

이장 영감과 박 훈장 뒤에 둘러선 마을 사람들의 눈에도 눈물이 글썽 괴여 있었다. 어린애들은 눈앞에 정말 살아 나타난 옛이야기가 그저 신비(神秘)스럽기만 했다.

"이젠 살았다."

"이제 무슨 좋은 일이 생길 게다."

"용하게 마을을 지켰지. 참, 몇십 년이고."

그들은 무엇인지 모르는 대로, 그저 그 어떤 커다란 희망에 가슴이 뿌듯했다.

학은 부지런히 집을 틀기 시작하였다.

유유히 마을 안을 날아도는 학을 보면, 밭에서, 산에서 우물가에서 어디서든지 마을 사람들은 한참씩 일손을 멈추는 것이었다.

올감자 철이 되자, 학은 먹이를 잡아 물고 오르기 시작하였다. 새끼를 깐 것이다.

이젠 또, 둘만 앉으면 그저 학의 새끼 이야기였다. 학이 새끼를 까면 그 해에는 풍년(豊年)이 든다는 것이었다. 두 마리면 평년, 한 마리면 흉년. 두 마리라고 하는 사람도 있었다. 아니, 분명히 세 마리가 가지런히 둥우리 속에 턱을 올려놓고 어미를 기다리고 있는 것을 보았노라는 아낙네도 있었다. 또 밭의 곡식이 된 품으로 미루어 틀림없이 세 마릴 거라고 떠드는 사람도 있었다. 그러면 가만히 듣고 앉았던 노인들은,

"어, 그 바쁘기도 하지. 이제 새끼들이 좀더 커서 머리가 밖으로 나오기 전에야 누가 아노? 하느님이 하시는 일을."
하고 웃는 것이었다.

올감자 철이 지나고 참외와 옥수수가 한창일 무렵이었다. 학의 새끼는 이제, 제법 '짝짝' 둥우리 속에서 소리를 지르기 시작하였다. 그러다가는 어미 학이 긴 주둥이 끝에 먹이를 물고 돌아와 두 날개를 위로 쓱 쳐들며 홈씰 가지에 와 닿으면, 다투어 조그마한 주둥이들을 벌리고 '짝짝' 목을 길게 둥우리 밖에까지 빼내는 것이었다.

분명히 세 마리였다. 틀림없이 풍년일 거라 했다.

가뭄도 장마도 안 들었다. 논과 밭에는 오곡(五穀)이 무럭무럭 자랐다. 과연 그해는 대풍(大豊)이었다. 앞들에서 김매는 사람들이 노래를 부르면, 뒷산에서 나무하는 애놈들이 제법 그 다음을 받아넘겼다. 한창 더위도 그 고비를 넘었다. 이젠 익기를 기다려 거둬들이기만 하면 그만이었다.

그러던 어느 날이었다. 봄에 왜놈들에게 병정으로 끌려나갔던 이장네 손자 덕이와 박 훈장네 손자 바우가, 커다란 왜병의 옷을 그냥 입은 채 마을로 돌아왔다.

"아, 우리나라가 독립을 했어요, 독립을. 그걸 아직도 모르고 있어요?"

이장 영감과 박 훈장은 각각 손자들의 거센 손을 붙잡고, 또 엉엉 울었다. 내 나라를 도로 찾았대서인지, 죽었으리라고 생각했던 손자가 돌아왔대서인지, 그것조차 분간할 수 없는 기쁨이 그저 범벅이 되어 자꾸 눈물만 흘러내렸다.

학마을은 한껏 즐겁고 풍성하였다. 집집이 낟가리가 높이 솟았다.

앞 뒷산에 단풍이 빨갛게 타올랐다. 하늘은 아득히 높아졌다. 학은 세 마리 새끼들에게 날기를 가르치기 시작하였다. 둥우리 기슭에 나란히 올라선 새끼 학들은 어미에게 비하여 그 모양이 몹시 초라하였다. 마을 애들은 웃었다. 그러면 어른들은 곧잘 학의 편이 되어 양반의 새끼는 어려선 미운 법이라 했다. 어미 학이 둥우리 바로 윗가지에 올라서서 뭐라고 길게 한번 소리를 지르자 세 마리 새끼 학은 일제히 둥우리를 걷어차고 날아갔다. 그러나 처음으로 펴 보는 날개는 잘 말을 듣지 않았다. 퍼덕퍼덕 날개는 쳤으나 그건 난다기보다 떨어지는 것이었다. 그들은 이리저리 흩어져 한 마리는 학나무 밑 마당에, 한 마리는 이장네 지붕 위에, 또 한 마리는 제법 멀리 밭 모서리에 선 뽕나무 위에 가 내렸다. 이렇게 그들은 날마다 나는 연습을 했다. 조금씩 조금씩 그 날아가 앉는 곳이 멀어져 갔다. 어제는 우물 가에까지 날았었다. 오늘은 저 동구의 물방앗간까지 날았다. 또 오늘은 그 앞 못(池)께까지 날았는데, 자칫하면 물에 빠질 뻔했다. 마을 사람들은 마치 자기네 어린이의 재롱을 사랑하듯 하였다.

드디어 그들은 저 들 건너편 낭에 쓱 옆으로 솟아 나온 소나무 위에까지 힘들지 않게 날았다. 이젠 모양도 한결 또렷또렷해졌다. 한 달쯤 되자 제법 어미들을 따라 보기 좋게 마을 위를 빙빙 날아돌았다. 어쩌다가 날개를 쭉 펴고 다섯 마리의 학이 한 줄로 휘 마을을 싸고 도는 모양은 시원스러웠다.

9월 하순 어느 날 새벽이었다. 학이 여느 날과 달리 요란스레 울었다. 이장 영감은 잠결에 그 소리를 듣고 펄떡 일어났다. 그는 그게 무슨 뜻인지를 잘 알고 있었다. 꽹과리를 쳤다. 마을 사람들은 다들 학나무 둘레에 모였다.

　다섯 마리의 학은 가장 높은 가지 위에 가지런히 한 줄로 늘어서 있었다. 이제는 그 긴 다리 색이 어미들보다 약간 노란 기운이 도는 것을 표해 보지 않고는 어미학과 새끼 학들을 알아낼 수 없을 만큼 컸다. 해가 떴다. 이윽고 그들은 긴 목을 쑥 빼고 뾰족한 주둥이를 하늘로 곧추 올렸다. 맨 큰 학이 두 날개를 기지개를 펴듯 위로 들어올리며 슬쩍 다리를 꾸부렸다 하자 삐이르 긴 소리를 지르며 훔씰 가지에서 푸른 하늘로 솟아올랐다. 그러자 다음 다음 다음 다음 차례로 뒤를 따랐다. 그들은 멋지게 동그라미를 그으며 마을을 돌았다. 한 바퀴 또 한 바퀴. 점점 높이 올랐다. 이젠 까마득히 하늘에 떴다. 그래도 삐르삐르 소리만은 똑똑히 들려왔다. 마을 사람들은 꺾어져라 목을 뒤로 젖혔다. 두 손을 펴서 이마에 가져다 햇볕을 가리고 한없이 높고 푸른 가을 하늘을 쳐다보고 있었다. 반짝반짝 다섯 개의 은빛 점이 한 줄로 늘어섰다. 마지막 바퀴를 돌고 난 학들은 그리던 동그라미를 풀며 방향을 앞으로 잡았다. 하나, 둘, 셋, 넷, 다섯. 점이 하나씩 하나씩 남쪽 영마루를 넘어 사라졌다. 마을 사람들은 한참이나 그대로 말없이 그 학들이 사라진 곳을 쏘아보고들 서 있었다.

　다음 해 봄에도 학이 돌아왔다. 세 마리 새끼를 쳤다. 또, 풍년이었다. 또, 다음 해 봄에도 학은 왔다. 이번엔 두 마리를 쳤다. 평년이었다.

　그해 가을엔 이장네 손자 덕이가 장가를 들었다. 신부는 바로 이웃에 사는 봉네였다. 덕이는 어려서부터 봉네가 좋았다. 그러기에, 옥수수 같은 것을 꺾어 나눠 먹을 때면 으레 큰 쪽을 봉네에게 주곤 하였다. 바우도 같이 봉네를 좋아했다. 주워 온 밤에서 왕밤만을 골라 봉네를 주곤 하였다.

그런데 웬일인지 철이 들며부터 봉네는 아주 쌀쌀해졌다. 물동이를 들고 사립문을 나오다가도, 덕이를 보면 휙 돌아 들어가곤 하였다. 덕이에게만 아니라 바우에게도 그런다는 것이었다. 그들은 참 이상한 애라고 웃었다.

그러던 봉네의 태도가, 그들이 왜놈한테 끌려갔다 다시 마을로 돌아온 뒤에는 또 좀 달랐다. 바우더러는 '돌아왔구나.' 하며 웃더라는데, 덕이한테는 안 그랬다. 여전히 싸늘했다. 물을 길러 가려면 하는 수 없이 이장네 바깥마당 학나무 밑을 지나야 하는 봉네는 몇 번이나 덕이와 마주쳤다. 그럴 때면, 덕이가 미처 무슨 말을 찾기도 전에 푹 고개를 수그리고, 인사는커녕 쳐다도 안 보고 휙 비켜 지나가 버리는 것이었다. 덕이는 이런 봉네가 몹시도 섭섭했다.

그렇게 거의 두 해를 지내 오던 어느 날이었다. 산에 가 나무를 해 지고 내려오던 덕이는, 마을 뒤 밤나무 숲 속에서 봉네를 만났다. 이번엔 덕이 편에서 먼저 못 본 체 고개를 수그리고 걸었다. 그런데 그가 바로 봉네 코앞에까지 가도 그네는 꼼짝도 않고 서 있었다. 덕이를 보기만 하면 얼굴을 돌리고 달아나던, 마을 안에서의 봉네와는 달랐다. 덕이는 비로소 눈을 들었다. 그제야 봉네는 한 걸음 옆으로 비켜섰다. 여전히 덕이를 쳐다보고 있는 봉네의 눈에는 스르르 윤기가 돌았다. 덕이는 길가에 나무 지게를 벗어 놓았다.

"어디 가니?"

"……."

봉네는 앞으로 다가서는 덕이의 얼굴만 빤히 건너다볼 뿐, 대답이 없었다. 덕이도 그저 봉네의 까만 눈을 들여다보고 서 있는 수밖에 없었다. 봉네의 눈동자에는 점점 더 윤이 났다. 봉네의 눈동자 속에 푸른 하늘이 부풀어오른다 하는 순간, 따르르 눈물이 뺨으로 굴렀다.

"학이……"

옛날 학마을 처녀 탄실이가 하던 그대로의 외마디 말이었다. 봉네는 가만히 고개를 떨어뜨렸다. 무명 적삼이 젖가슴에 찢어질 듯 팽팽하였다. 덕이는 봉네의 머리에서 새크무레한 땀내를 맡았다.

이장 영감은 종일 사랑방 벽에 뒷머리를 대고 앉아 조용히 눈을 감고 있었다. 언제나 무슨 괴로운 일이 있을 때면 하는 그의 버릇이었다.

할아버지에게 봉네 이야기를 하고 제 뜻을 말하는 손자 덕이놈은 무턱대고 탄실이와 영을 넘던 억쇠, 자기보다 훨씬 영리한 놈이라고 생각하였다. 그러지 않아도 이장 영감은 봉네의 심정을 덕이보다도 먼저 눈치채고 있었다. 그와 함께 또, 바우의 봉네에 대한 숨은 정(情)도 알고 있는 이장 영감이었다. 그래, 덕이가 봉네 이야기를 할 때, 그는 아무런 대꾸도 하지 않고 그저 듣고만 있었다.

될 수만 있다면, 봉네는 딴 마을로 시집을 보내고 싶었다. 덕이, 봉네, 바우. 이장 영감에게는 그들이 다 똑같은 자기의 손자 손녀처럼 생각이 드는 것이었다. 그 셋 중에 누구에게도 쓰라린 상처를 주고 싶지 않았다.

저녁때가 거의 되어서야 이장 영감은 가만히 눈을 떴다. 마음을 작정하였다. 봉네는 그 옛날 탄실이어서는 안 된다 했다. 또 그로 해서 설사 무슨 변이 있다 해도 덕이의 일생이 또 억쇠 자기의 평생처럼 텅 빈 것이 되어서는 안 된다 했다.

그 가을에 덕이와 봉네의 잔치가 있었다. 그런데 그 잔치 전날 밤, 바우는 마을에서 사라졌다. 그의 홀어머니도, 또 늙은 할아버지 박 훈장도 몰랐다. 그러나 이장 영감만은 짐작하고 있었다. 그는 또, 종일(終日) 사랑방 벽에 뒷머리를 대고 앉아 조용히 눈을 감고 있었다.

그해에도 골짜기의 눈이 녹고 진달래가 피자, 학이 찾아왔다. 예전처럼 부지런히 집을 틀고 새끼를 깠다. 두 마리의 어미 학은 쉴 새 없이 먹이를 물어 올렸다. 그때, 두 마리 새끼가 주둥이를 내둘렀다. 올해에도 평년작(平年作)은 된다고들, 우선 흉년(凶年)을 면한 것을 기뻐했다. 그러던 어느 비 내리는 아침이었다. 학나무 밑에 아주 어린 새끼 한 마리가 떨어져 죽어 있었다. 아직 털도 채 나지 않은 학의 새끼는 머리와 눈만이 유난히 컸다.

"허, 그 참, 흉한 일이로군."

이장 영감과 박 훈장은 몹시 불길한 예감에 사로잡혔다. 이 같은 일은 적어도 그들이 아는 한에서는 일찍이 없던 일이었다. 참새는 긴 장마철에 미처 먹이를 댈 수 없으면 그중 약한 제 새끼를 골라 제 주둥이로 물어 내버리는 수가 있다. 그러나 학이 그런 잔혹한 짓을 한 일을 보지 못했었다. 그건 필시 무슨 딴 짐승의 짓이라 했다. 어쨌든 그게 학 자신의 뜻에서였건, 또는 딴 짐승의 짓이건 간에 이제 이 학마을에는 반드시 무슨 참변이 있을 게라고 다들 말없는 가운데 더욱더 무거운 불안을 느끼고들 있었다.

과연 무서운 변이 마을을 흔들고야 말았다. 그 일이 있은 지 한 달도 채 못 되어서였다. 별안간 하늘이 무너지고 산이 온통 갈라지는 것이었다. 마을 사람들은 모두 문을 걸고 집안에 틀어박혔다. 덜덜 떨며 문틈으로 밖의 학나무를 살폈다. 학도 둥우리 안의 들어앉아 조용하였다.

밤낮 이틀이나 온 세상을 드르릉 드르릉 흔들었다. 사흘째 되던 날부터 그 소리가 차츰 남쪽으로 멀어갔다. 마을 사람들은 하나둘 밖으로 나왔다. 학의 동정부터 보았다. 한 마리는 여전히 둥우리 안에 들어 새끼를 품고 앉았고, 한 마리만이 그 바로 윗가지에 한 다리를 꼬부리고 나와 있었다.

그날 저녁때였다. 마을에는 또 딴 일이 벌어졌다. 난데없이 누런 옷을 입은 사람들이 북쪽 영을 넘어 마을로 들어왔다. 쉰 명도 더 넘는 그들은 모두 어깨에 총을 메고 있었다. 그들은 이 마을 사람들을 해방(解放)시키러 왔노라 했다. 그러나 마을 사람들은 그 해방이란 말의 뜻을 잘 알 수 없다. 박 훈장마저 알기는 알면서도 어딘지 잘 모를 이야기라 했다. 그렇게 그들이 하루, 마을에 머물고 남쪽으로 나가면 이어서 또 딴 패들이 밀려들어왔다. 그들은 똑같은 이야기를 하고 갔다. 이렇게 몇 차례를 겪고 나서야 마을 사람들은 그 아무나보고 '동무, 동무' 하는 북한 괴뢰군인 것을 알았고, 또 큰 싸움이 벌어진 것도 알았다.

　마을 사람들은 이제야 비로소 학이 새끼를 물어 내버린 뜻을 알 것 같았다. 몇 차례나 들르던 그 괴뢰군 패가 좀 뜸했다.

　그런 어느 날, 박 훈장네 바우가 소문도 없이 마을로 돌아왔다. 서울서 무슨 공장엘 다니다 왔노라는 바우는, 전에 없던 흉이 오른쪽 이마에서 눈썹까지 죽 굵게 그어져 있었다.

　몇 해 밖에 나가 있던 바우는 여간 유식해진 것이 아니었다. 그는 학마을 사람들이 모르는 일을 많이 알고 있었다. 김일성 장군도 알았다. 인민군이라는 것도 알고 있었다. 그 밖에도 마을 사람들에게는 물론이려니와 박 훈장도 모를 말을 곧잘 지껄였다. 착취니 반동이니 영웅적이니 붉은 기니 하는 따위들은 그가 마을 아낙네들에게까지 함부로 쓰는 동무라는 말과 같이 우리말이니 어찌 어찌 알 듯도 하였다. 그러나 그 밖에도 이건 무슨 수작인지 도무지 모를 말도 바우는 아는 모양이었다. 스탈린, 소련, 유엔, 탱크. 그뿐이 아니었다. 바우는 또, 밖에 나가 있는 동안에 매우 훌륭해진 모양이었다. 그는 사날에 한 번씩은 근 사십 리 길이나 되는 면엘 꼭 다녀왔다. 그러고는 마을 사람들을 모아 놓고 싸움 형편을 전했다. 그때마다 연방 해방(解放)이란 말을 썼다. 그러던 어느 날이었다. 누런 군복을 입고 어깨에 총을 멘 사나이 셋이 학마을로 들어왔다. 그리고는 이장을 찾는 것이 아니라 박 동무를 찾았다. 마을 사람들은 박 동무라는 사람은 이 마을엔 없노라고 했다. 그들은 다시 박바우라고 했다. 그때에야 바우를 찾는 줄을 알았다. 그리고 또 바우가 그들과 한패라는 것도 알았다.

그들은 마을 사람들을 학나무 밑에 모았다. 그리고 긴 연설(演說)을 한 바탕 늘어놓고 나서 바우를 앞에 내다 세웠다. 이제부터는 박 동무가 이 마을의 인민위원장이라고 했다. 인민위원장이란 무엇이냐고 묻는 마을 사람들에게, 그들은 그게 바로 이 마을의 가장 높은 사람이라고 했다. 모를 일이었다. 학마을에서는 제일 나이 많은 남자가 이장일을 보아야만 했고, 또 그 이장이 학마을의 제일 어른이었다. 그러나 다음날부터 바우는 마을의 제일 높은 사람 행세(行勢)를 정말로 하기 시작하였던 것이다. 박 훈장이 보다 못해 그를 붙들고 나무랐다. 바우는 낯을 찌푸렸다. 할아버진 아무 것도 모르니 제발 좀 가만히 계시라고 했다. 그리고 보니 박 훈장 생각에도 영 어찌되는 셈판인지 알 수가 없는 일이었다.

바우는 더욱 자주 면(面)에 다녀 나왔다. 그리고는 하루에 두 번씩 마을 사람들을 학나무 밑에 모았다. 소위 회의를 한다는 것이었다. 그러나 마을 사람들은 잘 모이지를 않았다. 바우는 반동이 무언지 '반동, 반동' 하고 목에 핏대를 세웠다. 그래도 마을 사람들은 잘 안 모였다. 그것도 그럴 것이, 마을 사람들 사이에는, 학이 전에 없이 새끼를 물어 떨어뜨리자 밀려들어온 그들은, 어쨌든 이 학마을을 잘 되게 해 줄 사람들이 아닌 것만은 분명하다는 말이 퍼지고 있었기 때문이었다. 이런 사유를 안 바우는 그 길로 면으로 달려갔다. 그러고는 저녁때가 거의 되어, 그는 어깨에 총을 메고 돌아왔다. 그는 곧 또, 마을 사람들을 불러모았다. 몇 사람이 총을 멘 바우를 구경한다고 모였다. 그 자리엣 바우는 또 떠들어댔다. 이마의 흉터가 더욱 험상스레 움직였다. 사업을 방해하는 자는 누구든지 다 반동이라며 큰 소리를 질렀다. 그리고 반동은 사정없이 숙청해야 한다고 했다. 이 마을에서는, 그런 의미에서 우선 저 학부터 처치해야 한다고 하며 학나무 꼭대기를 가리켰다. 그는 천천히 돌아섰다. 학나무 그루에 새워 놓았던 총을 집어들었다. 철커덕 총을 재었다. 총부리를 들어올렸다.

"바우!"

옆에 섰던 덕이가 바우의 팔을 붙들었다. 바우는 흠이 있는 오른쪽 눈썹을 쓱 치켜올리며 덕이의 얼굴을 쏘아보았다.

"놔!"

바우는 덕이의 손을 뿌리쳤다. 덕이는 빈주먹을 꽉 쥐었다.

학은 두 마리 다 바로 머리 위 가지에 앉아 있었다. 바우는 총을 겨누었다. 마을 사람들은 숨을 딱 멈추었다. 얼굴들이 새파래졌다. 무서운 일이었다. 그러나 누구 하나 감히 바우의 총 앞으로 나서는 사람은 없었다.

"타다탕."

총 소리가 사면의 산을 흔들었다. 학은 훌쩍 달아났다. 그러면 그렇지 하는 마을 사람들은 얼른 바우의 얼굴부터 살폈다. 그런데 어찌 된 일일까? 분명히 두 마리 다 훌쩍 위로 떠오르는 것을 보았는데, '펑' 하는 소리와 함께 날개를 축 늘어뜨린 한 마리가 땅바닥에 떨어졌다. 마을 사람들은 정신이 아찔하였다. 아무도 말이 없었다.

그때였다. 앓고 누웠던 이장 영감이 총 소리를 듣고 비틀비틀 밖으로 나왔다.

"무슨 일이야?"

다들 그쪽으로 돌아섰다. 여전히 아무도 말이 없었다. 이장 영감은 긴 눈썹 밑에 쑥 들어간 눈으로 한 번 휘 마을 사람들을 둘러보았다. 마침내 그는, 저만큼 땅바닥에 빨래처럼 구겨 박힌 학의 주검을 보았다. 이장 영감이 여윈 볼이 씰룩씰룩 움직였다.

"학이! 누가 학을?"

무서운 노여움이 찬 소리였다. 이장 영감은 팔을 허우적거리며, 학이 쓰러진 쪽으로 한 걸음 옮겨 놓았다. 그러나 다음 또 한 발을 내딛다 말고 푹 그 자리에 까무러치고 말았다.

그날 밤 하늘엔 으스름 달이 떴었다. 남은 한 마리의 학은 미쳐 울었다. 끼역 끼역 긴 목에서 피를 토하듯 우는 학의 소리는 온몸에 소름이 쪽쪽 섰다. 무엇에 놀라는 것처럼 깍 외마디 소리를 지르며 푸르르 공중으로 솟아오르기도 하였다. 그리고는 밤하늘을 훨훨 날아 마을을 돌며 슬피슬피 우는 것이었다. 다시 학나무 위에 와 앉아도 보았다. 꼭 거기 아직 같이 있을 것만 같은 모양이었다. 그리고는 달을 향하여 긴 주둥이를 들고 무엇을 고하듯 또 울었다. 마을은 고요하였다. 저주하는 듯 애통한 학의 울음소리만 삐르 삐르 밤하늘에 퍼져 나가 맞은편 산에 맞고는 길게 되돌아 울어 왔다. 누구 하나 이웃을 나오는 사람도 없었다. 그렇다고 자는 것도 아닌 모양 밤이 깊도록 이 집 저 집에서 기침 소리가 들려왔다.

다음 날 아침에도 바우는 마을 사람들더러 학나무 밑으로 모이라고 하였다. 한 사람도 응하는 사람이 없었다. 잔뜩 화가 난 바우는 마을에 다 들리도록 고함을 쳤다.

"반동, 반동."

머리 위에서 푸드덕 학이 놀라 날아갔다.

"반동, 반동."

메아리가 길게 흔들리며 바우에게로 되돌아왔다. 바우는 학나무 밑에 서서 한참 덕이네 대문을 흘겨보다 말고,

"흥, 어디 보자."

하고 혼자 말을 뱉고는 영을 넘어 면으로 갔다. 어깨에 가죽끈으로 해 멘 총을 흔들흔들 내저으며.

그날, 바우는 마을로 돌아오지 않았다. 다음날도 그는 안 돌아왔다. 마을 사람들은 이번엔 그가 돌아오지 않는 것이 또 궁금하고 불안했다.

그렇게 바우가 다시 마을에서 사라지고 며칠이 못 되어, 또다시 그 무서운 소리가 들리기 시작했다. 하늘이 무너지고 산들이 갈라지는 소리. 게다가 이번엔 비행기까지 요란스레 떠다녔다. 이제야말로 정말 끝장이 나느니라 했다. 그런데 이번엔 그 소리가 북쪽으로 멀어져 갔다. 그러자 이장 영감의 약을 지으러 장터에까지 나갔던 덕이는 새 소식을 알아 가지고 돌아왔다. 그 '동무, 동무' 하던 패들이 우리 군대에게 쫓겨 도로 북으로 달아났다는 것과, 그날 면에 나갔던 바우도 그 길로 그들을 따라 북으로 갔다는 것이었다.

다시 학마을은 조용해졌다.

한 마리만 남은 학은 그래도 애써 새끼를 키웠다. 이장 영감은 사랑 툇마루 양지쪽에 나와 앉아 짝 잃은 학만 종일 쳐다보고 있었다. 문병을 온 박 훈장은 학을 쳐다보기가 두려운 듯 멍히 맞은편 산만 바라보고 있었다.

"망할 자식 같으니. 어디 가 피를 토하고 자빠졌는지."

혼잣말로 중얼거리는 박 훈장의 말에 이장 영감은 못 들은 채 아무런 대꾸도 없었다.

9월이 되었다. 이제 학의 새끼는 수월히 건너편 낭떠러지에까지 날았다. 그날 아침에도 이장 영감은 일어나는 길로 앞문을 열었다. 학나무 꼭대기를 쳐다보았다. 학이 보이지 않았다. 그는 이상한 예감에 가슴이 울렁거렸다. 좀더 자세히 둥우리를 살펴보았다. 역시 보이지 않았다. 아침부터 날기 연습을 하는가 했다. 그런데 학은 낮이 기울도록 안 보였다.

"갔구나!"

이장 영감은 긴 한숨을 쉬었다. 노해서 간 학은 앞으로 영영 안 돌아올지도 모른다 하는 생각이 스치고 지나갔다. 그는 방에 들어와 목침을 베고 누웠다. 눈을 감았다. 눈물이 주르르 귀로 흘러내렸다.

한창 농사 때에 석달 동안을 볶여난 그해는 농작물이 볼 게 없었다.

겨울이 되었다. 사면의 높은 영은 흰 눈으로 덮였다. 빈 학의 둥우리에도 소복이 흰 눈이 쌓였다.

마을 사람들은 산에 가 나무를 해다가 며칠에 한 번씩 장거리로 지고 나갔다. 그들은 그저 어서 봄이 오기만 기다리고 있었다. 그런데 섣달 접어들면서부터 멀리 북녘 하늘에서 때때로 우르릉 우르릉 천둥소리가 들려왔다. 필시 그건 무슨 흉조라고들 하였다. 그러던 어느 날, 장거리에 나무를 지고 나갔던 마을 사람 한 사람이 헐레벌떡거리며 이장네 집으로 뛰어들어왔다.

"이장님, 큰일났습니다. 장거리에서 지금 피난을 간다고 야단들이에요. 오랑캐가, 오랑캐가 새까맣게 밀고 나온다고, 지금……."

"음."

이장 영감은 수염 속에서 입을 한일자로 꼭 다물었다. 한 번 머리를 끄덕였다. 그리고 스르르 눈을 감으며 벽에다 뒷머리를 대었다.

"덕이야, 꽹과리를 쳐라."

이윽고 이장 영감은 덕이를 불렀다.

다음 날은 흐릿한 하늘에서 솜 같은 눈송이가 펄펄 내리고 있었다. 마을 사람들은 해뜰 무렵에 학나무 밑으로 모여들었다. 남자들은 지게에 지고, 여자들은 머리에 이고, 어린것들은 싸 업거나 손목을 잡고 걸렸다.

이장 영감은 마을 사람들이 다 모일 만해서 밖으로 나왔다. 토시를 손바닥에까지 끌어내려 지팡이를 싸쥐었다.

"다 모였나?"

"네, 그런데 저 박 훈장님께서는……."

덕이가 어깨에 진 지게를 한 번 추어올리며 대답하였다.

"음."

이장 영감은 잠깐 무엇을 생각하는 듯 고개를 숙였다. 박 훈장이 이장 영감 곁으로 걸어갔다.

"영감!"

박 훈장은 지팡이 꼭대기에 올려놓은 이장 영감의 손등을 두 손으로 꼭 싸 쥐었다. 두 노인 손등에 사뿐사뿐 흰 눈송이가 날아와 앉았다.

"알지. 내 다 알지."

이장 영감은 고개를 수그린 채 중얼중얼하였다.

"그래도 내겐 그 놈 하나밖에…… 혹시나 돌아올까 해서."

"그럼, 그렇고말고. 내 다 알지."

이장 영감은 그저 고개만 자꾸 끄덕거렸다. 박 훈장은 이장 영감의 손을 다시 한 번 쓸어 보고 한 걸음 뒤로 물러나 털썩 이장네 마루에 주저앉아 버렸다. '으흐흐흐' 하는 박 훈장의 울음소리를 듣지 않으려는 듯이, 이장 영감은 마을 사람들에게로 돌아섰다.

"그럼 가자."

이장 영감은 봉네의 부축을 받으며 지팡이를 한 손에 들고 선두에 섰다. 그 뒤를 한 줄로 마을 사람들은 따라 걸었다.

박 훈장은 비틀비틀 학나무 밑으로 나갔다. 그리고 어린애 모양 '으흐흐, 으흐흐' 울며, 눈발 속에 사라져 가는 행렬을 언제까지나 바라보고 서 있었다.

남자들 몇 사람을 제외하고는 생전 처음 마을 밖으로 나가는 그들이었다. 정작 영마루에 올라선 그들은 한참이나 마을 쪽을 향하여 서 있었다. 펄펄 날리는 눈발 속에 앞이 뽀얗다. 마을은 이미 보이지 않았다. 그들은 다들 울며 영을 넘어 내려갔다.

팔십 리를 걸었다. 그리고 겨우 화물차 꼭대기에 기어올랐다. 빈대처럼 달라붙어 갈 수 있는 데까지 갔다. 부산이었다.

부산은 강원도 두메보다 봄이 일렀다. 한겨울을 그 속에서 난 창고 모퉁이에 파릇한 새싹이 돋아 올랐다. 그들은 잊어버렸던 것처럼 새삼스레 마을이 그리웠다. 저녁때 모여 앉으면, 그들은 은근히 이장 영감의 얼굴을 살폈다. 이장 영감은 그저 가느스름하게 눈을 감고 묵묵히 앉아 있을 뿐이었다.

그러던 어느 따스한 날, 그들은 떠났다. 행장이 마을을 떠날 때보다 더 초라했다. 그뿐이 아니었다. 사람 수효가 줄었다. 여섯 가구 스물세 사람이던 것이, 지금 조그마한 보따리를 지고 이고 나선 것은 열아홉 사람뿐이다. 봉네의 남동생 하나는 병정으로 뽑혀 나갔고, 어린애들은 비지만 먹다 죽었다. 그리고 제일 큰일은, 덕이 아버지가 부두 노동을 하다 궤짝에 치여 죽은 일이었다.

이번엔 기차를 탈 수도 없었다. 걸었다.

올 때만 해도 봉네가 옆에서 좀 거들기만 하면 되었던 이장 영감이었으

148

나, 돌아가는 길에는 덕이와 봉네가 양쪽에서 부축을 해야 했다. 첫 날엔 오십 리, 다음날엔 사십 리, 삼십 리, 점점 줄어지다가는 하루씩 어느 마을에고 들어가 쉬었다. 그러고는 또, 이장 영감을 선두로 하고 걸었다. 이장 영감은 점점 쇠약해졌다. 수염이 기운 없이 축 늘어졌다. 푹 꺼진 두 눈만이 애써 앞을 더듬고 있었다.

"아가, 늙은 것이 공연히 널 고생을 시키는구나. 허허허."

길가에 앉아 쉴 때면, 혼자 돌아앉아 부어터진 발가락을 어루만지는 봉네의 등을, 이장 영감은 가엽게 쓸어 보는 것이었다. 그러면 봉네는 얼른 신을 신고 아무렇지도 않은 듯 앞으로 돌아앉는 것이었다. 웃어 보이려고 해도 어쩐지 자꾸 눈물이 쏟아져 나와 봉네는 끝내 고개를 못 들곤 하였다.

보름째 되던 날이었다. 그들은 드디어 영마루에 섰다.

"야, 우리 마을이다."

애들이 제일 먼저 소리를 질렀다. 모두 바위 위에 아무렇게나 주저앉았다. 멍히 저 아래 마을을 내려다보고 있는 그들의 눈에는 떠나던 날처럼 또 눈물이 '징' 소리를 내며 괴었다. 아무도 말이 없는 가운데 그저 여기저기서 코를 들이키는 소리만 들려 왔다.

마을은 변하였다.

학나무는 타 새까만 뼈만 앙상하게 서 있었고, 또 이쪽 이장네 집과 봉네네 집터에는 아직 녹지 않은 흰 눈 가운데 깨어진 장독이 하나 우뚝하니 서 있을 뿐이었다. 그리고 딴 집들은 다행히 그대로 남아 있었으나, 단 두 사람 남겨 두고 갔던 바우 어머니와 박 훈장은 보이지 않았다.

완전히 빈 마을은 눈 속에서 잠겨 있었다.

"갔지, 갔어."

"바우 녀석이 와서 데려갔을 테지."

"그리고 가면서 학나무하고 이장 댁에 불을 놓았지, 뭘."

마을 사람들은 모여 앉기만 하면 분해하였다. 이장 영감은 박 훈장이 쓰던 서당 글방에 누워 조용히 눈을 감고 있었다. 여든에도 능히 멍석을 메어 나르던 이장 영감이었으나 이제 극도로 쇠약해진 그는 때때로 한숨을 길게 내쉬곤 하였다.

덕이는 이제 농사일이 시작되기 전에 집을 다시 지으리라 생각했다. 그는 괭이를 들고 옛 집터로 갔다. 그날, 덕이는 무너진 벽 밑에서 반 타다 남은 시체를 하나 파내었다. 박 훈장이었다.

이장 영감은 덕이에게서 그 말을 듣고도 놀라지 않았다. 그는 마치 다 알고 있었다는 듯이, 그저 고개를 끄덕거렸을 뿐이었다. 그래도 눈물이 베개로 굴러 떨어졌다.

그날 밤, 이장 영감도 갑자기 세상을 떠나고 말았다.

덕이의 손을 더듬어 잡은 이장 영감은 여전히 눈을 감은 채 간신히 입을 움직였다.

"학, 학나무를, 학나무를……"

이장 영감은 잠들듯이 숨을 거두었다. 흰 수염이 길게 가슴을 내리덮고 있었다.

상여는 둘인데, 상주(喪主)는 덕이 한 사람이었다. 그날, 마을 사람들은 모두 뒷산으로 따라 올라갔다. 피난을 가던 때처럼 이장 영감이 앞서 갔다.

저녁때가 거의 다 되어서야 그들은 산을 내려왔다. 이번엔 덕이가 맨 앞에 두 주의 위패를 모시고 걸었고, 그 바로 뒤를 봉네가 흰 보자기로 뿌리를 싼 조그마한 애송나무를 하나 어린애를 안은 것처럼 안고 따르고 있었다.

이범선의 「학마을 사람들」을 다 읽으셨나요?

그러면 작품의 내용을 생각하면서 이 소설의 인물, 사건, 배경 등 여러 요소들에 대한 자신만의 마인드맵을 그려 보세요~!

학마을
사람들

줄거리

예로부터 학마을 사람들은 학을 신처럼 믿어 왔다. 왜냐하면, 학은 길흉(吉凶)의 전달자였기 때문이다. 학이 날아온 해는 길운이었지만 그렇지 않은 해는 액운이 찾아왔다. 일제 강점기 말에 이장영감과 박 훈장의 손자들이 징용으로 끌려가던 해는 학이 날아오지 않았지만, 해방이 되고 손자들이 돌아온 해에는 어김없이 학이 날아왔다.

그러던 어느 해 나무에서 학이 새끼 한 마리가 떨어져 죽자 6·25전쟁이 일어난 것이다. 마을 사람들은 전쟁의 배경에 대해서는 아무 것도 모르지만, 학이 흉조(凶兆)를 보였다는 사실만으로 마을에 들어온 인민군을 경계한다.

이 마을에서 자라난 사람 중 변한 것은 바우뿐이다. 바우는 마음에 두고 있던 봉네가 덕이와 결혼하자 마을을 떠났다가 인민군이 되어 돌아온다. 그는 마을의 신화를 부정하며 학을 죽이고, '반동, 반동'을 외치며 돌아다닌다. 바우는 마을 사람들이 인민군을 꺼려하는 것이 학이 보인 흉조 때문이라고 하며 학을 총으로 쏘아 죽인다. 그러나 전세가 뒤바뀌어 인민군은 곧 후퇴한다.

마을 사람들은 중공군의 침입으로 부산으로 피난을 갔다가 전쟁이 끝날 무렵 돌아온다. 마을은 폐허가 되었고, 손자 바우를 기다리던 박 훈장이 시체로 발견된 후 이장영감도 죽는다. 덕이와 마을 사람들이 이장과 박 훈장의 장례를 치르고 마을로 내려올 때에, 봉네의 손에는 조그만 애송나무 한 그루가 들려 있었다.

주제

수난 속에도 희망을 잃지 않는 민족 공동체의 의지

- **등장인물**
  · 덕이 : 이장 영감의 손자. 봉네 때문에 바우와 갈등 관계에 있는 인물
  · 바우 : 전쟁 후 사라졌다가 공산당이 되어 돌아온 인물
  · 봉네 : 소박하고 순진한 처녀
  · 이장 영감, 박 훈장 : 학마을의 내력을 밝혀 주는 인물들. 학마을과 학을 믿고 사랑함.
- **배경** – 구한말에서 6·25전쟁 직후까지 강원도 어느 두메산골
- **시점** – 3인칭 작가 관찰자 시점
- **성격** – 사실적, 향토적, 의지적
- **출전** –『현대문학』(1957)

모범답 → p. 272

1. 이 글의 내용으로 보기 <u>어려운</u> 것은? (　　)

① 다시 학이 찾아온 시절은 해방의 시대이다.

② 학의 수난 시절에는 전쟁의 비극이 전개된다.

③ 학의 이야기가 소설 속의 모든 사건을 지배한다.

④ 학의 수난이 사람들이 고통을 받는 직접적 원인이다.

⑤ 학이 마을을 찾아오던 시절은 식민지가 시작되기 이전이다.

2. 이 글의 결말 부분에 나오는 '애송나무'가 상징하는 것은 무엇일까요?

....

....

....

감상 쓰기

주인공이나 지은이에게 하고 싶은 말, 알게 된 점, 느낀 점 등

08

수난이대(受難二代)

 하근찬(河瑾燦, 1931~)

하근찬 河瑾燦

1931~2007

한국전쟁 이후 농민 생활과 농촌 현실에 대해 꾸준한 관심을 보인 소설가. 1950년 이후 농민문학의 새로운 경지를 구축하였으며, 어두운 현실을 그리면서도 해학미를 잃지 않는 작가의식을 바탕으로 농민들의 삶과 그 애환을 작품화함.

연보

- 1931년 10월 21일 경상북도 영천군 영천시에서 출생
- 1948년 전주사범학교 중퇴 후 몇 년간 교사 생활 및 잡지사에 근무
- 1954년 부산 동아대학교 토목과에 입학, 1957년 중퇴
- 1957년 『한국일보』 신춘문예에 단편소설 「수난이대」 당선, 이후 70여 편의 작품 발표
- 1970년 「족제비」로 대한민국문학상 수상
- 1981년 「산에 들에」로 조연현문학상 수상
- 1984년 「일본도」로 요산문학상 수상
- 1989년 「작은 용」으로 유주현문학상 수상
- 2007년 11월 25일 사망

❶ 하근찬은 한국전쟁 이후 인정미 넘치고 향토성이 짙은 우리의 농촌을 배경으로 하여 농민들이 겪는 민족적 수난을 사실적으로 묘사하는 데 주력하였으며, 우리 민족의 역사적 현실 속에 드러난 사회의 모순에 대한 고발정신을 작품으로 형상화하였다.

❷ 하근찬이 표현하는 농촌은 사회의 변화에서 동떨어진 자연공간이 아니고 오히려 역사적 수난과 고통이 가장 절절하게 묻어 있는 삶의 현장으로서, 그의 작품에는 농촌의 삶과 현실이 역사적 상황에 대응됨으로써 시대의 아픔을 이기고 일어서려는 강인한 의지가 나타나고 있다.

주요 작품들

수난이대(1957)	나룻배 이야기(1959)
흰 종이 수염(1959)	홍소(1960)
황룽과 주둔군(1963)	붉은 언덕(1964)
은장도 이야기(1986)	내 마음의 풍금(1999)

준비

"읽기 전에 알아두자."

「수난이대」는 1957년 「한국일보」 신춘문예에 당선된 단편소설로서 민족 수난의 역사가 어떻게 한 개인이나 가족에게 상처를 입힐 수 있는지를 한 아버지와 아들의 삶을 통해 보여주고 있습니다. 한 가족의 비극이 민족 공동체의 문제임을 암시하고 있으며, 두 번의 전쟁과 2대에 걸친 비극을 하나의 작품 속에 압축시켜 표현함으로써 우리 민족의 처절한 아픔과 불행을 독자들이 느낄 수 있도록 해주는 작품이지요.

집중

"이것만은 꼭 생각하며 읽자."

이 작품은 아버지 세대가 겪은 태평양전쟁과 아들 세대가 겪은 한국전쟁이 시대적 배경을 이루고 있으며, 이러한 배경이 역사적 삶의 조건을 형성합니다. 이 인물들의 삶이 바로 우리 민족 현대사의 비극을 상징한다고 할 수 있지요. 20세기 우리 민족의 비극적 역사로 기록된 일제 강점기와 6·25전쟁의 아픔을 어떻게 극복할 수 있는지 생각하며 읽어 보세요.

수난이대(受難二代)

-
-
-

진수가 돌아온다. 진수가 살아서 돌아온다. 아무개는 전사했다는 통지가 왔고, 아무개는 죽었는지 살았는지 통 소식이 없는데, 우리 진수는 살아서 오늘 돌아오는 것이다. 생각할수록 어깻바람이 날 일이다. 그래 그런지 몰라도 박만도는 여느때 같으면 아무래도 한두 군데 앉아 쉬어야 넘어설 수 있는 용머리재를 단숨에 올라채고 만 것이다. 가슴이 펄럭거리고 허벅지가 뻐근했다. 그러나 그는 고갯마루에서도 쉴 생각을 하지 않았다. 들 건너 멀리 바라보이는 정거장에서 연기가 물씬물씬 피어오르며 삐익 기적 소리가 들려 왔기 때문이다. 아들이 타고 내려올 기차는 점심때가 가까워 도착한다는 것을 모르는 바 아니다. 해가 이제 겨우 산등성이 위로 한 뼘 가량 떠올랐으니, 오정이 되려면 아직 차례 멀은 것이다. 그러나 그는 공연히 마음이 바빴다. 까짓것, 잠시 앉아 쉬면 뭘할 기고.

손가락으로 한쪽 콧구멍을 누르면서 팽! 마른 코를 풀어 던졌다. 그리고 휘청휘청 고갯길을 내려가는 것이다.

내리막은 오르막에 비하면 아무것도 아니었다. 대고 팔을 흔들라치면 절로 굴러 내려가는 것이다. 만도는 오른쪽 팔만을 앞뒤로 흔들고 있었다. 왼쪽 팔은 조끼 주머니에 아무렇게나 쑤셔 넣고 있는 것이다. 삼대독자가 죽다니 말이 되나. 살아서 돌아와야 일이 옳고 말고. 그런데 병원에서 나온다 하니 어디를 좀 다치기는 다친 모양이지만, 설마 나같이 이렇게사 되지 않았겠지. 만도는 왼쪽 조끼 주머니에 꽂힌 소맷자락을 내려다보았다. 그 소맷자락 속에는 아무것도 든 것이 없었다. 그저 소맷자락만이 어깨 밑으로 덜렁 처져 있는 것이다. 그래서 노상 그쪽은 조끼 주머니 속에 꽂혀 있는 것이다. 볼기짝이나 장딴지 같은 데를 총알이 약간 스쳐갔을 따름이겠지. 나처럼 팔뚝하나가 몽땅 달아날 지경이었다면 그 엄살스런 놈이 견뎌 냈을 턱이 없고 말고. 슬며시 걱정이 되기도 하는 듯 그는 속으로 이런 소리를 주워섬겼다.

내리막길은 빨랐다. 벌써 고갯마루가 저만큼 높이 처다보이는 것이다. 산모퉁이를 돌아서면 이제 들판이다. 내리막길을 쏘아 내려온 기운 그대로, 만도는 들길을 잰걸음 쳐 나가다가 개천 둑에 이르러서야 걸음을 멈추었다. 외나무다리가 놓여 있는 조그마한 시냇물이었다. 한여름 장마철에는 들어설라치면 배꼽이 묻히는 수도 있었지마는 요즈막엔 무릎이 잠길 듯 말 듯한 물인 것이다. 가을이 깊어지면서부터 물은 밑바닥이 환히 들여다보일 만큼 맑아져 갔다. 소리도 없이 미끄러져 내려가는 물을 가만히 내려다보고 있으면 절로 잇속이 시려온다.

만도는 물기슭에 내려가서 쭈그리고 앉아 한 손으로 고의춤[1]을 뜯어 헤쳤다. 오줌을 찌익 갈기는 것이다. 거울면처럼 맑은 물 위에 오줌이 가서 부글부글 끓어오르며 뿌우연 거품을 이루니 여기저기서 물고기 떼가 모여든다. 제법 엄지손가락만씩한 피리도 여러 마리다. 한 바가지 잡아서 회쳐 놓고 한잔 쭈욱 들이켰으면……. 군침이 목구멍에서 꿀꺽했다. 고기 떼를 향해서

---

1 **고의춤** : 고의(남자의 여름 홑바지)의 접어 여민 허리 부분과 몸과의 사이

마른 코를 팽팽 풀어 던지고, 그는 외나무다리를 조심히 디뎠다.

길이가 얼마 되지 않는 다리었으나 아래로 몸을 내려다보면 제법 아찔했다. 그는 이 외나무다리를 퍽 조심한다.

언젠가 한번, 읍에서 술이 꽤 되어 가지고 흥청거리며 돌아오다가, 물에 굴러 떨어진 일이 있었던 것이다. 지나치는 사람이 없었기에 망정이지, 누가 보았더라면 큰 웃음거리가 될 뻔했었다. 발목 하나를 약간 접쳤을 뿐, 크게 다친 데는 없었다. 이른 가을철이었기 때문에 옷을 벗어 둑에 널어놓고 말릴 수는 있었으나 여간 창피스러운 것이 아니었다. 옷이 말짱 젖었다거나 옷이 마를 때까지 발가벗고 기다려야 한다거나 해서가 아니었다. 팔뚝 하나가 몽땅 잘라져 나간 흉측한 몸뚱이를 하늘 앞에 드러내 놓고 있어야 했기 때문이었다. 지나치는 사람이 있을라치면, 하는 수 없이 물속으로 뛰어 들어가서 얼굴만 내놓고 앉아 있었다. 물이 선뜩해서 아래턱이 덜덜거렸으나, 오그라붙는 사타구니를 한 손으로 꽉 움켜쥐고 버티는 수밖에 없었다.

"흐흐흐……"

그때 일을 생각하면 지금도 곧 웃음이 터져 나오는 것이다. 하늘로 쳐들린 콧구멍이 연방 벌름거렸다.

개천을 건너서 논두렁길을 한참 부지런히 걸어가노라면 읍으로 들어가는 한길이 나선다. 도로변에 먼지를 부옇게 덮어쓰고 도사리고 앉아 있는 초가집은 주막이다. 만도가 읍내로 나올 때마다 꼭 한번씩 들르곤 하는 단골집인 것이다. 이 집 눈썹이 짙은 여편네와는 예사로 농을 주고받는 사이다.

술방 문턱을 들어서며 만도가,

"서방님 들어가신다."

하면, 여편네는,

"아이, 문둥아. 어서 오느라."

하는 것이 인사처럼 되어 있었다. 만도는 여간 언짢은 일이 있어도 이 여편
네의 궁둥이 곁에 가서 앉으면 속이 절로 쑥 내려가는 것이었다.

주막 앞을 지나치면서 만도는 술방 문을 열어 볼까 했으나, 방문 앞에 신이
여러 켤레 널려 있고, 방안에서 웃음소리가 요란하기 때문에 돌아오는 길에
들르기로 했다. 신작로에 나서면 금시 읍이었다. 만도는 읍 들머리에서 잠시
망설이다가, 정거장 쪽과는 반대되는 방향으로 걸음을 옮겼다. 장거리를
찾아가는 것이었다. 진수가 돌아오는데 고등어나 한 손[2] 사가지고 가야 될 거
아닌가, 싶어서였다. 장날은 아니었으나, 고깃전에는 없는 고기가 없었다.
이것을 살까 하면 저것이 좋아 보이고 그것을 사러 가면 또 그 옆의 것이
먹음직해 보이고 그것을 사러 가면 또 그 옆의 것이 먹음직해 보였다. 한참
이리저리 서성거리다가 결국은 고등어 한 손이었다. 그것을 달랑달랑 들고
정거장을 향해 가는데, 겨드랑 밑이 간질간질해 왔다. 그러나 한쪽밖에 없는
손에 고등어를 들었으니 참 딱했다. 어깻죽지를 연방 위아래로 움직거리는
수밖에 없었다. 정거장 대합실에 들어선 만도는 먼저 벽에 걸린 시계부터
바라보았다. 두 시 이십 분이었다. 벌써 두 시 이십 분이니 내가 잘못 보나?
아무리 두 눈을 씻고 보아도 시계는 틀림없는 두 시 이십 분이었다. 한쪽 걸
상에 가서 궁둥이를 붙이면서도 곧장 미심쩍어 했다. 두 시 이십 분이라니,
그럼 벌써 점심때가 겨웠단 말인가? 말도 아닌 것이다. 자세히 보니 시계는
유리가 깨어졌고 먼지가 꺼멓게 앉아 있었다. 그러면 그렇지. 엉터리였다. 벌써
그렇게 되었을 리가 없는 것이다.

2_**손** : 물건 셀때에 한번 집는 수량. 조기·고등어 따위는 두 마리, 배추는 두 통, 미나리·파 따위는 한줌씩을
이름.

"여보이소. 지금 몇 싱교?"

맞은편에 앉은 양복장이한테 물어 보았다.

"열시 사십 분이오."

"예, 그렁교."

만도는 고개를 굽실하고는 두 눈을 연방 껌벅거렸다. 열시 사십 분이라, 보자 그럼 아직도 한 시간이나 나마 남았구나. 그는 안심이 되는 듯 후유 숨을 내쉬었다. 궐련을 한 개 빼물고 불을 댕겼다. 정거장 대합실에 와서 이렇게 도사리고 앉아 있노라면, 만도는 곧잘 생각키는 일이 한 가지 있었다. 그 일이 머리에 떠오르면 등골을 찬 기운이 좍 스쳐 내려가는 것이었다. 손가락이 시퍼렇게 굳어진 이끼 낀 나무토막 같은 팔뚝이 지금도 저만큼 눈앞에 보이는 듯했다.

바로 이 정거장 마당에 백 명 남짓한 사람들이 모여 웅성거리고 있었다. 그 중에는 만도도 섞여 있었다. 기차를 기다리고 있는 것이었으나, 그들은 모두 자기네들이 어디로 가는 것인지 알지를 못했다. 그저 차를 타라면 탈 사람들이었다. 징용[3]에 끌려 나가는 사람들이었다. 그러니까, 지금으로부터 십 이삼년 옛날의 이야기인 것이다.

북해도 탄광으로 갈 것이라는 사람도 있었고 틀림없이 남양군도로 간다는 사람도 있었다. 더러는 만주로 가면 좋겠다고 하기도 했다. 만도는 북해도가 아니면 남양군도일 것이고, 거기도 아니면 만주겠지, 설마 저희들이 하늘 밖으로사 끌고 가겠느냐고 아무렇지도 않은 듯이 그 들창코로 담배 연기를 푹푹 내뿜고 있었다. 그러나 마음이 좀 덜 좋은 것은 마누라가 저쪽 변

3_**징용**: 국가가 국민을 강제적으로 불러내어 일정한 업무에 종사시키는 것

소 모퉁이 벚나무 밑에 우두커니 서서 한눈도 안 팔고 이쪽만을 바라보고 있는 때문이었다. 그래서 그는 주머니 속에 성냥을 두고도 옆 사람에게 불을 빌리자고 하며 슬며시 돌아서 버리곤 했다. 플랫폼으로 나가면서 뒤를 돌아보니 마누라는 울 밖에 서서 수건으로 코를 눌러대고 있는 것이었다. 만도는 코허리가 찡했다. 기차가 꽥꽥 소리를 지르면서 덜커덩! 하고 움직이기 시작했을 때는 정말 덜 좋았다. 눈앞이 뿌우옇게 흐려지는 것을 어쩌지 못했다. 그러나 정거장이 까맣게 멀어져 가고 차창 밖으로 새로운 풍경이 휙휙 날라들자, 그만 아무렇지도 않아지는 것이었다. 오히려 기분이 유쾌해지는 것 같기도 했다.

바다를 본 것도 처음이었고, 그처럼 큰 배에 몸을 실어 본 것은 더구나 처음이었다. 배 밑창에 엎드려서 꽥꽥 게워내는 사람들이 많았으나, 만도는 그저 골이 좀 띵했을 뿐 아무렇지도 않았다. 더러는 하루에 두 개씩 주는 뭉치 밥을 남기기도 했으나, 그는 한꺼번에 하룻것을 뚝딱해도 시원찮았다. 모두 내릴 준비를 하라는 명령이 떨어진 것은 사흘째 되는 날 황혼 때였다. 제가끔 봇짐을 챙기기에 바빴다. 만도도 호박덩이만한 보따리를 옆구리에 덜렁 찼다. 갑판 위에 올라가 보니 하늘은 활활 타오르고 있고, 바닷물은 불에 녹은 쇠처럼 벌겋게 출렁거리고 있었다. 지금 막 태양이 물위로 뚝딱 떨어져 가는 것이었다. 햇덩어리가 어쩌면 그렇게 크고 붉은지 정말 처음이었다. 그리고 바다 위에 주황빛으로 번쩍거리는 커다란 산이 둥둥 떠 있는 것이었다. 무시무시하도록 황홀한 광경에 모두들 딱 벌어진 입을 다물 줄 몰랐다. 만도는 어깨마루를 버쩍 들어 올리면서, '히야' 고함을 질러댔다. 그러나, 섬에서 그들을 기다리고 있는 것은 숨막히는 더위와 강제 노동과 그리고, 잠자리만씩이나 한 모기 떼……. 그런 것뿐이었다.

섬에다가 비행장을 닦는 것이었다. 모기에게 물려 혹이 된 자리를 벅벅 긁으며, 비 오듯 쏟아지는 땀을 무릅쓰고, 아침부터 해가 떨어질 때까지 산을 허물어 내고, 흙을 나르고 하기란, 고향에서 농사일에 뼈가 굳어진 몸에도 이만저만한 고역이 아니었다. 물도 입에 맞지 않았고, 음식도 이내 변하곤 해서 도저히 견디어 낼 것 같지가 않았다. 게다가 병까지 돌았다. 일을 하다가도 벌떡 자빠지기가 예사였다. 그러나 만도는 아침저녁으로 약간씩 설사를 했을 뿐, 넘어지지는 않았다. 물도 차츰 입에 맞아갔고, 고된 일도 날이 감에 따라 몸에 배어드는 것이었다. 밤에 날개를 차며 몰려드는 모기 떼만 아니면 그냥 저냥 배겨내겠는데, 정말 그놈의 모기들만은 질색이었다.

사람의 일이란 무서운 것이었다. 그처럼 험난하던 산과 산 틈바구니에 비행장을 다듬어 내고야 말았던 것이다. 허나 일은 그것으로는 끝나는 것이 아니고, 오히려 더 벅찬 일이 닥치는 것이었다. 연합군의 비행기가 날아들면서부터 일은 밤중까지 계속되었다. 산허리에 굴을 파들어 가는 것이었다. 비행기를 집어넣을 굴이었다. 그리고 모든 시설을 다 굴속으로 옮겨야 하는 것이었다.

여기저기 다이너마이트 튀는 소리가 산을 흔들어댔다. 앵앵앵 하고 공습 경보가 나면 일을 하던 손을 놓고 모두가 굴 바닥에 납작납작 엎드려 있어야 했다. 비행기가 돌아갈 때까지 그러고 있는 것이었다. 어떤 때는 근 한 시간 가까이나 엎드려 있어야 하는 때도 있었는데 차라리 그것이 얼마나 편한지 몰랐다. 그래서 더러는 공습이 있기를 은근히 기다리기도 했다. 때로는 공습 경보의 사이렌을 듣지 못하고 그냥 일을 계속하는 수도 있었다.

그럴 때는 모두 큰 손해를 보았다고 야단들이었다. 어떻게 된 셈인지 사이렌이 미처 불기 전에 비행기가 산등성이를 넘어 달려드는 수도 있었다. 그럴 때는 정말 질겁을 하는 것이었다. 가장 많은 손해를 입는 것도 그런 경우였다. 만도가 한쪽 팔뚝을 잃어버린 것도 바로 그런 때의 일이었다.

여느 날과 다름없이 굴속에서 바위를 허물어 내고 있었다. 바위 틈서리에 구멍을 뚫어서 다이너마이트를 장치하는 것이었다. 장치가 다 되면 모두 바깥으로 나가고, 한 사람만 남아서 불을 당기는 것이다. 그리고 그것이 터지기 전에 얼른 밖으로 뛰어나와야 되었다. 만도가 불을 당기는 차례였다. 모두 바깥으로 나가 버린 다음 그는 성냥을 꺼냈다. 그런데 웬 영문인지 기분이 께름직했다. 모기에게 물린 자리가 자꾸 쑥쑥 쑤시는 것이다. 걱죽걱죽 긁어댔으나 도무지 시원한 맛이 없었다. 그는 이맛살을 찌푸리면서 성냥을 득 그었다. 그래 그런지 몰라도, 불은 이내 픽 하고 꺼져 버렸다. 성냥 알맹이 네 개째에서 겨우 심지에 불이 당겨졌다. 심지에 불이 붙는 것을 보자 그는 얼른 몸을 굴 밖으로 날렸다. 바깥으로 막 나서려는 때였다. 산이 무너지는 소리와 함께 사나운 바람이 귓전을 후려갈기는 것이었다. 만도는 정신이 아찔했다. 공습이었던 것이다. 산등성이를 넘어 달려든 비행기가 머리 위로 아슬아슬하게 지나가는 것이었다. 미처 정신을 차리기도 전에 또 한 대가 뒤따라 날아드는 것이 아닌가. 만도는 그만 넋을 잃고 굴 안으로 도로 달려들었다. 달려들어가서 굴 바닥에 아무렇게나 팍 엎드려져 버리고 말았다. 고 순간이었다. 꽝! 굴 안이 미어지는 듯하면서 다이너마이트가 터졌다. 만도의 두 눈에서 불이 번쩍 났다.

만도가 어렴풋이 눈을 떠보니, 바로 거기 눈앞에 누구의 것인지 모를 팔뚝이 하나 놓여있었다. 손가락이 시퍼렇게 굳어져서, 마치 이끼 낀 나무토막처럼 보이는 것이었다. 만도는 그것이 자기의 어깨에 붙어 있던 것인 줄을 알자, 그만 으아! 하고 정신을 잃어버렸다. 재차 눈을 떴을 때는 그는 폭삭

한 담요 속에 누워 있었고, 한쪽 어깻죽지가 못 견디게 쿡쿡 쑤셔댔다. 절단 수술(切斷手術)은 이미 끝난 뒤였다.

꽤액 ─. 기차 소리였다. 멀리 산모퉁이를 돌아오는가 보았다. 만도는 앉았던 자리를 털고 벌떡 일어서며, 옆에 놓아두었던 고등어를 집어들었다. 기적 소리가 가까워질수록 그의 가슴은 울렁거렸다. 대합실 밖으로 뛰어나가 홈이 잘 보이는 울타리 쪽으로 가서 발돋움을 하였다. 째랑째랑 하고 종이 울자, 한참만에 차는 소리를 지르면서 달려들었다. 기관차의 옆구리에서는 김이 픽픽 풍겨 나왔다. 만도의 얼굴은 바짝 긴장되었다. 시꺼면 열차 속에서 꾸역꾸역 사람들이 밀려 나왔다. 꽤 많은 손님이 쏟아져 내리는 것이었다. 만도의 두 눈은 곧장 이리저리 굴렀다. 그러나 아들의 모습은 쉽사리 눈에 띄지 않았다. 저쪽 출찰구로 밀려가는 사람의 물결 속에, 두 개의 지팡이를 의지하고 절룩거리며 걸어 나가는 상이군인이 있었으나, 만도는 그 사람에게 주의를 기울이지는 않았다. 기차에서 내릴 사람은 모두 내렸는가 보다. 이제 미처 차에 오르지 못한 사람들이 플랫폼을 이리저리 서성거리고 있을 뿐인 것이다. 그 놈이 거짓으로 편지를 띄웠을 리는 없을 건데…… 만도는 자꾸 가슴이 떨렸다. 이상한 일이다, 하고 있을 때였다. 분명히 뒤에서.

"아부지!"

부르는 소리가 들렸다. 만도는 깜짝 놀라며, 얼른 뒤를 돌아보았다. 그 순간, 만도의 두 눈은 무섭도록 크게 떠지고 입은 딱 벌어졌다. 틀림없는 아들이었으나, 옛날과 같은 진수는 아니었다. 양쪽 겨드랑이에 지팡이를 끼고 서 있는데, 스쳐가는 바람결에 한쪽 바짓가랑이가 펄럭거리는 것이 아닌가. 만도는 눈앞이 노오래지는 것을 어찌지 못했다. 한참 동안 그저 멍멍하기만 하다가, 코허리가 찡해지면서 두 눈에 뜨거운 것이 핑 도는 것이었다.

"에라이, 이놈아!"

만도의 입술에서 모지게 튀어나온 첫마디였다. 떨리는 목소리였다. 고등어를 든 손이 불끈 주먹을 쥐고 있었다.

"이기 무슨 꼴이고, 이기."

"아부지!"

"이놈아, 이놈아……."

만도의 들창코가 크게 벌름거리다가 훌쩍 물코를 들이마셨다. 진수의 두 눈에서는 어느 결에 눈물이 꾀죄죄하게 흘러내리고 있었다. 만도는 모든 게 진수의 잘못이기나 한 듯 험한 얼굴로,

"가자, 어서!"

무뚝뚝한 한 마디를 내던지고는 성큼성큼 앞장을 서 가는 것이었다. 진수는 입술에 내려와 묻는 짭짤한 것을 혀끝으로 날름 핥아 버리면서, 절름절름 아버지의 뒤를 따랐다. 앞장 서 가는 만도는 뒤따라오는 진수를 한 번도 돌아보지 않았다. 한눈을 파는 법도 없었다. 무겁디무거운 짐을 진 사람처럼 땅바닥만을 내려다보며, 이따금 끙끙거리면서 부지런히 걸어만 가는 것이다. 지팡이에 몸을 의지하고 걷는 진수가 성한 사람의, 게다가 부지런히 걷는 걸음을 당해 낼 수는 도저히 없었다. 한 걸음 두 걸음씩 뒤지기 시작한 것이, 그만 작은 소리로 불러서는 들리지 않을 만큼 떨어져 버리고 말았다. 진수는 목구멍을 왈칵 넘어오려는 뜨거운 기운을 꾹 참노라고 어금니를 야물게 깨물어 보기도 하였다. 그리고 두 개의 지팡이와 한 개의 다리를 열심히 움직여대는 것이었다. 앞서 간 만도는 주막집 앞에 이르자, 비로소 한번 뒤를 돌아보았다. 진수는 오다가 나무 밑에 서서 오줌을 누고 있었다. 지

팡이는 땅바닥에 던져 놓고, 한쪽 손으로는 볼일을 보고, 한쪽 손으로는 나무 둥치를 감싸 안고 있는 모양이 을씨년스럽기 이를 데 없는 꼬락서니였다. 만도는 눈살을 찌푸리며, 으음! 하고 신음소리 비슷한 무거운 소리를 내었다. 그리고 술방 앞으로 가서 방문을 왈칵 잡아당겼다.

기역자판 안에 도사리고 앉아서 속옷을 뒤집어 까고 이를 잡고 있던 여편네가 킥 하고 웃으며 후닥딱 옷섶을 여몄다. 그러나 만도는 웃지를 않았다. 방문턱을 넘어서면서도 서방님 들어가신다는 소리를 지르지 않았다. 아마 이처럼 무뚝뚝한 얼굴을 하고 이 술방에 들어서기란 처음일 것이다. 여편네가 멋도 모르고,

"오늘은 서방님 아닌가배."

하고 킬킬 웃었으나, 만도는 으음! 또 무거운 신음 소리를 했을 뿐 도시 기분을 내지 않았다. 기역자판 앞에 가서 쭈그리고 앉기가 바쁘게,

"빨리 빨리."

재촉을 하였다.

"핫다나, 어지간히도 바쁜가배."

"빨리 꼬빼기로 한 사발 달라니까구마."

"오늘은 와 이카노?"

여편네가 쳐주는 술 사발을 받아 들며, 만도는 휴유— 하고 숨을 크게 내쉬었다. 그리고 입을 얼른 사발로 가져갔다. 꿀꿀꿀, 잘도 넘어가는 것이다. 그 큰 사발을 단숨에 말려 버리고는, 도로 여편네 눈앞으로 불쑥 내밀었다. 그렇게 거들빼기로 석 잔을 해치우고사 으으윽! 하고 개트림을 하였다. 여편네가 눈을 휘둥굴해 가지고 혀를 내둘렀다. 빈속에 술을 그처럼 때려 마시고 보니, 금새 눈두덩이 확확 달아오르고, 귀뿌리가 발갛게 익어 갔다. 술기가

얼큰하게 돌자, 이제 좀 속이 풀리는 성싶어 방문을 열고 바깥을 내다보았다. 진수는 이마에 땀을 척척 흘리면서 다 와 가고 있었다.

"진수야!"

버럭 소리를 질렀다.

"이리 들어와 보래."

"……"

진수는 아무런 대꾸도 없이 어기적어기적 다가왔다. 다가와서 방문턱에 걸터앉으니까, 여편네가 보고,

"방으로 좀 들어오이소."

하였다.

"여기 좋심더."

그는 수세미 같은 손수건으로 이마와 코 언저리를 싹싹 닦아냈다.

"마 아무데나 묵어라. 저…… 국수 한 그릇 말아 주소."

"야."

"꼬빼기로 잘 좀……. 참지름도 치소, 알았능교?"

"야아."

여편네는 코로 히죽 웃으면서 만도의 옆구리를 살짝 꼬집고는, 소쿠리에서 삶은 국수 두 뭉텅이를 집어들었다.

진수가 국수를 훌훌 끌어넣고 있을 때, 여편네는 만도의 귓전으로 얼굴을 갖다 댔다.

"아들이가?"

만도는 고개를 약간 앞뒤로 끄덕거렸을 뿐, 좋은 기색을 하지 않았다. 진수가 국물을 훌쩍 들어마시고 나자, 만도는,

"한 그릇 더 묵을래?"

하였다.

"아니 예."

"한 그릇 더 묵지 와."

"고만 묵을랍니더."

진수는 입술을 싹 닦으며 뿌시시 자리에서 일어났다.

주막을 나선 그들 부자는 논두렁길로 접어들었다. 아까와 같이 만도가 앞장을 서는 것이 아니라, 이번에는 진수를 앞세웠다. 지팡이를 짚고 찌긋둥찌긋둥 앞서 가는 아들의 뒷모습을 바라보며, 팔뚝이 하나밖에 없는 아버지가 느럿느럿 따라가는 것이다. 손에 매달린 고등어가 대구 달랑달랑 춤을 추었다. 너무 급하게 들어마셔서 그런지, 만도의 뱃속에서는 우글우글 술이 끓고, 다리가 휘청거렸다. 콧구멍으로 더운 숨을 훅훅 내불어 보니 정신이 아른해서 역시 좋았다.

"진수야!"

"예."

"니 우째다가 그래 됐노?"

"전쟁하다가 이래 안 됐심니꺼. 수류탄 쪼가리에 맞았심더."

"수류탄 쪼가리에?"

"예."

"음."

"얼른 낫지 않고 막 썩어 들어가기 땜에 군의관이 짤라 버립디더. 병원에 서예. 아부지!"

"와?"

"이래 가지고 우째 살까 싶습니더."

"우째 살긴 뭘 우째 살아? 목숨만 붙어 있으면 다 사는 기다. 그런 소리 하지 말아."

"……"

"나 봐라. 팔뚝이 하나 없어도 잘만 안 사나. 남 봄에 좀 덜 좋아서 그렇지, 살기사 왜 못 살아."

"차라리 아부지같이 팔이 하나 없는 편이 낫겠어예. 다리가 없어놓니, 첫째 걸어댕기기에 불편해서 똑 죽겠심더."

"야야. 안 그렇다. 걸어댕기기만 하면 뭐하노, 손을 지대로 놀려야 일이 뜻대로 되지."

"그러까예?"

"그렇다니, 그러니까 집에 앉아서 할 일은 니가 하고, 나댕기메할 일은 내가 하고, 그라면 안 대겠나, 그제?"

"예."

진수는 아버지를 돌아보며 대답했다. 만도는 돌아보는 아들의 얼굴을 향해 지긋이 웃어주었다. 술을 마시고 나면 이내 오줌이 마려워지는 것이다. 만도는 길가에 아무 데나 쭈그리고 앉아서 고기 묶음을 입에 물려고 하였다. 그것을 본 진수는,

"아부지, 그 고등어 이리 주소."

하였다. 팔이 하나밖에 없는 몸으로 물건을 손에 든 채 소변을 볼 수는 없는 것이다. 아버지가 볼일을 마칠 때까지, 진수는 저만큼 떨어져 서서 지팡이를 한쪽 손에 모아 쥐고, 다른 손으로 고등어를 들고 있었다. 볼일을 다 본 만도는 얼른 가서 아들의 손에서 고등어를 다시 받아 든다.

개천 둑에 이르렀다. 외나무다리가 놓여 있는 그 시냇물이다. 진수는 슬그머니 걱정이 되었다. 물은 그렇게 깊은 것 같지 않지만, 밑바닥이 모래흙이어서 지팡이를 짚고 건너가기가 만만할 것 같지 않기 때문이다. 외나무다리는 도저히 건너갈 재주가 없고……. 진수는 하는 수 없이 둑에 퍼지고 앉아서 바짓가랑이를 걷어 올리기 시작했다. 만도는 잠시 멀뚱히 서서 아들의 하는 양을 내려다보고 있다가,

"진수야, 그만두고, 자아 업자."

하는 것이었다.

"업고 건느면 일이 다 되는 거 아니가. 자아, 이거 받아라."

고등어 묶음을 진수 앞으로 민다.

"……."

진수는 퍽 난처해하면서, 못 이기는 듯이 그것을 받아 들었다. 만도는 등허리를 아들 앞에 갖다 대고, 하나밖에 없는 팔을 뒤로 버쩍 내밀며,

"자아, 어서!"

진수는 지팡이와 고등어를 각각 한 손에 쥐고, 아버지의 등허리로 가서 슬그머니 업혔다. 만도는 팔뚝을 뒤로 돌리면서, 아들의 하나뿐인 다리를 꼭 안았다. 그리고

"팔로 내 목을 감아야 될 끼다."

했다. 진수는 무척 황송한 듯 한쪽 눈을 찍 감으면서, 고등어와 지팡이를 든 두 팔로 아버지의 굵은 목줄기를 부둥켜안았다. 만도는 아랫배에 힘을 주며, '끙!' 하고 일어났다. 아랫도리가 약간 후들거렸으나 걸어갈 만은 했다. 외나무다리 위로 조심조심 발을 내디디며 만도는 속으로, 이제 새파랗게 젊은 놈이 벌써 이게 무슨 꼴이고. 세상들 잘못 만나서 진수 니 신세도 참 똥이다,

똥. 이런 소리를 주워섬겼고, 아버지의 등에 업힌 진수는 곧장 미안스러운 얼굴을 하며, '나꺼정 이렇게 되다니, 아부지도 참 복도 더럽게 없지, 차라리 내가 죽어 버렸더라면 나았을 낀데…….' 하고 중얼거렸다.

만도는 아직 술기가 약간 있었으나, 용케 몸을 가누며 아들을 업고 외나무다리를 조심조심 건너가는 것이었다. 눈앞에 우뚝 솟은 용머리재가 이 광경을 가만히 내려다보고 있었다.

하근찬의「수난이대」을 다 읽으셨나요?
그러면 작품의 내용을 생각하면서 이 소설의 인물, 사건, 배경 등 여러 요소들에 대한
자신만의 마인드맵을 그려 보세요~!

줄거리

　박만도는 삼대독자인 진수가 퇴원해서 돌아온다는 통지를 받고 마음이 들떠서 일찍감치 정거장으로 나가지만, 불안한 마음을 떨쳐 버리지 못한다. 한 팔이 없는 그는 늘 주머니에 한쪽 소맷자락을 꽂고 다닌다. 정거장 가는 길에 진수에게 주려고 고등어 두 마리를 산다. 정거장에서 기다리는 동안 만도는 과거 일제 강제 징용에 의해 남양의 어떤 섬에 끌려갔던 일을 생각한다. 비행장을 닦는 일을 하다 그는 다이너마이트를 장치했던 굴로 들어가 엎드렸다가 팔을 잃었다.

　기차가 도착하고 사람들이 내리기 시작하는데도 아들의 모습은 보이지 않자, 만도는 초조해진다. '아부지' 하고 부르는 소리에 뒤로 돌아선 만도는 다리를 하나 잃은 채 목발을 짚고 서 있는 아들을 보고 눈앞이 아찔해진다. 만도는 화가 나서 뒤도 안 돌아보고 걸어가다가, 술기운에 진수에게 자초지종을 묻는다. 수류탄에 그렇게 된 것을 알게 된 그는 이런 모습으로 어떻게 살겠냐는 아들의 하소연에 위로한다.

　외나무다리에 이르러 만도는 머뭇거리는 진수에게 등에 업히라고 하자, 진수는 지팡이와 고등어를 각각 한 손에 들고 아버지의 등에 업힌다. 만도는 용케 몸을 가누며 조심조심 걸어간다. 눈앞에 우뚝 솟은 용머리재가 이 광경을 가만히 내려다보고 있다.

주제

민족 수난의 현대사와 그 극복 의지

핵심 정리

- **등장인물**
  - **박만도** : 일제 때 징용으로 끌려가 한쪽 팔을 잃은 아버지. 의지적이며 긍정적·
    낙천적인 인물
  - **진수** : 6·25전쟁에 참전하여 한쪽 다리를 잃은 아들. 고난 극복의 의지가 있는 인물
- **배경** – 일제 강점기 시대와 한국전쟁 전후 경상도의 작은 마을
- **시점** – 혼합시점(1인칭, 3인칭 시점)
- **성격** – 토속적, 의지적
- **출전** –『한국일보』(1957)

문제 풀기

모범답 → p. 272

**1. 이 글의 결말에서 '용머리재'가 외나무다리를 건너고 있는 부자에게 해줄 수
있는 말을 추가한다면, 가장 알맞은 것은? (   )**

① "저런 불효자식 보게! 감히 아버지 등에 업히다니."

② "그래 봐야 얼마 못 가 둘 다 물에 빠질 게 분명해."

③ "바보 같이 전쟁에 나간 게 잘못이지. 다 지들 운명이야."

④ "용케 잘 건너는구먼. 외나무다리가 약하니까 조심해야 해."

⑤ "앞으로 고생이 많을 텐데, 그렇게 힘을 합쳐서 열심히 살아야지."

2. 이 글의 결말이 암시하고 있는 민족 분단 극복의 방법은 무엇일까요?

....

....

09

요람기

 오영수 (吳永壽, 1914~1979)

오영수 吳永壽

1914~1979

한국전쟁 이후 급격한 외래문물의 수입과 근대화의 물결 속에서도 존재의
본질과 인간성을 추구한 작가. 어린이의 순진무구한 세계와 인정세태를
따스하게 그리면서 고향에 대한 회귀 의식을 표현함으로써 현실을 고발
하고자 한 대표적 단편 작가임.

연보

- 1914년 2월 11일 경상남도 울주군 언양에서 출생
- 1928년 안양공립보통학교 졸업
- 1932년 일본 오사카 나니와중학 속성과 수료
- 1939년 동경 국민예술원 졸업, 귀국 후 '청년회관'을 열고 젊은이들에게 역사, 한글,
  연극, 음악 등을 교육
- 1949년 『신천지』에 「남이와 엿장수」(후에 「고무신」으로 개작) 발표
- 1950년 『서울신문』 신춘문예에 「머루」가 입선되면서 정식으로 문단에 등단
- 1955년 조연현 등과 함께 문예지 『현대문학』 창간
- 1977년 대한민국 예술원상 수상, 1978년 문화훈장 수여
- 1979년 5월 15일 울주군 곡천리에서 사망

❶ 오영수의 작품에는 한국의 소박한 서정이 바탕에 깔려 있으며, 등장인물도 대부분 가난한 사람, 서민, 변두리 인생이 많고 도시인보다는 시골사람이 많은데, 이들은 대체로 감정적이며, 촌스러우며, 피동적으로 세상에 떠밀려 다니는 삶을 산다. 그러나 그들은 대체로 의리가 있으며, 선의로 세상을 보고, 온정을 베푸는 인물들로서 작가 역시 이들을 따스한 휴머니즘의 관점에서 묘사하였다.

❷ 오영수의 작품들은 휴머니즘과 전통 계승의 특성으로 인하여 역사의식이 부족하다는 지적을 받기도 하지만, 그러한 인간성에 대한 긍정, 향토성과 반문명성 추구 등은 한국전쟁 이후 급격한 외래문화 수용에 대한 반발 때문이라고 볼 수 있다.

대장간 두칠이(1950)	머루(1954)
갯마을(1956)	메아리(1960)
수련(1965)	추풍령(1967)
황혼(1976)	잃어버린 도원(1978)

준비

"읽기 전에 알아두자."

「요람기」는 1967년 『현대문학』에 발표된 단편소설입니다. 어린 시절의 회상을 중심으로 천진난만하고 순박한 산골 아이들의 생활을 그려내고 있어 현대 문명생활 속에서 잊혀가는 우리 농촌의 생활과 향토적 정서를 느끼게 해 주지요. 이 작품이 발표된 우리나라의 1960년대는 산업화가 진행되면서 농촌이 점차 도시화되고 있었기 때문에 지은이는 자연과 사람, 그리고 생명의 존엄을 이 소설을 통해 말하고 싶었을 것입니다.

집중

"이것만은 꼭 생각하며 읽자."

도시 문명 속에서 사라져가는 우리나라 향토의 정서와 분위기를 느끼게 해 주는 이 소설은 사건 중심의 일반적인 단편소설과는 차이가 있습니다. 이야기들 사이에 밀접한 관련성도 없으며, 구성도 시간 순서에 따르는 평면적 구성 방식을 취하고 있고, 사건의 극적인 전개나 인물 간의 갈등도 없이, 어린 시절의 체험들을 잔잔하게 전하고 있을 뿐이지요. 현대 도시문명 속에서 자연 환경은 인간에게 어떤 가치가 있으며, 자연에 대한 우리의 태도는 어떠해야 하는지 잘 생각하며 읽어 보세요.

요람기

·
·
·

기차도 전기도 없었다. 라디오도 영화도 몰랐다. 그래도 소년은 마을 아이들과 함께 마냥 즐겁기만 했다.

봄이면 뻐꾸기 울음과 함께 진달래가 지천으로 피고, 가을이면 단풍과 감이 풍성하게 익는, 물 맑고 바람 시원한 산간 마을이었다.

먼 산골짜기에 얼룩덜룩 눈이 녹기 시작하고 흙바람이 불어오면, 양지쪽에 몰려 앉아 볕을 쬐던 마을 아이들은 들로 뛰쳐 나가 불놀이를 시작했다. 잔디가 고운 개울둑이나 논밭두렁에 불을 놓은 것을 아이들은 들불놀이라고 했다. 겨우내 움츠리고 무료에 지친 아이들에게, 아직도 바람 끝이 매운 이른 봄, 이 들불놀이만큼 신명나는 일도 없었다.

바람 없는 날, 불꽃은 잘 보이지 않으면서도 마치 흡수지가 물을 빨아들이듯 꺼멓게 번져 가는 잔디 언덕이나 큰 먹구렁이가 굼실굼실 기어가듯 타 들어가는 논밭두렁을 바라보고 있노라면, 아지랑이는 온통 현기증이 나도록 하늘로 피어올랐다.

이런 날일수록 산에는 안개가 짙고, 산발치 초가집 삭정이 울타리에는 빨래가 유난히도 희었다.

불탄 두렁에는 유독 살진 쑥이 뽀얗게 돋았고, 쑥을 뜯는 가시내들은 불탄 두렁으로만 옹기종기 모여들었다.

성터 돌무더기 밑에 너구리굴이 있었다. 이 굴속에는 오래 전부터 늙은 너구리가 살고 있다고 했다. 아이들은 들불놀이를 하고 돌아갈 때에는 으레 이 너구리굴에다 불을 지폈다. 너구리가 연기를 먹고 목이 막혀서 기어 나오면 산채로 잡자는 것이었다.

이래서 아이들은 마른 나무와 함께 청솔가지를 꺾어다가 불을 붙이고 눈알이 빨개지도록 불을 불었다. 그러나 너구리보다도 아이들이 먼저 연기를 먹고 물러났다. 윗도리를 벗어 부채 대신 휘둘러보기도 했으나, 너구리는 쉽사리 나오지 않았다. 너구리는 연기가 스며드니까 굴속 깊숙이 들어가 버렸는지, 아니면 굴속이 훈훈해지니까 사지를 뻗고 늘어지게 낮잠이라도 자고 있는지도 몰랐다. 아무튼, 늙은 너구리가 조무래기들에게 그리 호락호락 잡힐 것 같지가 않았다.

진달래가 피고 잔디가 새로 돋아나기 시작하면, 아이들은 약속이나 한 듯 밤밭골로 모여들었다. 이 밤밭골은 산도 아니고 들도 아닌 펑퍼짐한 구릉으로서 이 고장 아이들의 놀이터로 돼 있었다. 둘레에는 잡목과 가시 덩굴들이 얽혔지만 등성이로는 오솔길이 나 있고, 군데군데 잔디를 곱게 입은 무덤들이 도래솔에 둘려 있었다.

여기에서 아이들은 패를 갈라 씨름도 하고 말타기도 했다. 씨름에도 지치고 말타기도 싫증이 나면, 산을 향해 고함을 질러 돌아오는 메아리에 귀를 기울여 보기도 하고, 만만한 나무를 휘어잡아 까닭 없이 흔들어 보기도 했다. 잔디에 배를 깔고 삘기를 까 씹기도 하고, 왕개미를 잡아다가 손바닥에 놓고 놀려 보기도 했다.

춘돌이라는, 김 초시네 머슴이 있었다. 나이는 아이들보다 배나 먹었어도 늘 조무래기 아이들과만 어울려 놀았다. 씨름이나 말타기를 하면 으레 이 춘돌이가 심판을 했고, 어떤 때에는 아이들에게 쇠꼴을 베게 해 놓고 저는 뫼등에 번듯이 누워 있기도 했다. 어떻게 해선지는 몰라도 아이들은 춘돌이 말을 고분고분 잘 들었고, 또 잘 듣지 않으면 이 밤밭골에 오지 못하는 걸로 돼 있었다.

언젠가 아이들이 물까마귀 한 마리를 잡은 적이 있었다. 날개를 다쳐 날지 못하는 것을 아이들이 몰아 덮친 것이었다. 아이들은 이 물까마귀를 어떻게 할까 하고 한동안 티격태격하다가 결국 구워 먹기로 했다. 마른 나무를 주워다 쌓고 그 위에다 물까마귀를 통째로 얹어 불을 지폈다. 배를 갈라 속을 내야겠으나, 칼이 없어 그대로 굽기로 했다. 지지지, 노린내와 함께 금세 털이 홀랑 타 버리고 알몸만 남았다.

까투리보다는 좀 작은 알몸에서는 자글자글 기름이 끓고, 구수한 냄새와 함께 살이 노르께하니 익어 가는 참인데, 이때 춘돌이가 나무 지게를 받쳐 놓고 어슬렁어슬렁 다가왔다.

"그게 뭐냐?"

"물까마귀다."

"웬 거냐?"

"잡은 거다."

"누가?"

"우리가."

춘돌이는 아이들이 터 주는 자리에 비집고 들었다.

"이거 어떻게 할 거냐?"

"먹을 거다."

그러자 춘돌이는 아이들을 하나하나 둘러보고는 또 말했다.

"요새 물까마귀 먹으면 어찌 되는지 알기나 하나?"

"몰라, 어떻게 되는데?"

"끼루룩 하고 뛰게 돼!"

"왜?"

"몰라, 그건."

"봤나?"

"어른들이 그러더라."

"참말?"

"그래!"

아이들이 서로 얼굴만 쳐다보고 말이 없자, 춘돌이는 한 꼬마에게 제 지게에서 낫을 가져오라고 했다. 꼬마는 냉큼 달려가 낫을 가져왔다. 춘돌이는 낫으로 거의 다 익은 물까마귀 배를 갈라, 김이 모락모락 나는 뱃속을 몽땅 꺼내고는 다시 불 위에 얹었다. 아이들은 그저 지켜만 볼 뿐, 어느 한 아이도 말이 없었다. 춘돌이는 불을 솟구치고 고기를 이리저리 뒤치고 하다가 한 다리를 북 찢어 가지고 바로 옆에 있는 아이의 입에다 불쑥 디밀었다.

"자, 먹어 봐라."

그 아이가 뒤로 움찔 물러나며 손등으로 입술을 훔치자,

"그러면, 너 한번 먹어 봐라."

하고, 그 다음 아이에게 또 디밀었다.

다음 아이 역시 고개를 돌리고 물러났다.

"그러면, 넌?"

"싫어, 안 먹어."

"넌?"

"나도 안 먹어."

"너도?"

"그래."

그제서야 춘돌이는,

"그러면 내가 한번 먹어 볼까."

하고는, 살점을 한 입 찢어 질겅질겅 씹다가 꿀꺽 삼켜 버렸다.

"히야아……."

춘돌이 눈에서 흰자위가 한편으로 몰리는 것 같았다. 조마조마하니 바라보고 있던 아이들 중에는 벌써 양 손에 한 짝씩 신을 벗어 쥐는 아이도 있었다.

춘돌이는 엉거주춤하고 흰자위를 두어 번 굴리다가 갑자기 '끼루룩' 하고 껑충 솟구어 뛰었다. 아이들이 궁둥이부터 미적미적 달아날 작정을 하자, 춘돌이는 더 큰 소리로 '끼루룩 끼루룩' 하고 껑충껑충 뛰기 시작했다. 아이들은 그만 등성이를 향해 줄달음을 쳤다. 미처 따라오지 못해 우는 아이도 한둘 있었다.

이런 뒤로 아이들은 춘돌이를 슬슬 피했으나, 춘돌이는 아무렇지도 않았다.

아카시아꽃이 지고 밤꽃이 피면 보리가 누렇게 익고, 무논에는 모내기가 한창이었다.

보리를 거둬들이고 모내기가 끝나면 산도, 들도, 마을도 온통 푸르름으로 싸여 버렸다. 이 푸르름 속에서 뻐꾸기는 온종일을 지겹도록 울어대고, 마을 앞 느티나무 그늘에서는 노인들이 장기판도 벌였다.

해가 서쪽으로 한 발쯤만 기울면 아이들은 소를 앞세우고 밤밭골로 모여들었다. 마을 아이들은 소를 좋아했고, 소 뜯기기를 좋아했다.

소년은 소가 없었다. 소 한 마리 먹이기가 소년은 늘 소원이었다.

소는 어질고 순해서 어린아이들에게도 순순히 따르고 말도 잘 들었다. 고삐를 걷어 뿔에 감고 놓아두면, 소들은 여기저기 흩어져서 제멋대로 풀을 뜯어먹었다. 실컷 풀을 먹고 난 소들은 나무 밑이나 잔디밭에 배를 깔고 졸면서 천천히 새김질을 하거나, 젖먹이를 달고 온 어미소면 혓바닥으로 새끼 몸뚱이를 핥아 주기도 했다.

젖먹이 새끼소는 참 귀여웠다. 새끼 때 귀엽지 않은 짐승이 있을까마는, 갓난 송아지만큼 귀여운 짐승도 없을 것 같았다. 젖먹이 송아지를 안고 얼굴을 비비대 보면, 털이 비단결보다도 더 보드랍고 매끈했다. 속눈썹의 그늘이 진 둥글고 큰 눈망울은 한 오리의 불평도 의심도 없이 언제나 맑고 조용하기만 했다.

그러나 송아지는 개나 고양이 새끼와는 달리 안기기만 하면 뛰쳐나가려고 잘 바동거렸다. 바동거려도 놓아주지 않으면 '메에' 하고 울기도 했다. 송아지가 '메에' 하고 울면 어미 소가 '무우' 하고 어슬렁어슬렁 다가오기도 했다. 이럴 때 제 새끼를 놓아주지 않으면, 어미 소는 '푸우푸우' 하고 숨결이 거칠어지고 때로는 받기도 했다.

멧새집을 찾아 뒤지고 꿩 새끼를 쫓고 하는 동안 해가 뉘엿뉘엿 넘어가면, 아이들은 제각기 소를 찾아 앞세우고 마을로 내려왔다.

고장의 여름은 어디를 봐도 산과 논과 콩밭과 수수밭뿐이었다. 이 산과 논과 콩밭과 수수밭을 동서로 갈라 남천강이 허리띠처럼 돌아가고, 강기슭으로 띄엄띄엄 원두막이 서 있었다.

아이들은 강에서 멱을 감다가도 참외밭을 넘겨다보면서 군침도 몹시 삼켰다.

원두막 주인에 돌래 영감이 있었다. 등 너머 돌래라는 마을에 살기 때문에 돌래 영감이라고 불렀는데, 이 영감은 가는귀가 좀 먹었었다. 이 돌래 영감은 멱 감는 아이들이 영 질색이었다. 멱만 감는 게 아니라, 둑에 올라와서 외순[1]을 다치기 때문이었다.

그러나 아이들은 물장구와 자맥질[2]에 지치면 돌을 뒤져서 게나 징거미를 잡기가 일쑤였고, 그것도 싫증이 나면 살금살금 원두막 쪽으로 올라갔다.

날이 더운 한낮이면 영감은 대개 낮잠을 잤었다. 그러나 아이들이 참외밭 가까이에 채 얼씬도 하기 전에, 영감은 고래고래 고함을 지르고 막을 내려왔다. 가는귀는 먹었으나, 신통하게도 잠귀는 밝았다.

"네 요놈들, 게서 뭘 하느냐?"

"방아깨비 잡아요!"

"무엇이 어째?"

아이들은 입가에 손나팔을 하고,

"방아깨비요!"

하고 외쳤다. 영감은 그제서야 알아듣고,

"왜 하필이면 남의 참외밭에서 방아깨비냐? 방아깨비가 어디 참외밭에만 있다더냐? 빨리 썩 나가지 못해!"

이렇게 목에 가래가 걸려 쉰 목소리로 소리를 지르면서 허우적허우적 밭두렁을 돌아왔다. 그러나 아이들은 겁을 먹거나 달아나기는커녕 도리어,

---

1_**외순** : 오이의 애순
2_**자맥질** : 물속에서 팔다리를 놀리며 떴다 잠겼다 하는 짓

"방아깨비도 할아버지네 건가요?"

하고 약을 올렸다. 그러면 돌래 영감은,

"아니, 요놈들이 무엇이 어쨌고 어……?"

하다가 그만 기침에 자지러졌다. 한동안 쿨룩거리다가 간신히 기침을 달랜 영감은,

"오냐, 어디 한 놈 잡기만 해 봐라."

마치 술래잡기라도 하듯 두 팔을 벌리고 한 발 앞까지 다가오는 영감을, 아이들을 이리 빠지고 저리 뛰고 하면서 피했다. 영감이 아무리 바둥거리고 몰아 봐도, 검잡을 것이 없는 알몸뚱이 아이놈들은 쉬 잡혀 주질 않았다. 그러다가, 혹 잡힐 만하면 모두 둑으로 몰려가 퐁당퐁당 물속으로 뛰어들었다.

바람 한 점 없이 쨍쨍한 대낮, 원두막 너머로는 일쑤 뭉게구름이 솟아올랐다. 이런 날은 또 소나기가 오게 마련이었다.

장독대 옆 감나무 밑에 두어 평가량의 평상이 놓여 있었다. 여름 한낮, 그늘이 짙은 이 평상에 누워 매미 소리를 듣는 것이 퍽도 즐겁고 시원했다.

'지이지이' 우는 왕매미, '새에릉새에릉' 우는 참매미, '시옷시오옷' 우는 무당매미, '맴맴맴맴부랑' 하고 끝을 맺는 무슨 매미, …….

이런 때 누나는 수틀을 받쳐 들고 송학(松鶴)에 달을 놓고 있었다.

해가 지기 전에 산그늘이 먼저 내려왔다. 벼 포기에 물방울이 맺히고 모깃불 타는 향긋한 풀 냄새에 쫓기듯 반딧불이 날았다.

"누나."

"응?"

"박꽃은 왜 밤에만 피지?"

"낮에는 부끄러워서 그런대."

"왜, 뭐가 부끄러워?"

"건 나도 몰라."

"……누나."

"응?"

"별똥, 참말 맛있나?"

"그렇대."

"먹어 봤나?"

"아니."

"우리 집에 별똥 하나 떨어지면 좋겠지?"

"별똥은 이런 집에는 안 떨어진대."

"왜?"

"몰라. 먼 먼 산 너머 아무도 못 가는 그런 데만 떨어진대."

누나 동무들이 모였다. 다림질감을 가지고도 오고, 옥수수와 감자를 가지고도 왔다. 추석 옷감 이야기며, 누구는 어디 혼사 말이 있고 누구는 시집살이가 고되다는 그런 이야기들……. 소년은 누나 옆에 누워 별똥을 세면서, 어른이 되면 별똥을 주우러 가겠다고 다짐을 하다가 잠이 들곤 했다.

콩이 누렁누렁 익으면 고장 아이들은 콩서리를 잘 해 먹었다. 마른 나무를 주워다가 불을 피우고 콩 가지를 꺾어다 올려놓으면, 콩은 '피이 피' 하고 김을 뿜으며 익었다. 가지에서 콩꼬투리가 떨어져 까뭇까뭇해지면 불을 헤집고 콩을 주워 까먹었다. 참 구수하고 달큼했다. 한동안 이렇게 콩서리를 해 놓고 나면 입 가장자리는 꼭 굴뚝족제비같이 까맣게 되어 서로 바라보면서 웃어댔다.

초가을 무렵부터 밤밭골에는 콩서리 연기가 모락모락 피어오르지 않은

날이 별로 없었다. 혹 마을 어른들이 지나더라도,

"이놈들, 한 밭에서만 너무 많이 꺾지 마라!"

할 뿐, 별로 나무라지는 않았다. 그것은 어른들 자신도 아이 때에는 밀서리, 콩서리를 하며 컸기 때문이었다.

한번은 콩을 푸짐하게 꺾어다 한창 콩서리를 하는 참인데, 언제 왔는지 춘돌이가 불을 둘러싼 아이들 뒤에서 지켜보고 있었다.

아이들이 자리를 터 주자, 춘돌이는 아무 말도 없이 비집고 들어와 막대기로 불을 솟구고 연기를 불고 하다가, 나무를 더 주워 오라고 했다. 그러나 아이들이 나무를 더 주워 왔을 때에는 콩이 거의 다 익어 춘돌이가 불을 헤치고 있었다. 아이들이 주워 온 마루를 팽개쳐 버리고 뺑 둘러앉자, 춘돌이는 아이들에게 꼬챙이를 하나씩 가지라고 했다. 꼬챙이를 하나씩 가지니까, 이번에는 그걸로 땅바닥을 치면서 '범버꾸범버꾸' 하고 소리를 내 보라고 했다. 아이들이 시키는 대로 땅을 치면서 '범버꾸범버꾸' 하니까 춘돌이는 됐다면서,

"너희들은 그렇게 '범버꾸범버꾸' 하고 먹어라. 나는 '얌냠' 하고 먹을게."

하고 말했다. 아이들은 콩을 두어 알씩 입 속에 까 넣고는 하라는 대로,

"범버꾸범버꾸."

했다. 그러니까 이번에는,

"꼬챙이로 땅을 두드려야지."

했다. 이래서 아이들이 또 꼬챙이로 땅을 치면서 '범버꾸범버꾸' 하는 동안 춘돌이는 '얌냠' 하고 냉큼냉큼 잘도 주워 먹었다.

꼬챙이로 땅을 치다 보니 언제 콩을 주울 새도 없었고, 입 속에 두어 알씩 까 넣는 콩마저 '범버꾸범버꾸' 하다 보니 씹을 수도 없었다. 그래도 아이들은

서로 얼굴을 바라보고 꼬챙이로 장단을 맞추듯 땅을 치면서 '범버꾸'를 하는 것이 재미있었다.

큰댁 머슴에, 고향이 퍽 멀다는, 이대롱이라는 사람이 있었다. 이대롱은 떠꺼머리총각으로, 퉁소를 잘 불었다. 더구나 억새밭인 동산에 달이 밝은 밤이면, 이대롱은 어린 과부가 나이 많은 딸을 찾아 금강산으로 간다는 곡조를 청승맞도록 구슬프게 불었다.

미나리꽝 옆에 사는 무당네 딸 득이는 어느 해 봄, 배꽃이 눈보라처럼 지던 날, 이대롱을 따라 먼 마을로 살림을 떠났다.

옷 다듬는 방망이 소리가 요란하고 지붕에 서리가 하얗게 내리던 밤, 소년은 바느질에 여념이 없는 누나 옆에서 이대롱과 득이를 생각했다.

이대롱은 마음씨가 좋았다. 일쑤, 까치집을 뒤져 까치 새끼도 내려 주고, 박달나무로 팽이도 다듬어 주었다. 얼음판에서는 지게 위에 올려 앉히고 밀어 주기도 했다. 득이는 더 마음씨 좋고 인물도 고왔다. 언젠가 득이네 집 뒤 울타리에서 찔레 순을 꺾다가 가시에 찔려 운 적이 있었다. 그때 득이는, 소년의 피나는 손가락을 제 입으로 빨고 빨고 하다가 쑥잎을 뜯어 붙이고, 저고리 안섶에서 실을 뽑아 처매 주었다. 실을 뽑는 득이 앙가슴이 눈물 속으로 보얗게 어렸었다. 소년이 눈을 깜짝여 괸 눈물을 짜 버리자, 득이는 얼굴을 붉히고 옆으로 몸을 돌려 버렸다.

큰댁에 큰일이 있을 때마다 득이 모녀는 일을 잘 왔었다.

이대롱과 득이 소식은 아무도 아는 사람이 없었다. 다만, 지붕에 박이 여물고 동산에 달이 밝은 밤이나, 배꽃이 지고 찔레가 피는 철이 되면, 소년은 불현듯 이대롱과 득이를 생각하고, 왠지 또 뭔지도 모를 아쉬움과 애상(哀想)에 잠기곤 했었다.

높새가 불기 시작하면 아이들은 기를 쓰고 연을 날렸다. 이 고장은 유독 연날리기가 심했다. 아이들뿐만이 아니라, 어른들도 연을 무척 좋아했고 많이 날렸다.

한말로 연이라지만, 연에도 여러 가지가 있었다. 가오리연, 문어연, 솔개연, 방구연……. 방구연에는 홍연과 상주연이 있었다. 홍연은 종이에 물을 들인 붉은 연이고, 상주연은 흰 종이 그대로 발라 만든 연이다.

연의 재미는 역시 연싸움에 있었다. 당사에다 아교를 먹여 유릿가루를 묻히는 것을 '사(砂)를 먹인다.'라고 했다. 사가 잘 먹은 실에는 손을 베이기가 일쑤였다. 이렇게 사를 먹인 실을 얼레가 두툼하게 감고 홍연을 높직이 바람을 태워 가지고 싸움에 나설 때에는, 마치 전장에 나가는 장수 같은 기세였다.

이런 것은 주로 어른들의 연이고, 아이들은 꽁지가 긴 가오리연이나 솔개연이 고작이었다. 멀리서 싸움 연이 거만하게 또는 위풍당당하게 싸움을 걸어오면, 아이들은 재빨리 연을 감아 버리거나 달아나 버려야 했다. 그러나 싸움 연이 워낙 빨라서 미처 피하기도 전에 얽히고 보면 영락없이 떼이고 말았다.

떼인 연이 가까운 곳에 내려앉으면 주워 오기도 하지만, 개울이나 무논에 떨어지면 그만이었다. 연을 떼이고 발버둥을 치면서 우는 아이도 많았다.

연날리기도 정월 보름까지였다. 보름이 지난 뒤에도 연을 날리면 상놈이라고 했다. 그래서 정월 보름날이면 어른 아이 할 것 없이 연을 날려 보내기로 돼 있었다. 숯가루를 꼭 궐련 모양으로 한지(韓紙)에 말아 가지고, 연에서 두어 자 앞 실에다 매달고 꽁무니에 불을 붙여 연을 올린다. 이때에는 실이 닿은 한 멀리 높게 올린다. 숯가루 궐련이 점점 타 들어가서 실에 닿으면,

연은 실과 얼레와 주인을 남기고 팔랑 떠나가 버린다. 어쩌면 새처럼 어쩌면 나뭇잎처럼 까마득히 떠나가는 연을 바라보면서, 아이들은 제 연이 멀리 멀리 떠나가기를 마음속으로 바랐다.

언제나 가보고 싶으면서도 가보지 못하는 산과 강과 마을, 어쩌면 무지개가 선다는 늪, 이빨 없는 호랑이가 담배를 피우고 산다는 산 속, 집채보다도 더 큰 고래가 헤어 다닌다는 바다, 별똥이 떨어지는 어디쯤……. 소년은 멀리멀리 떠가는 연에다 수많은 꿈과 소망을 띄워 보내면서, 어느새 인생의 희비애환(喜悲哀歡)³과 이비(理非)⁴를 아는 나이를 먹어 버렸다.

3_**희비애환(喜悲哀歡)** : 기쁨과 슬픔과 애처로움과 즐거움
4_**이비(理非)** : 옳음과 그름

오영수의「요람기」를 다 읽으셨나요?

그러면 작품의 내용을 생각하면서 이 소설의 인물, 사건, 배경 등 여러 요소들에 대한
자신만의 마인드맵을 그려 보세요~!

요람기

줄거리

도시 문명의 혜택을 받지 못하는 산간 마을이지만 소년은 아이들과 즐겁게 지냈다. 봄철에는 들불놀이, 너구리 잡기를 했다. 아이들이 잡아온 물까마귀는 그들의 대장격인 춘돌이가 꾀를 써서 다 먹어 버리기도 했다. 여름에는 밤밭골에서 소에게 풀을 뜯기기도 하고 멱을 감다가 참외 서리를 하기도 했다. 밤에는 평상에 누워 누나와 이야기를 나누다가 잠들었다. 가을이면 아이들과 콩서리를 해서 춘돌이가 시키는 대로 놀면서 먹기도 했다. 결혼해서 마을을 떠난 이대룡과 득이를 그리워하기도 했다. 겨울이 되면 연날리기를 즐겼다. 연싸움이 특히 재미있었지만 정월 보름에는 그 연을 날려 보냈다.

꿈과 소망을 키우던 어린 소년은 어느 새 인생이 무엇인지를 아는 어른이 되었다.

주제

천진난만한 산골 소년의 생활과 추억

핵심 정리

- **등장인물**
  - ·**소년**: 순박하고 천진난만한 산골 소년
  - ·**춘돌**: 김 초시네 머슴. 아이들의 심리를 잘 이해하고 호응해 주는 인물
- **배경** – 어린 시절의 산골 마을과 자연 환경
- **시점** – 3인칭 작가 관찰자 시점
- **성격** – 향토적, 회상적
- **출전** – 『현대문학』(1967)

 문제 풀기

모범답 → p. 281

1. 이 글에 등장하는 누나의 성격으로 가장 알맞은 것은? (　)

   ① 착하고 순진하지만 게으르다.

   ② 욕심이 많고 동생들과 자주 싸운다.

   ③ 착하고 순진하며 부끄러움을 간직하고 있다.

   ④ 얼굴이 예쁘고 남자 친구들과 허물없이 지낸다.

   ⑤ 너무 수줍어서 말을 잘 못하며 늘 혼자서만 지낸다.

2. 이 글의 내용을 서술하고 있는 어투와 문체는 어떤 특징이 있을까요?

   ....

   ....

   ....

감상 쓰기

주인공이나 지은이에게 하고 싶은 말, 알게 된 점, 느낀 점 등

....

....

....

....

....

....

....

....

....

....

....

....

....

....

....

....

감상 쓰기   주인공이나 지은이에게 하고 싶은 말, 알게 된 점, 느낀 점 등

10

박씨전(朴氏傳)

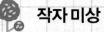 **작자 미상**

준비

"읽기 전에 알아두자."

'박씨전'은 '박씨부인전(朴氏夫人傳)'이라고도 하는데, 병자호란을 겪은 국가의 치욕에 대한 반감에서 쓴 역사소설로서 숙종조 무렵에 나온 작품으로 추정되는 고전 소설입니다. 주인공인 이시백은 인조반정의 공신이며 호란 때 병조참판을 지낸 실존 인물이며, 그의 부인은 윤씨였다고 하지요. 남존여비 사상이 강했던 당시 세태에서 여성을 우월하게 묘사한 점이 이채로운 이 소설은 전쟁으로 인하여 극도로 쇠약해진 민중들이 소망했던 영웅적 인물의 출현을 소재로 하고 있어서 더욱 흥미롭습니다.

집중

"이것만은 꼭 생각하며 읽자."

이 작품은 병자호란 때 청나라에게 항복한 현실적인 패배 의식과 고통을 상상 속에서나마 복수하고자 하는 민중들의 심리적 욕구를 표현한 소설입니다. 특히 남성보다는 여성인 박 씨를 주인공으로 하고, 박 씨가 초인간적인 능력을 가진 비범한 인물인 데 비하여 남성인 시백은 평범한 인물로 표현함으로써 여성이 남성보다 우위에 있음을 보여주고 있습니다. 남존여비 사회에서 작가는 왜 이러한 인물 배치를 하게 되었는지 생각하며 읽어 보세요.

박씨전(朴氏傳)

-
-
-

인조대왕 때 이득춘이라는 사람이 있어 벼슬이 이조참판 홍문관[1] 부제학에 이르렀는데, 그는 부인 강 씨와의 사이에 남매를 두었으니 아들의 이름은 시백이요, 딸의 이름은 시화였다. 시백의 나이 십육 세요, 시화의 나이 십삼 세가 되었을 때 왕이 이 참판에게 강원 감찰사를 제수하시니, 공이 부인과 시화는 집에 두고 시백만 데리고 임지로 부임하여 시백에게 시서를 강론하고 학문을 지도하였다.

이때 금강산에 박현옥이라는 선비가 있었으니, 별호를 유점대사라 하여 도학에 능했다. 그는 유점사 근처에 비취정을 짓고 세월을 보내고 있었으므로 세상 사람들은 그를 비취 선생이라 하고 혹은 유점처사라 불렀는데, 그에게는 시집가지 않은 딸이 있었다. 이 참판이 유점처사의 딸을 시백의 배필로 삼기로 했다.

세월이 흘러서 이듬해 봄철이 되자 왕께서 이공에게 벼슬을 돋우어 이조 참판 겸 세자빈객을 제수하고 조정으로 불러 '짐을 도우라.'는 분부를 하셨다.

이럭저럭 박 처사와 상약[2]한 일이 다가왔으므로 시백을 데리고 금강산에

1_ **홍문관** : 弘文館. 조선시대에 궁중의 경서·사적의 관리와 왕의 자문에 응하는 일을 맡아보던 기관
2_ **상약** : 相約. 서로 약속함.

이르러 박 처사 집을 찾아 아들의 혼례를 올리고, 박 처사와 함께 술잔을 나누며 즐거워하는데 신랑 시백이 신방에서 뛰어나왔다.

"아니 너는 왜 신방에서 뛰어나왔느냐? 그런 경거망동으로 나를 욕되게 하려느냐?"

"소자가 들어갔을 때는 신부가 없더니, 나중에 들어왔는데 마치 무서운 천신의 끔찍한 괴물 같은 여자라 경악하였습니다. 그런데 몸에서 더러운 냄새까지 진동하여 토할 것만 같아서 급히 나왔습니다."

이 판서는 깜짝 놀랐으나 아들의 경솔하고 무례함을 책망했다. 시백은 부친의 명이 엄격한지라 다시 신방으로 들어갔다. 그러나 신부를 다시 보기가 싫어서 닭 울기가 무섭게 외당³으로 달려 나와서 우울하게 날을 보내었다.

하루는 박 소저가 시부모께 문안하고 절한 뒤에 엎드려서 이 판서에게 아뢰었다.

"내일 아침에 노복을 종로 여각⁴에 보내어, 거기서 매매되는 수십 필의 말 중에서 제일 못난 비루먹은⁵ 말의 값을 물으면 일곱 냥을 달라고 할 것이니 못 들은 체하고 삼백 냥을 주고 사오라 하십시오."

"아니, 네 말이 이상하지 않느냐?"

"그 곡절은 후일에 알게 되실 것입니다."

이 판서는 자부⁶의 비범한 재주를 믿기 때문에 응낙하였다. 노복이 일곱 냥에 정해 놓고 말 거간꾼과 남은 돈을 나누어 먹기로 하고 비루먹은 말을

3_**외당**: 外堂. 사랑(舍廊)
4_**여각**: 旅閣. 객줏집
5_**비루먹은**: 피부가 헐고 털이 빠지는 병에 걸린
6_**자부**: 子婦. 며느리

끌고 돌아왔다.

박 소저가 한참 보다가 말했다.

"저 말을 도로 갖다 주라고 하십시오."

"네 말대로 삼백 냥을 주고 사 온 말인데 왜 다시 퇴하라는 거냐?"

"이 말은 삼백 냥 가치의 말인데 그 값을 덜 주고 사왔으니 무슨 쓸모가 있겠습니까?"

이 판서가 놀라서 노복을 족치니 노복이 빌면서 사죄하고 다시 말 여각으로 가서 삼백 냥을 다 주고 말을 끌고 돌아왔다. 박 소저는 이 판서에게 말 기르는 법을 아뢰었다.

"이 말은 하루에 깨 한 되와 백미 오 홉씩 죽으로 쑤어서 삼 년 동안 먹이되, 이 초당 뜰에 풀어놓고 밤에도 찬이슬을 맞게 하십시오. 그러면 삼 년 후에 긴하게 쓸 일이 있습니다."

박 소저 계획대로 후원에서 삼 년 동안 놓아 먹였다.

하루는 박소저가 이 판서에게 여쭈었다.

"내일 명나라 칙사[7]가 남대문으로 들어올 것입니다. 믿을 만한 노자에게 분부하여 우리 말을 끌고 가서 기다렸다가 칙사가 값을 묻거든 삼만팔천 냥에 팔아 오라 하십시오."

과연 명나라 칙사 장수는 말을 삼만팔천 냥에 사갔다. 이 말은 천리마[8]였던 것이다.

이 무렵에 나라에서는 과거를 시행하여 인재를 전국에서 뽑게 되니, 이시백이 과거에 응할 준비를 하고 내일이면 대궐 안 과장으로 들어가게 되었다.

7_ **칙사**: 勅使. 칙명을 받든 사신
8_ **천리마**: 千里馬. 하루에 천 리를 달릴 수 있는 아주 뛰어난 말

그날 이시백은 박 소저의 시녀 계화가 전해 주는 박소저의 연적을 받아 가지고 들어가서 장원급제하니, 그 표연한[9] 풍채는 만인 가운데 뛰어났으며 그 거동은 진세의 선랑[10]이었다.

모든 재상이 이득춘을 향하여 분분히 치하하므로 공이 여러 손을 이끌어 술을 내어 즐기다, 날이 저물어 파연곡[11]을 아뢰매 모든 손이 각각 집으로 돌아갔다.

이공은 아들을 거느려 내당으로 들어와 석반을 마치고 촛불을 밝히어 낮을 이어 즐기나, 박 소저가 외모 불미하므로 손을 보기 부끄러워하여 깊이 들어 있음을 서운히 여겨 심히 즐거워하지 아니하였다.

이에, 부인이 말하였다.

"오늘 아들의 과거 본 경사는 평생에 두 번 보지 못할 경사이거늘 상공의 낯빛이 좋지 아니하심은 필연 추악한 박 씨, 좌석에 없음을 서운히 여기심이니, 어찌 우습지 않으리까?"

이 말에 노한 이 판서는 정색하고 말했다.

"부인은 아무리 지식이 없다 한들, 다만 용모만 보고 속에 품은 재주를 생각지 아니하느뇨? 자부의 도학은 그 신통함이 옛날 제갈무후[12]의 부인 황씨를 누를 것이요, 덕행의 뛰어남은 태사에 비할 것이니, 우리 가문에 과분한 며느리거늘, 부인 말이 우습지 않으리요?"

말을 마치니 부인의 안색이 심히 좋지 않았다.

이때 계화는 이시백의 장원 급제함을 듣고, 소저를 향하여 기쁨을 치하

9_**표연한** : 거침없는
10_**진세의 선랑** : 세상의 뛰어난 인재
11_**파연곡** : 罷宴曲. 잔치를 마칠 때 부르는 노래
12_**제갈무후** : 제갈공명의 시호(諡號)

하고 또 탄식하여 말했다.

"소저께서 시댁에 오신 후로 상공의 자취 이곳에 한 번도 보이지 아니하고, 우리 소저의 어진 덕이 대부인의 박대하심을 당하사, 적막한 후원에 홀로 주야 거처하사, 집안의 크고 작은 일에 참여하지 못하시고 잔치에도 나가시지 못하시며 수심으로 세월을 보내시니, 소비 같은 소견으로도 신세를 위하여 슬픔을 이기지 못하리로소이다."

그러나 소저는 태연히 웃고 대답했다.

"사람의 팔자는 다 하늘이 정하신 바라, 인력으로 고치지 못하거니와, 자고로 박명한 사람이 한둘이 아니니, 어찌 홀로 나뿐이리요? 분수를 지켜 천명을 기다림이 옳으니, 아녀자 되어 어찌 가부의 정을 생각하리요? 너는 괴이한 말을 다시 말라. 바깥사람들이 들으면 나의 행실을 천히 여기리라."

계화는 소저의 넓은 마음과 어진 말에 못내 탄복하였다.

이때 박소저가 시가에 온 지 이미 삼 년이 되었다. 하루는 시부모께 문안 올리고 다시 옷깃을 여미고 여쭈었다.

"소부, 존문[13]에 온 지 삼 년으로, 본가 소식이 묘연하매 부모의 안부를 알고자 잠깐 다녀오려 하오니, 대인은 허락하심을 바라나이다."

공이 이 말을 듣고 크게 놀라 말했다.

"이곳에서 금강산이 오백여 리요, 길 또한 험하거늘, 네 어찌 가려 하느냐? 장성한 남자도 출입하기 어렵거든 하물며 여자의 몸으로랴! 이런 망령된 생각은 행여 하지 말라."

13_**존문**: 尊問. 남의 가문이나 집을 높여 이르는 말

"소부도 그러한 줄 아오나 이번에는 꼭 다녀오고자 하오니, 과히 염려하지 마소서."

공이 소저의 남다른 점을 아는지라 이에 허락하며 말했다.

"부득불 한번 다녀오고자 하거든 내일 근친[14]할 제구와 인마[15]를 차려 줄 것이니 속히 다녀오라."

"소부, 수삼 일 동안에 다녀올 도리가 있사오니, 인마와 제구가 쓸 데가 없나이다."

공이 소저의 재주를 짐작하나 이렇듯 신속히 다녀올 도리가 있음은 몰랐는지라, 이 말을 듣고 더욱 신기하게 생각하여 흔연히 허락하였다. 소저는 시부모께 재배 하직하고 후당에 돌아와 계화를 불러 조용히 분부하였다.

"내 친가에 잠깐 다녀오리니, 너는 내 행색을 바깥사람들에게 말하지 말라."

그리고는 뜰에 내려 두어 걸음 걷다가 몸을 날려 구름에 올라 삽시간에 금강산 비취동에 다다라 부모께 재배하고 문안을 드리니, 박 처사는 이에 딸의 손을 잡고 말했다.

"너를 시가에 보낸 지 삼 년에 너의 박명을 슬퍼하였으나, 이는 하늘에 매인 바로 인력으로 움직이지 못할 바이어니와, 이제는 너의 액운이 다하고 복록이 무한할지라. 이 달 십오 일에 내 올라가리니, 너는 잠깐 머무르다 먼저 가라."

소저는 부모 슬하에서 몇 해의 회포를 풀며 며칠 동안 머무르더니, 처사 부부 재촉이 성화같았다.

"너의 시댁에서 기다리실 테니 빨리 돌아가 시부모께 뵈어라."

14_근친 : 覲親. 시집간 딸이 친정에 와서 친정 어버이를 뵘.
15_제구와 인마 : 여러 가지 도구와 사람과 말

소저는 마지못하여 부모를 하직하고 다시 구름에 올라 잠깐에 후당에 돌아오니, 계화, 바삐 소저를 맞아 신속히 다녀옴을 반가워했다.

소저는 곧 의복을 갖추고 시부모께 나아가 문안드리고, 다시 꿇어 공께 여쭈었다.

"소부 올 때에 가친의 말씀이, 이 달 십오 일에 갈 것이니 너의 시부께 아뢰라 하더이다."

공이 흔연히 고개를 끄덕이고, 사람을 시켜 술과 안주를 갖추고 처사 오기를 기다렸다.

과연 십오 일에 이르러 달빛 맑고 바람 맑은데, 홀연 반공[16]으로부터 학의 소리 나며, 처사가 구름을 타고 내려오므로, 공히 황급히 뜰에 내려 처사를 맞아 방에 들어와 예를 마치고 좌정하였다. 공자 또한 의관을 갖추고 처사를 향하여 절을 하고 문안을 드리니 공자의 뛰어난 풍채는 일대의 영웅호걸이라, 처사는 황홀하고 귀중히 여겨 공자의 손을 잡고 이 판서를 향하여 말했다.

"영랑[17]이 거룩한 재주로 높은 벼슬에 올라 장원 급제하여 옥당[18]참여하니 이런 경사가 또 없음을 아오나, 이 시골 사람의 천성이 졸렬하여 공께 치하를 드리지 못하였더니, 금년은 여아의 액운이 다하여 지금 저의 흉한 용모와 누추한 바탕을 벗을 때가 되었으므로, 존문에 나와 사위의 과거한 경사를 치하하고, 아울러 여아를 보고자 왔나이다."

공이 처사의 말에 무슨 뜻인가 들어 있음을 짐작하고 기쁨을 이기지 못하여, 주객이 술을 나누며 밤이 깊음을 깨닫지 못하였다.

16_**반공** : 그리 높지 않은 공중. 반공중(半空中)
17_**영랑** : 令郎. 남의 아들을 대접해 일컫는 말. 영식(令息)
18_**옥당** : 玉堂. 홍문관(弘文館)의 별칭

문득 닭의 소리 요란하여 처사가 비로소 소저의 침소에 들어가니, 소저가 급히 마루에서 내려 부친을 맞아 절을 올리고 문안하였다. 처사는 흔연히 딸의 손을 잡고 마루로 올라 남향하여 소저를 앉히고 웃으며 말했다.

"금년으로 너의 액운이 다 하였도다."

주문을 외며 소매를 들어 소저의 얼굴을 가리키니, 그 흉하던 얼굴의 허물이 일시에 벗어지고 옥같이 고운 얼굴이 드러나거늘, 처사는 쾌히 웃고 말했다.

"내 이 허물을 가져가고자 하나, 남의 의혹을 없앨 길이 없으리니 시부께 말씀하여 궤를 얻어다 이를 넣어 시모와 가장에게 보여 의심을 풀게 하라. 오늘 이별하면 이후 칠십 년이 지나야 부녀가 다시 만나리라."

이에 밖으로 나가 이 판서에게 이별을 고하며 당부했다.

"이후 혹 어려운 일이 있거든 자부에게 물으소서."

뜰에 내려 두어 걸음 걷더니, 간 곳이 없었다.

이튿날 계화가 이 판서 앞으로 와서 소저의 신기한 소식을 전했다.

"어제 처사께서 다녀가신 후로 우리 소저께서 얼굴의 허물을 벗고 절색의 부인이 되었기에 이런 신기한 술법에 놀라서 대감께 아뢰옵니다."

이 판서가 기뻐하면서 후원의 초당으로 달려가 보니 그처럼 흉하던 며느리가 과연 절세의 미소저로 변하여 있었다.

"제가 전생의 죄가 크므로 얼굴에 흉한 허물을 쓰고 세상에 태어나서 수십 년의 액운을 채웠기로 하늘이 가친께 명하여 본형[19]을 회복하여 주셨으니 의심치 마십시오."

19_**본형**: 本形. 본래의 모습

시부모는 반신반의하며 벗은 허물을 본 다음 확신하며 신기하게 여겼다.

이때 왕은 이시백의 재덕을 사랑하고 벼슬을 돋우어 병조판서를 제수하시니 시백이 천은을 사례하고 집으로 돌아와서 부친을 뵈옵자 부친이 꾸짖었다.

"너는 지난 일을 생각지 못하느냐? 지금 무슨 면목으로 아내를 보겠느냐? 네 위인이 그렇게 어리석으니 국가의 중임을 어떻게 감당하겠느냐?"

이시백과 박 소저가 부부 화동한 지 수삭이 못 되어 몸에 태기가 있더니 마침내 십 삭이 되어 소저가 쌍둥이 아들 형제를 순산하였다.

이때 왕은 병조판서 이시백에게 평안감사를 제수하셨다가 또다시 조정으로 불러서 곧 상경 벼슬을 내리셨다.

그런데 명나라의 조정이 요란하여 가달 등의 외적이 변경을 침노하므로 왕이 심려하시고 이시백으로 하여금 상사를 삼으시고, 적당한 인물을 군관으로 삼아서 원군발정을 하라고 분부하시었다.

시백은 여러 장수 가운데서 임경업[20]을 정하여 왕께 추천하였다. 북방의 호국에 이르니 호왕이 보고 임경업을 사위 삼기를 원하며 은근히 탄식하였다.

"내가 조선을 쳐 항복받고자 하던 차, 뜻밖에 가달의 침범으로 조선의 임경업의 덕을 봄으로써 조선에 뛰어난 명장이 있음을 보고 그만큼 조선의 위세가 장엄함을 알았으니, 앞으로 조선을 깔보고 범하지 못하겠도다."

옆에서 이런 호왕의 말을 들은 공주가 뜻밖의 말을 했다.

"부왕마마는 염려 마십시오. 제가 조선에 나아가서 이시백과 임경업을

20_ **임경업**: 林慶業(1594~1646). 조선 중기의 명장(名將)

없애 버리고 오겠습니다."

호왕이 기뻐하면서 공주로 하여금 자기의 조선 침략의 숙원이 이루어지기를 은근히 바랐다. 공주는 장담하고 조선을 향하여 길을 떠나 조선 남자의 행색으로 한성에 잠입하였다.

박 소저가 하루는 시부모께 저녁 문안을 드리고 침실에 들었는데, 시백이 밤이 깊어 들어왔다. 소저는 판서 이시백을 맞아 좌정하였다. 판서가 아들을 무릎에 앉히고 소저와 더불어 이야기를 하였다. 드디어 밤이 이슥하자 소저가 정색을 하고 말했다.

"내일 날이 어둑하여, 강원도 원주 기생 설중매라 일컬으며 상공의 서헌으로 올 이 있으니 그 아름다움을 탐내어 가까이하시면 큰 화를 당하실 것인즉, 그 계집더러 여차여차 이르시고 내실로 들여보내시면, 첩이 마땅히 여차하리니, 상공은 첩의 말을 허수히 듣지 마소서."

시백이 웃으며 말했다.

"부인의 말씀이 우습도다. 장부가 어찌 한 조그만 계집의 손에 몸을 바치리요?"

"상공이 첩의 말을 믿지 아니하거든, 그 계집을 후원으로 들여보내시고 상공이 그 뒤를 쫓아 들어와 그 계집이 말하는 것을 살펴보면 사실을 아시리다."

판서 시백이 응낙하고 다음날 부모께 문안하고 조정에 들어가 공사를 보고 날이 늦은 후에 돌아오니 손들이 모여 있었다. 이에 술을 내어 즐기다가 날이 저물어 손이 각각 돌아가니, 판서는 저녁을 마치고 서헌에 한가로이 앉아 있었다.

과연 밤이 깊은 후에 한 여자가 문을 열고 들어와 재배하는데, 판서가 눈을 들어 보니 나이 이십 세쯤 되었는데 그 얼굴이 백옥 같아 천하의 미인이라 놀라 물었다.

"너는 누구인가?"

그 여자가 대답했다.

"소녀는 원주 사는 설중매이온데, 상공의 위풍이 시골에까지 유명하기로 한번 뵙고자 하여 험한 길을 왔사오니, 어여삐 여기심를 바라나이다."

판서가 말하기를,

"너의 말이 기특하나 여기는 손들의 출입이 잦으니, 후원 부인 있는 곳에 들어가 있으면 손들이 다 흩어진 후에 너를 부르리라."

하고, 시녀를 불러 후원으로 인도하게 하였다. 설중매가 부인 처소에 들어가 박 씨께 뵈니, 박 씨가,

"너는 바삐 올라오라."

하니, 설중매 사양하지 아니하고 들어왔다. 소저는 자리를 주고 계화로 하여금 술과 안주를 가져오게 하여 부어주었다. 설중매가,

"첩은 본디 술을 먹지 못하오나, 부인이 주심을 어찌 사양하리까?"

하고 받아 마시기를 이어 사오 배 하니, 두 눈이 어지러워 술기운을 이기지 못하고 자리에 쓰러져 잠들었다. 소저가 그 여자의 자는 모습을 보니, 얼굴에 살기가 어려 그 흉독한 기운이 사람을 쏘는 것이었다. 가만히 행장을 뒤지니 삼척 비수가 들어 있었다. 소저가 그 칼을 집으려 하니 그 칼이 변화무쌍하여 사람에게 달려들었다. 소저가 놀라 급히 피하고 주문을 외어 그 칼을 제어하고 잠 깨기를 기다렸다.

날이 밝은 후 정신을 차리고 설중매가 일어나 앉으니, 박 씨가 말했다.

"너는 바삐 너의 나라로 돌아가라."

"첩은 강원도 원주 사는 계집으로서, 부모를 모두 여의어 의지할 곳이 없

사와 가무를 배웠삽거늘, 어찌 본국으로 가라 하시나이까? 소저의 높은 이름을 듣고 왔나이다."

박 씨, 소리를 높여 꾸짖었다.

"네 끝까지 나를 업신여기어 이렇듯 속이니 어찌 통분하지 않으리요? 네 호왕의 공주 기룡대가 아니냐?"

기룡대는 혼비백산하여 사죄했다.

"부인이 밝으사 첩의 행색을 아시니 어찌 조금이나마 속이리까? 첩은 과연 호왕의 공주로 부왕의 명을 받아 귀댁에 들어왔사오니, 부인의 너그러우신 덕으로 용서하시면 본국에 돌아가 조용히 지낼까 하나이다."

"네 본색을 바로 고하기로 용서하나니, 이 길로 곧 떠나 너의 나라로 가 너의 국왕더러 이르라. 이 판서의 부인 박 씨에게 행색이 드러나 성사를 못한 바, 박 씨의 말이 네 잠시라도 지체하면 큰 화를 만나리니 빨리 돌아가 화를 면하라 하더이다 하라."

기룡대는 정신이 어지러워 엎드려 사죄했다.

"바라옵건대, 부인은 첩의 죄를 용서하소서. 무사히 고국으로 돌아가게 하옵심을 비나이다."

"너의 국왕이 분에 넘치는 뜻을 두어 우리나라를 침범하고자 하니, 이니 우리나라의 운수가 불길함이나, 너의 병력이 아무리 강하다 할지라도 마음대로 침범하지 못하리니, 너는 바삐 나가 자세히 이르라."

기룡대는 머리를 조아리고 사죄 후 하직하고 나왔으나, 길을 찾지 못하고 방황하여 사면으로 돌아다니기를 밤이 새도록 하여도 나갈 길이 없었다. 기룡대는 하늘을 우러러 탄식했다.

"호국 공주 기룡대가 이시백의 집에 이르러 죽게 될 줄을 어찌 알았으리요?"

이때 문득 박 씨 나타나 말했다.

"네 어찌 가지 아니하고 날이 새도록 그저 있느뇨?"

기룡대는 땅에 엎드려 말했다.

"첩이 부인의 덕을 입어 돌아가려 하였사오나 사면이 충암절벽이라 갈 바를 모르오니, 바라건대 부인은 길을 인도하여 주옵소서."

소저가 말하기를,

"너를 그저 보내면 필연 임경업 장군을 해하고 갈 듯한 고로, 너로 하여금 나의 수단을 알게 함이라."

하고 공중을 향하여 진언을 외니, 홀연히 뇌성벽력이 진동하며 폭풍우가 일어나 기룡대의 몸이 절로 날려 순식간에 호국 궁중에 가서 떨어졌다.

이것을 본 호왕은 경악했다. 공주 기룡대가 오랜 후에 정신을 차리고 일어나서 조선에 가서 겪은 자초지종의 일을 고하자 호왕은 경탄했다.

"허허, 이시백의 부부가 그런 기대한 영웅인 줄은 몰랐도다."

마침내 용골대, 용홀대의 두 형제가 왕명을 받들고 군사를 교련하여 조선으로 행군을 개시하였다.

이때 이판서의 부인 박 씨가 시백에게 심상치 않은 말을 했다.

"호국의 공주 기룡대가 쫓겨 돌아간 후에 호국의 병세가 점점 강성하여 조선 침범의 야망을 버리지 않고 군사를 내어 임경업을 죽이고 위로 상감의 항복을 받고자 금년 십이 월 이십팔 일에 동대문을 깨치고 물밀듯이 쳐들어올 것입니다. 부디 그날을 어기지 마시고 상감을 모시고 광주산성으로 급히 피하소서. 그 뒷일은 제가 이곳에서 알아서 하겠습니다."

그러나 영의정 김자점과 좌의정 박운학의 반대에 부딪쳐 상감은 판단을 내리지 못하고 주저하고 있었다. 이때 공중에서 홀연히 옆에 비수를 낀 선녀가 내려와서 뜰아래 배알[21]하고 상감에게 온 뜻을 아뢰었다.

"신은 도승지 이시백의 부인 박 씨의 시비 계화입니다. 박 부인이 저에게 지금 성상이 간신 김자점의 참소를 들으시고 유예미결[22]하시니 네가 가서 아뢰어 곧 산성으로 동가[23]하시게 하라 하더이다."

계화는 빼어들고 왔던 칼을 칼집에 꽂고 앞에 있던 큰 망두석[24]을 번쩍 들어서 피난을 반대하고 있는 재상 김자점과 박운학을 겨누고 큰소리로 꾸짖은 다음 다시 상감께 아뢰었다.

"만일 이 밤을 지체하시면 큰 화를 당할 것이니 저의 주인 박 씨의 말을 범연히 듣지 마시고 곧 피난하소서."

상감은 이시백을 이조 판서 겸 광주 유수로 명하시고 그의 호위 아래 산성으로 떠났다.

이때 용골대가 한성에 침입하여 보니 국왕이 이미 피난하고 대궐에 없으므로 아우 용홀대에게 서울을 점령케 하고 스스로 기병 오천을 거느리고 광주산성으로 추격하여 성중을 향해 쏘니 화살이 비 오듯 했다.

상감이 이런 혼란으로 어쩔 줄 모르고 망연 실색하고 있을 때 공중에서 홀연히 큰 소리가 들려왔다.

"상감께서는 항서[25]를 써서 용골대에게 주소서. 용골대는 세자 대군 삼형제를 볼모로 잡아가고 난리는 일단 끝날 것입니다. 신첩은 다른 사람이 아니라 광주 유수 이시백의 처입니다. 신첩이 한 번 나아가 칼을 들면 용골

21_**배알** : 拜謁. 지위가 높거나 존경하는 사람을 찾아가 뵘.
22_**유예미결** : 猶豫未決. 망설여 결정을 짓지 못함.
23_**동가** : 動駕. 임금이 탄 수레가 대궐 밖으로 나감.
24_**망두석** : 望頭石. 무덤 앞에 세우는, 여덟 모로 깎은 한 쌍의 돌기둥
25_**항서** : 降書. 항복문서

대의 머리와 호병 삼만을 풀 베듯 할 것이나 천의를 어기지 못함이니, 신첩의 죄를 사하소서."

용골대는 항서를 받은 후에 세자 대군과 왕대비전을 데리고 광주를 떠나 갔다.

한편 계화는 박 씨 집의 후원에 용홀대의 머리를 베어 박 부인에게 드리니 부인은 그 놈의 머리를 높은 나뭇가지에 달아매어 두었다가 그 놈의 형 용골대가 와서 보고 낙망케 하라고 일렀다.

그 후 용골대가 한성으로 들어와서 동대문으로 들어오다가 용홀대가 박 씨의 시비 계화에게 죽었다는 소식을 듣고 노기충천하여 벽력같은 호통을 치자, 박 부인은 계화를 불러서 명했다.

"네가 저 놈을 죽이지는 말고 간담을 서늘케 해서 우리 도술의 솜씨를 보여라."

계화가 맞아 싸운 지 십여 합에 용골대는 계화의 무술 실력에 당하지 못할 것을 알았으나 허세를 부리고 큰소리로 꾸짖으며 삼백 근 철퇴를 둘러메고 계화에게 달려들었다. 이때 계화가 거짓 패하여 달아나자 용골대는 의기양양하게 쫓으며 호통을 쳤다.

"이년, 네가 달아나면 안 잡힐 줄 아느냐?"

계화가 잡았던 칼을 공중에 휘저으며 진언을 외우니, 모래와 돌이 날리고 사방에서 어두귀면[26]의 병졸이 아우성을 치며 에워싸 들어오고, 눈과 비가 크게 퍼부어서 순식간에 물이 한 길도 넘으니, 용골대 수족을 놀리지 못

26_ **어두귀면** : 魚頭鬼面. 물고기 대가리에 귀신 낯짝. 괴상하게 생긴 얼굴을 말함.

하고 혼비백산하여 살려달라고 애걸했다.

"네가 그럴 뜻이라면 왕대비전하를 이리로 모셔 오라."

박 부인이 급히 뜰에 내려 왕대비전을 맞아 통곡하며 불행을 위로하고 계화에게 명하여 용골대를 석방시키니, 계화가 박 씨의 명을 받고 나와서 용골대에게 말하기를,

"너를 여기서는 용서한다. 그러나 돌아가는 길에 의주에서 또 한 번 죽을 고비를 당할 것이니, 의주에 도달하는 즉시로 의주 부윤 임경업 장군에게 배례하고 이 글을 보여 드려라. 그러면 임 장군이 너를 용서하고 돌려보내리라."

용골대가 의주에 이르자 임경업이 비호같이 달려들며 벽력같은 소리로 용골대를 질타했다.

"이 무도한 오랑캐 장수야. 어서 내 칼을 받아라!"

용골대는 황망히 말에서 내리며,

"장군은 노기를 풀고 잠깐 이 글을 보시오."

하고 이시백 부인 박 씨의 편지를 올렸다.

'이번 우리 조국의 국운이 불길하여 이런 일을 당하였으나 하늘이 호국과 조선 두 나라가 종속 관계가 되라고 정하신 운수여서 용골대가 상감의 항서를 가지고 세자 대군 삼형제분을 모시고 귀국하는 것이니, 장군은 분한 마음을 진정하시고 이 일행을 무사히 가게 하여 삼 년 후에 세자를 무사히 환국하시게 함이 상책입니다. 장군은 부디 이 말씀을 믿고 들어 주시기 바랍니다.'

상감은 산성에서 항서와 함께 왕대비전하와 세자군을 호국에 보내시고 침식이 불안하던 중 하루는 공중에서 선녀 한 명이 내려왔다.

"신첩은 광주 유수 이시백의 처 박 씨로소이다."

"경의 지략을 매양 탄복하던 중 이제 경의 모습을 보게 되니 과인의 마음이 매우 기쁘오."

임금은 이시백의 호위를 받으며 서울로 향발하여 환궁하셨다.

그 후에 상감은 이시백에게 의정부 우의정에 대광보국을 제수하시고, 부인 박 씨도 충렬정경부인으로 봉하시고 부부의 충성을 항상 칭찬하여 마지 않으셨다.

[후략]

「박씨전」을 다 읽으셨나요?

그러면 작품의 내용을 생각하면서 이 소설의 인물, 사건, 배경 등 여러 요소들에 대한 자신만의 마인드맵을 그려 보세요~!

박씨전

줄거리

　조선 인조 때 서울에서 태어난 이시백은 어려서부터 매우 총명하고 문무를 겸비하여 명망이 조야에 떨쳤다. 아버지 이 상공과 주객으로 지내던 박 처사의 청혼을 받아들여 시백은 박 처사의 딸과 가연을 맺게 된다.

　그러나 시백은 신부의 용모가 천하의 박색임을 알고 실망하여 박 씨를 대면조차 하지 않는다. 박 씨는 자신의 여러 가지 신이한 일을 드러내 보이지만 시백은 거들떠보지도 않는다. 박 씨가 시기가 되어 허물을 벗고, 절대 가인이 되자, 시백은 크게 기뻐하여 박 씨의 뜻을 그대로 따른다.

　이때 중국의 가달이 용골대 형제에게 삼만의 병사를 거느리고 조선을 침략하게 하였다. 그러나 박 씨는 뛰어난 도술 능력을 발휘하여 오랑캐의 침략을 분쇄한다. 박 씨와 이시백은 국난을 극복하고 행복한 여생을 보낸다.

주제

박 씨 부인의 영웅적 기상과 재주
청나라에 대한 적개심과 복수심

- **등장인물**
  - **박 씨**: 전통적 가치관을 지닌 영웅적인 여주인공
  - **이시백**: 출중한 명문가의 자제로서 전형적 인물
  - **박 처서**: 박 씨의 부친으로 도량과 덕망을 갖춘 인물
  - **이득춘**: 이시백의 부친으로 전형적인 명문 사대부
- **갈래**-고전 소설(역사 소설, 군담 소설, 영웅 소설)
- **배경**-병자호란 당시의 조선
- **성격**-역사적, 전기적, 영웅적, 비현실적
- **출전**-「박씨전」(구활자본)

모범답 → p. 272

1. 이 글의 창작 배경으로 알맞지 않은 것은? ( )

① 소설 창작을 통한 한글 보급의 필요성

② 병자호란의 패전에 대한 민중의 정신적 설욕

③ 외침에 속수무책인 무능한 위정자들에 대한 경계

④ 암담한 현실을 타개할 수 있는 영웅의 출현 기대

⑤ 능력보다 외모만으로 인간 가치를 평가하는 세태 비판

2. 이 작품이 독자들에게 현실감을 주는 것은 무엇 때문일까요?

....

....

....

11

심청전(沈淸傳)

 작자 미상

준비

'심청전'은 작자·연대 미상의 고전소설로서 판소리 열두 마당 중의 하나인 '심청가'가 소설로 정착된 판소리계 소설입니다. 현실 세계가 중심인 전반부와 환상 세계가 중심인 후반부로 구분되지요. 심청의 효성이 전반부의 중심 내용이라면, 심청의 재생과 심 봉사가 눈을 뜨는 환상적 내용이 후반부의 중심 내용입니다. 이 작품엔 효를 강조하는 유교 사상, 부처의 신통력을 보여주는 불교 사상, 옥황상제와 선녀 등이 등장하는 도교 사상이 나타납니다. 또한 뱃사람들이 사람을 제물로 바쳐 제사를 지내고 이러한 제의적 과정으로 심 봉사가 눈을 뜰 수 있다고 믿는 등 무속적인 민간신앙도 나타나고 있습니다.

집중

"이것만은 꼭 생각하며 읽자."

이 작품의 주제는 유교의 근본 사상인 효(孝)라 할 수 있습니다. 효행 설화를 기본으로 하여 사람의 몸을 신에게 제물로 바치는 설화를 더함으로써 효의 극치를 보여줄 뿐만 아니라, 심청의 그러한 희생적 행위를 통해 비극적인 아름다움이 잘 구현되어 있는 대표적인 고전 소설이지요. 자신의 모든 것을 희생하면서까지 아버지의 행복을 추구하는 심청이의 아름답고도 슬픈 모습을 생생하게 표현하고 있는 이 소설을 통하여 오늘날의 효는 어떠한 의미를 갖고 있는지 생각하며 읽어 보세요.

심청전(沈淸傳)

-
-
-

[전략]

하루는 월명 무릉촌 장승상 댁 시비[1]가 들어와서, 부인이 심 소저[2]를 부른다 하기에 심청(沈淸)이 아버지께 여쭈었다.

"어른이 부르시니 시비를 따라 다녀오겠습니다. 제가 가서 더디더라도 잡수실 진짓상을 보아 두었으니 시장하시거든 잡수셔요. 부디 저 오기를 기다려 조심하셔요."

시비를 따라가며 손을 들어 가리키는 데를 바라보니, 문 앞에 심은 버들 아늑한 마을을 둘러 있고, 대문 안에 들어서니 왼편에 벽오동은 맑은 이슬이 뚝뚝 떨어져 학의 꿈을 놀래 깨우고, 오른편에 선 늙은 소나무는 청풍이 건듯 부니 늙은 용이 굼틀거리는 듯하고, 중문 안에 들어서니 창 앞에 심은 화초 일년초 봉미장은 속잎이 빼어나게 아름다웠다. 높은 누각 앞 부용당 위로 갈매기가 날고 있는데 연잎은 물 위에 높이 떠서 둥실 넙적하고, 징경이[3]

1_**시비** : 侍婢. 곁에서 시중드는 여자 종
2_**소저** : 小姐. 아가씨를 한문 투로 이르는 말
3_**징경이** : 물수리

는 쌍쌍이 놀고, 금붕어 둥둥 떠다니고 있었다. 안중문 들어서니 규모가 굉장하여 대문과 창문에는 무늬가 찬란하였다.

그때 머리가 반쯤 센 부인이 나오는데, 옷매무새가 단정하고 살결이 깨끗하여 복스럽게 보였다. 부인은 심 소저를 보고 반겨하여 손을 쥐며,

"네가 과연 심청이냐? 듣던 말과 같구나."

하며 자리에 앉게 한 뒤에 가련한 처지를 위로하였다. 심청이 자세히 살펴보니, 부인은 타고난 미인이었다.

옷깃을 여미고 앉은 모습은 비 갠 맑은 시냇가에 목욕하고 앉은 제비가 사람보고 놀라는 듯하고, 황홀한 얼굴은 하늘 가운데 돋은 달이 수면에 비치는 듯하고, 바라보는 눈길은 새벽빛 맑은 하늘에 빛나는 샛별 같고, 두 뺨에 고운 빛은 늦은 봄 산자락에 부용⁴이 새로 핀 듯하고, 두 눈의 눈썹은 초생달 정신이요, 흐트러진 머리털은 새로 자란 난초 같고, 가지런한 귀밑머리는 매미의 날개와 같았다. 입을 벌려 웃는 모습은 모란화 한 송이가 하룻밤 비 기운에 피고자 벌어지는 듯하였으며, 하얀 이를 드러내어 말을 하니 농산의 앵무와도 같았다.

부인이 심청을 칭찬하며 말하였다.

"전생의 일을 네가 모를 테지만 분명히 선녀로다. 도화동에 내려오니 월궁⁵에 놀던 선녀가 벗 하나를 잃었구나. 오늘 너를 보니 우연한 일 아니로다. 무릉촌에 내가 있고 도화동에 네가 나니, 무릉촌에 봄이 들고 도화동에 꽃이 핀다. 천지의 정기를 빼앗으니 비범한 너로구나. 내 말을 들어라. 승상이 일찍 세상을 버리시고, 두셋 있는 아들이 서울에 가 벼슬하니 다른 자식 손자

4_**부용**: 芙蓉. 연꽃
5_**월궁**: 月宮. 달 속에 있다는 전설 속의 궁전

228

없고, 슬하에 재미없고 눈앞에 말벗 없구나. 각 방의 며느리는 아침저녁 문안한 후 다 각기 제 일 하니, 적적한 빈 방에 대하는 것이 촛불이요 보는 것이 책밖에 없다. 너의 신세 생각하니 양반의 후예로 저렇듯 어려우니 어찌아니 불쌍하랴. 내 수양딸이 되면 살림도 가르치고 글공부도 시켜 친딸같이 길러 내어 말년 재미 보려 하니, 네 뜻이 어떠하냐?"

심 소저가 일어나 두 번 절하고 여쭈었다.

"팔자가 기구하여 태어난 지 이레 만에 어머니가 세상을 버리셔서, 눈 어두운 아버지가 동냥젖 얻어 먹여 겨우 살았습니다. 어머니의 얼굴도 모르는 더할 수 없는 슬픔이 끊일 날이 없기로, 저의 부모 생각하여 남의 부모도 공경해 왔습니다. 오늘 승상 부인께서 저의 미천함을 헤아리지 않으시고 딸을 삼으려 하시니, 어머니를 다시 뵈온 듯 황송 감격하여 마음을 둘 곳이 전혀 없습니다. 부인의 말씀을 따르면 몸은 영화롭고 부귀하겠지만, 눈 어두우신 우리 아버지 음식 공양과 사철 의복 누가 돌보아 드리겠습니까? 낳아서 길러 주신 부모님 은혜는 누구에게나 있지마는 저에게는 더욱 남다른 데가 있습니다. 제가 아버지 모시기를 어머니 겸 모시고, 아버지는 저를 믿기를 아들 겸 믿사오니, 아버지가 아니었다면 제가 이제까지 살았겠습니까? 제가 만일 없게 되면 저의 아버지 남은 수명을 마칠 길이 없을 테니 애틋한 정으로 서로 의지하여 제 몸이 다하도록 길이 모시려 하옵니다."

말을 마치며 눈물이 얼굴에 젖는 심청의 모습은 봄바람에 가는 빗방울이 복사꽃에 맺혔다가 점점이 떨어지는 듯하니, 부인도 또한 가련하여 심청이 등을 어루만지며 위로하였다.

"효녀로다, 네 말이여. 마땅히 그래야 하는 법이다. 늙고 정신없는 내가 미처 생각지 못했구나."

그러는 가운데 날이 저무니 심청이 여쭙기를,

"부인의 크신 덕을 입어 종일토록 모셨으니, 이제 날이 저물었기로 급히 돌아가 아버지의 기다리시는 마음을 위로코자 합니다."

부인이 말리지 못하고 아쉬운 마음을 달래며 옷감과 양식을 후히 주어 시비와 함께 보내면서,

"너는 부디 나를 잊지 말고 모녀간의 의를 두면 이 늙은이의 다행이 되리라."

하고 청하니 심청이 대답하기를,

"부인의 고마우신 뜻이 이러하시니 삼가 그 말씀을 따르도록 하겠습니다."

하고 절하며 하직하고 급히 집으로 돌아왔다.

이때에 심 봉사는 홀로 앉아 심청을 기다리고 있었다. 배는 고파 등에 붙고 방은 추워 턱이 떨어질 지경인데, 잘 새는 날아들고 먼 절에서 쇠북 소리 들리니 날 저문 줄 짐작하고 혼자 중얼거렸다.

'내 딸 청이는 무슨 일에 빠져서 날이 저문 줄 모르는고. 주인에게 잡히어 못 오는가, 저물게 오는 길에 동무에게 붙잡혀 있는가?'

눈바람에 길가는 사람보고 짖는 개소리에도,

"청이 오느냐?"

하면서 반기기도 하고, 괜히 눈보라가 떨어진 창가에 부딪치기만 해도 행여 심청이 오는 소리인가 하여 반겨 나서면서,

"청이 너 오느냐?"

하고 나가 봐도 적막한 빈 뜰에 인적이 없으니 공연히 속기만 하였다.

그러다 심 봉사는 지팡막대 찾아 짚고 사립 밖에 나가다가 한 길 넘은 개천에 밀친 듯이 떨어지니, 얼굴에 흙빛이요, 의복은 얼음투성이가 되었다.

뒤뚱거리다 도로 더 빠지며 나오자니 미끄러져 하릴없이 죽게 되었으니, 아무리 소리친들 해는 저물고 행인은 끊겼으니 뉘라서 건져주겠는가. 그래도 죽을 사람 구해주는 부처님은 곳곳마다 있는 법이어서, 마침 이때 몽운사 화주승[6]이 절을 새로 지으려고 시주책을 둘러메고 내려왔다가, 청산은 어둑어둑하고 눈 덮인 들판에 달이 돋아올 때, 돌밭 비탈길로 절을 찾아가는데 바람결에 애처로운 소리가 들렸다.

"사람 살려!"

화주승은 자비한 마음에 소리 나는 곳을 찾아가니, 어떤 사람이 개천에 빠져서 거의 죽게 되었다. 급한 마음에 구절죽장[7]과 바랑을 바위 위에 휙 던져두고, 굴갓[8]과 먹물장삼 실띠 달린 채로 벗어놓고, 육 날 미투리[9] 행전 대님 버선도 훨훨 벗어 놓고, 고두 누비[10] 바지저고리 거듬거듬 훨씬 추켜올려, 급히 뛰어들어 심 봉사 고추상투를 덥벅 잡아 들어 올려 건져놓으니, 전에 보던 심 봉사였다. 심 봉사가 정신 차려 묻기를,

"게 뉘시오?"

하니, 화주승이 대답하였다.

"몽운사 화주승이오."

"그렇지, 사람을 살리는 부처로군요. 죽을 사람을 살려 주시니 은혜 백골난망[11]이오."

화주승이 심 봉사를 업어다 방안에 앉히고 빠진 까닭을 물었다. 심 봉사는

6_**화주승** : 化主僧. 시물(施物)을 얻어 절의 양식을 대는 중
7_**구절죽장** : 九節竹杖. 아홉 마디의 대나무 지팡이
8_**굴갓** : 벼슬한 중이 쓰던 대갓
9_**미투리** : 삼이나 노 따위로 짚신처럼 삼은 신
10_**누비** : 두 겹의 천 사이에 솜을 넣고 줄이 죽죽 지게 박는 바느질. 또는 그렇게 만든 물건.
11_**백골난망** : 白骨難忘. 죽어 백골이 된다 하여도 은혜를 잊을 수 없음.

신세를 한탄하다가 전후 사정을 말하니, 그 중이 봉사에게 말하기를,

"딱하시군요. 우리 절 부처님은 영험이 많으셔서 빌어서 아니 되는 일이 없고 구하면 응답을 주신답니다. 공양미 삼백 석을 부처님께 올리고 지성으로 불공을 드리면 반드시 눈을 떠서 성한 사람이 되어 천지 만물을 보게 될 것입니다."

하는 것이었다. 심 봉사가 집안 형편은 생각지 않고 눈 뜬단 말에 혹하여,

"그러면 삼백 석을 적어 가시오."

하였다. 화주승이 허허 웃으며,

"이보시오. 댁의 집안 형편을 살펴보니 삼백 석을 무슨 수로 장만 하겠소?"

하니 심 봉사는 홧김에,

"여보시오, 어느 쇠아들놈이 부처님께 적어놓고 빈말하겠소? 눈 뜨려다가 앉은뱅이 되게요. 사람을 업신여겨 그런 걱정일랑 말고 적으시오."

하니, 화주승은 바랑을 펼쳐 놓고 제일 윗줄 붉은 칸에, '심학규 쌀 삼백 석'이라 적어 가지고 인사한 후 돌아갔다.

그런 뒤에 심 봉사는 화주승을 보내고 다시금 생각해 보니 시주쌀 삼백 석을 도저히 장만할 길이 없었다. 복을 빌려다가 도리어 죄를 얻게 되었느니 이 일을 어찌할 것인가. 이 설움 저 설움, 묵은 설움 햇설움이 동무 지어 일어나니 심 봉사가 견디지 못하여 울음을 운다.

"애고 애고, 내 팔자야. 망녕할사 내 일이야. 하느님이 공평하사 후하고 박함이 없건마는, 무슨 일로 맹인 되어 형세조차 가난하고, 일월같이 밝은 것을 분별할 길 전혀 없고, 처자 같은 친한 사람 대하여도 못 보겠네. 우리 아내 살았다면 끼니 근심 없을 것을, 다 커가는 딸자식을 온 동네에 내놓아서

품을 팔고 밥을 빌어 근근히 살아가는 형편에 공양미 삼백 석을 호기 있게 적어 놓고 백 가지로 생각한들 방법이 없구나. 빈 단지를 기울인들 한 되 곡식 되지 않고, 장롱을 뒤져 본들 한 푼 돈이 어디 있나. 오두막 집 팔자 한들 비바람 못 피하니 살 사람이 뉘 있으리. 내 몸을 팔자 하니 한 푼 돈도 싸지 않아 내라도 안 사겠네. 어떤 사람 팔자 좋아 눈과 귀가 완전하고 손발이 다 성하며, 부부가 해로하고 자손이 그득하며 곡식이 그득하고 재물이 쌓여 있어 써도 써도 못다 쓰고 아쉬운 것 없건마는, 애고 애고, 내 팔자야. 나 같은 이 또 있는가? 앉은뱅이 곱사등이는 서럽다 하더라도 부모처자 바로 보고, 말 못하는 벙어리가 서럽다 하더라도 천지 만물 볼 수 있네."

한창 이렇게 탄식할 때, 심청이 바삐 돌아와서 아버지 모습 보고 깜짝 놀라 발을 구르면서 온 몸을 두루 만지며,

"아버지 이게 웬일이어요? 나를 찾아 나오시다가 이런 욕을 보셨나요, 이웃집에 가셨다가 이런 봉변 당하셨나요? 춥긴들 오죽하며 분함인들 오죽하겠어요. 승상 댁 노부인이 굳이 잡고 만류하여 하다 보니 늦었어요."

승상 댁 시비 불러 부엌에 있는 나무로 불 좀 지펴 달라 부탁하고, 치마 폭을 거듬거듬 걷어잡고 눈물 흔적 씻으면서,

"진지를 잡수셔요, 더운 진지 가져왔으니. 국을 먼저 잡수셔요."
하며 아버지 손을 끌어 가리킨다.

"이것은 김치고, 이것은 자반[12]이어요."

그러나 심 봉사는 얼굴 가득 근심 띤 빛으로 밥 먹을 뜻이 조금도 없었다. 심청이 걱정되어 물었다.

12_**자반**: 물고기를 소금에 절인 반찬

"아버지, 웬일이어요? 어디 아파 그러신가요, 더디 왔다고 화가 나서 그러신가요?"

"아니다. 너 알아 쓸데없다."

"아버지, 그게 무슨 말씀이어요? 부자간 천륜이야 무슨 허물 있겠어요? 아버지는 저만 믿고 저는 아버지만 믿어 크고 작은 일을 의논해 왔는데 오늘날 말씀이, '너 알아 쓸데없다.' 하시니, 부모 근심은 곧 자식의 근심인데. 제 아무리 불효한들 말씀을 아니 하시니 제 마음에 섭섭하네요."

심 봉사가 그제야 말하기를,

"내가 무슨 일로 너를 속이랴만, 네가 알게 되면 지극한 너의 마음 걱정만 되겠기로 말하지 못하였다. 아아, 너를 기다리다 저물도록 안 오기에 하도 갑갑하여 너를 찾아 나가다가 한 길이 넘는 개천에 빠져서 거의 죽게 되었는데, 뜻밖에 몽운사 화주승이 나를 건져 살려 놓고 하는 말이, '공양미 삼백 석을 진심으로 시주하면 생전에 눈을 떠서 천지 만물 보리라.' 하더구나. 나를 무시하기에 홧김에 약속했으나, 중을 보내고 생각하니, 한 푼 돈 한 톨 쌀이 없는 터에 삼백 석이 어디서 난단 말이냐? 도리어 후회로구나."

심청이 그 말을 반갑게 듣고 아버지를 위로한다.

"아버지 걱정 마시고 진지나 잡수셔요. 후회하면 진심이 못 되옵니다. 아버지 눈을 떠서 천지 만물 보신다면 공양미 삼백 석을 어떻게 해서든지 준비하여 몽운사로 올리지요."

"네가 아무리 애를 쓴들 이런 어려운 형편에 어찌 할 수 있겠느냐?"

심청이 여쭙기를,

13_**왕상(王祥)**: 중국 진(晉)나라 때의 효자
14_**곽거(郭巨)**: 중국 후한(後漢) 때의 효자

"옛날 왕상(王祥)[13]이란 사람은 얼음 깨서 잉어를 얻었고, 곽거(郭巨)[14]라 하는 사람은 부모 반찬 해 놓으면 제 자식이 상머리에 앉아 집어먹는다고 그 자식을 산 채로 묻으려 하다가 금 항아리를 얻어 부모를 봉양했다 합니다. 제 효성이 비록 옛 사람만 못하지만 지성이면 감천이라 하니, 공양미는 얻을 길이 있을 테니 깊이 근심 마셔요."

하며 여러 가지 말로 위로하고, 그날부터 목욕재계하여 몸을 깨끗이 하며, 집을 청소하고 뒤꼍에 단을 쌓아, 밤이 깊어 사방이 고요할 때 등불을 밝혀 놓고 정화수[15] 한 그릇을 떠 놓고 북쪽을 향하여 빌었다.

"아무 달 아무 날에 심청은 삼가 두 번 절하고 비옵나이다. 천지 일월성 신이며 하지후토 산영성황 오방강신 하백이며, 제일에 석가여래 삼금강 칠 보살 팔부신장 십왕성군 강림도령 차례로 굽어보옵소서. 하느님이 만드신 해와 달은 사람에게는 눈과 같사옵니다. 해와 달이 없사오면 무슨 분별하겠 습니까? 저의 아비 무자생[16]으로 삼십 안에 눈이 어두워 사물을 못 보오니 아비 허물을 제 몸으로 대신하옵고 아비 눈을 밝혀 주옵소서."

심청이 이렇게 빌기를 계속하던 중에, 하루는 남경 장사 뱃사람들이 열 다섯 살 난 처녀를 사려 한다는 말을 들었다. 심청이 그 말을 반겨 듣고 귀 덕어미를 사이에 넣어 사람 사려 하는 까닭을 물으니,

"우리는 남경 뱃사람으로 인당수[17]를 지나갈 제 제물로 제사하면 끝없는 너른 바다를 무사히 건너고 수만 금 이익을 얻을 수 있다 하기로, 몸을 팔려

15_**정화수** : 井華水. 이른 새벽에 길은 우물물. 정성을 빌거나 약을 달이는 데 씀.
16_**무자생** : 무자년(戊子年)에 태어남.
17_**인당수** : 印塘水. 서해 바다를 건너다니며 중국과 교역하던 장사치들로 미루어 서해의 어느 한 곳으로 추정됨.

하는 처녀가 있으면 값을 아끼지 않겠습니다."

하기에 심청이 반겨 듣고 뱃사람들에게 말하였다.

　"나는 이 동네 사람인데, 우리 아버지가 앞을 못 보셔서 공양미 삼백 석을 지성으로 불공하면 눈을 뜰 수 있다 하나, 집안 형편이 어려워 장만할 길이 전혀 없어 내 몸을 팔려 하니 나를 사 가는 것이 어떠하실는지요?"

　뱃사람들이 이 말을 듣고,

　"효성이 지극하나 가련하군요."

하며 허락한 후, 즉시 쌀 삼백 석을 몽운사로 날라다 주면서,

　"오는 삼월 보름날에 배가 떠나기로 되어 있습니다."

하고 갔다. 심청이 집에 돌아와 아버지께 여쭙기를,

　"공양미 삼백 석을 이미 실어다 주었으니, 이제는 근심치 마셔요."

하니 심 봉사는 깜짝 놀라면서 물었다.

　"너, 그 말이 웬 말이냐?"

　심청이는 타고난 효녀라 어찌 아버지를 속이랴마는, 어찌할 수 없는 형편이라 잠깐 거짓말로 속여 대답했다.

　"장승상 댁 노부인이 달포 전에 저를 수양딸로 삼으려 하셨는데 차마 허락지 않았습니다. 그러나 지금 형편으로는 공양미 삼백 석을 장만할 길이 전혀 없기로 이 사연을 노부인께 말씀드렸더니, 쌀 삼백 석을 내어주시기에 수양딸로 팔리기로 했습니다."

　심 봉사는 물색[18]도 모르면서 이 말만 반겨 듣고 좋아하였다.

　"그렇다면 고맙구나. 그 부인은 한 나라 재상의 부인이라 아마도 다르리

18_**물색** : 物色. 일의 까닭이나 형편

라. 복을 많이 받겠구나. 저러하기에 그 아들 삼형제가 벼슬길에 나아갔나 보구나. 그나저나 양반의 자식으로 몸을 팔았단 말이 듣기에 이상하다마는 장승상 댁 수양딸로 팔린 거야 어떻겠느냐. 언제 가느냐?"

"다음 달 보름날에 데려간다 합디다."

"어허, 그 일 매우 잘 되었다."

심청이 그날부터 곰곰 생각하니, 눈 어두운 백발 아비 영원히 이별하고 죽을 일과 사람이 세상에 나서 열다섯 살에 죽을 일이 정신이 아득하고 일에도 뜻이 없어 식음을 전폐하고 근심으로 지내다가, 다시금 '엎질러진 물이요, 쏘아 논 화살이다.'라고 생각하였다.

그리고 떠나는 날이 점점 가까워오니, '이러다간 안 되겠다. 내가 살았을 대 아버지 의복 빨래나 해 두리라.' 마음먹고, 춘추 의복 상침 겹것, 하절 의복 한삼 고의 박아 지어 들여놓고, 동절 의복 솜을 넣어 보에 싸서 농에 넣고, 청목으로 갓끈 접어 갓에 달아 벽에 걸고, 망건 꾸며 당줄 달아 걸어 두고, 배 떠날 날을 헤아리니 겨우 하룻밤이 남아 있었다.

밤은 깊어 삼경[19]이라 은하수는 기울어졌는데, 촛불을 대하여 두 무릎을 마주 꿇고 머리를 숙이고 한숨을 길게 쉬니, 아무리 효녀라도 마음이 온전할 리 없었다. '아버지 버선이나 마지막으로 지으리라.' 하고 바늘에 실을 꿰어 들었으나, 가슴이 답답하고 두 눈이 침침하고, 정신이 아득하여 하염없는 울음이 가슴 속에서 솟아나니, 아버지가 깰까 하여 크게 울지도 못하고 흐느끼며 아버지의 얼굴도 대어보고 손발도 만져보는 것이었다.

19_**삼경** : 三更. 오후 11시부터 오전 1시 사이

"날 볼 날이 몇 밤인가? 내가 한번 죽어지면 누굴 믿고 사실까? 애달프다, 우리 아버지. 내가 철을 알고 나서 밥 빌기를 놓으시더니, 내일부터라도 동네거지 되겠으니 눈치인들 오죽하며 멸시인들 오죽할까. 무슨 험한 팔자로서 초칠일 안에 어머니 죽고 아버지조차 이별하니 이런 일도 또 있을까? 저문 날에 구름 일 때 소통국[20]의 모자 이별, 수유꽃 꽃놀이에 근심하던 용산[21]의 형제 이별, 타향살이 설워하던 위성[22]의 친구 이별, 전쟁터에 님을 보낸 오희월녀[23] 부부 이별, 이런 이별 많건마는, 살아서 당한 이별이야 소식 들을 날이 있고 만날 날이 있건마는, 우리 부녀 이별이야 어느 날에 소식 알며 어느 때에 또 만날까. 돌아가신 어머니는 황천으로 가 계시고 나는 이제 죽게 되면 수궁으로 갈 것이니, 수궁에서 황천 가기 몇 만 리, 몇 천 리나 되는고? 모녀 상면하려 한들 어머니가 나를 어찌 알며, 내가 어찌 어머니를 알리오. 묻고 물어 찾아가서 모녀 상면하는 날에 응당 아버지 소식을 물으실 테니 무슨 말씀으로 대답하리. 오늘밤 새벽 때를 함지에다 머물게 하고, 내일 아침 돋는 해를 부상에다 매어두면 가련하신 우리 아버지 좀더 모셔 보련마는, 날이 가고 달이 가니 뉘라서 막을쏘냐. 애고 애고, 설운지고."

하늘과 땅이 사람의 사정을 봐 줄 리 없어 이윽고 새벽닭이 우니 심청이 어찌할 수 없어 슬피 운다.

"닭아, 닭아, 우지 마라. 제발 덕분에 우지 마라. 반야 진관에서 닭 울음 기다리던 맹상군(孟嘗君)이 아니로다. 네가 울면 날이 새고, 날이 새면 나

20_**소통국** : 蘇通國. 중국 한나라 소무의 아들. 흉노족 출신의 모친과 헤어짐.
21_**용산** : 龍山. 산 이름
22_**위성** : 渭城. 당나라 사람들이 송별(送別)하던 곳
23_**오희월녀** : 吳姬越女. 오나라, 월나라의 미인

죽는다. 나 죽기는 서럽지 않아도 의지할 데 없는 우리 아버지 어찌 잊고 가잔 말이냐?"

[후략]

〈직지프로젝트, '심청전(완판본), 상권' 참조〉

「심청전」을 다 읽으셨나요?

그러면 작품의 내용을 생각하면서 이 소설의 인물, 사건, 배경 등 여러 요소들에 대한
자신만의 마인드맵을 그려 보세요~!

심청전

줄거리

송나라 말년 황주 도화동이란 곳에 살던 심학규라는 봉사와 곽 씨 부인은 지성으로 불공을 드린 끝에 딸 심청을 낳았으나 곽 씨 부인은 칠 일 만에 죽고 만다. 마을 사람들의 도움으로 심청은 잔병 없이 성장하여 인물과 효행이 인근에 자자할 정도였으며, 열다섯 살이 되어서는 길쌈과 삯바느질로 아버지를 극진히 공양한다.

어느 날 이웃집에 갔다가 늦어지는 심청을 찾아 나선 심 봉사는 실족하여 웅덩이에 빠지는데, 마침 그곳을 지나던 몽은사 화주승이 그를 구해주고 공양미 삼백 석을 시주하면 눈을 뜰 수 있다고 하자, 심 봉사는 생각 없이 공양미 삼백 석을 시주하겠노라고 서약한다. 심 봉사의 고민을 알게 된 심청은 남경 상인들에게 몸을 팔고 그 대가로 받은 공양미 삼백 석을 몽은사에 시주한다.

심청은 행선 날이 되어서야 아버지에게 사실을 고하며 하직 인사를 하는데, 뒤늦게 전후 사정을 알게 된 심 봉사는 통곡하며 실신한다. 남경 상인들의 배를 타고 인당수에 당도한 심청은 마지막으로 아버지를 걱정하면서 바다에 뛰어든다.

심청은 용궁에서 꿈에도 그리던 어머니를 만나게 되며, 연꽃 속에 들어가 다시 인간 세상으로 돌아온다. 남경 상인들이 연꽃을 송나라 천자에게 바치고 천자는 연꽃 속에서 나온 심청을 아내로 맞이한다. 황후가 된 심청은 아버지를 찾기 위해 맹인 잔치를 벌이게 되는데, 심 봉사는 잔치 소문을 듣고 황성으로 향한다. 온갖 우여곡절 끝에 상경한 심 봉사는 맹인 잔치에서 황후가 된 심청을 만나 크게 감격하여 눈을 뜨게 된다.

주제

인과응보
부모에 대한 지극한 효성

- **등장인물**
  - **심청** : 효성이 지극하고 희생정신이 강한 유교적 인물
  - **심학규** : 심청의 부친으로 부성애가 강하나 사리판단이 부족한 인물
  - **뺑덕어미** : 심학규의 후처로 행실이 좋지 못한 인물
  - **선인들** : 처녀를 제물로 쓰는 데 대한 죄책감이 있는 보통사람들
- **갈래**-고전 소설(판소리계 소설, 도덕 소설)
- **배경**-송나라 말기의 황주 도화동
- **성격**-교훈적, 비현실적, 불교적, 도교적
- **출전**-「심청전」(완판본)

모범답→ p. 272

1. 이 글을 읽은 감상으로 알맞지 **않은** 것은? ( )
   ① 화주승은 너무 자신의 욕심만 생각한 것 같아.
   ② 부모님에 대한 효도는 시대를 초월하는 것이야.
   ③ 심 봉사는 생각이 깊지 못한 인물이라고 생각해.
   ④ 늙은 부모 때문에 자신을 희생하는 건 어리석어.
   ⑤ 오늘날엔 개인의 가난도 사회적 문제로 풀어야 해.

2. 이 글에 나타난 고유의 민간 신앙에는 어떤 것들이 있을까요?

....

....

....

12

홍길동전(洪吉童傳)

 허균 (許筠, 1569~1618)

허균 許筠

1569~1618

조선시대 중기의 대표적인 문장가, 사상가, 개혁가로서 자는 단보(端甫),
호는 교산(蛟山)임. 1594년 문과에 급제한 이래 문장으로 이름을 떨쳤으나,
1617년 좌참찬에 올랐는데 이듬해 역모를 꾀했다는 혐의를 받고 처형당함.
시와 산문, 평에 두루 능하였고, 자유분방한 기질의 소유자임.

연보

- 1569년 선조3년 강릉에서 허엽의 셋째 아들로 출생
- 1585년 선조18년 초시에 급제, 김대섭의 차녀와 혼인
- 1592년 임진왜란의 전란 도중 아내와 첫아들 사망
- 1594년 선조 27년 정시문과의 을과에 급제
- 1599년 3월 병조좌랑을 거쳐 그해 5월 황해도 도사
- 1601년 선조 34년 충청·전라 지방 전운판관으로 부임
- 1610년 광해군 2년 전라북도 익산군 함열에 유배
- 1612년 한글 소설인 '홍길동전' 저술
- 1617년 12월 의정부좌참찬, 우참찬 역임
- 1618년 8월 24일 역모 혐의로 한성부에서 능지처참됨.

❶ 허균은 적서차별의 부당함과 부패관료를 규탄하는 글을 여러 편 남겨 사회비판적인 의식을 보여주었으며, 각 분야의 논설을 통해 당시 조정과 사회의 모순을 비판하고 개혁방안을 제시했다. 내정개혁을 주장한 그의 이론은 백성들의 복리증진을 정치의 최종목표로 삼아야 한다는 것이었다.

❷ 허균은 적자와 서자 모두에게 공평하고 균등한 기회를 부여해야 된다고 생각하였으며, 학문의 기본을 유학에 두고 있었으나 이단으로 지목되던 불교, 도교와 노장사상에 대하여도 사상적으로 깊이 빠져들었다. 그는 유교 이외의 사상에서도 답을 찾을 수 있다고 주장하였다.

주요 작품들

교산시화(蛟山詩話)	성소부부고(惺所覆瓿藁)
성수시화(惺叟詩話)	학산초담(鶴山樵談)
도문대작(屠門大爵)	한년참기(旱年讖記)
한정록(閑情錄)	국조시산(國朝詩刪)

준비 "읽기 전에 알아두자."

'홍길동전'은 조선 광해군 때 좌참찬을 지내다가 반역죄로 능지처참된 허균이 지은 소설입니다. 중국소설 '수호전' 등에서 영향을 받아 임진왜란 이후 조선의 사회제도의 결함, 특히 적서의 신분 차이를 타파하고 부패한 정치를 개혁하려는 작가의 혁명사상을 작품화한 것이지요. 이 작품은 '금오신화'(김시습)의 현실주의 경향, 강한 사회 비판 성격, 진보적인 역사의식을 이어받아, 후대 박지원의 소설과 판소리계 소설 등으로 이어주는 구실을 했다는 점에서 매우 중요한 평가를 받고 있기도 합니다.

집중 "이것만은 꼭 생각하며 읽자."

이 작품은 홍길동이 적서 차별과 같은 봉건 시대의 여러 모순에 저항하며 활빈당을 이끌어 조정과 대결하고 율도국을 건설하는 내용의 대표적인 영웅 소설입니다. 임진왜란 이후 문란했던 정치와 사회상을 반영하고 서민의 고발 의식을 수용한 점과 영웅의 일생이 전형적으로 그려져 있다는 점에서 우리 문학사에서 매우 중요한 의의를 갖고 있지요. 홍길동의 행동은 왜 정당한지, 혹은 어떤 점에서 비판받아야 하는지 생각하면서 읽어 보세요.

홍길동전(洪吉童傳)

-
-
-

조선조 세종 때에 한 재상이 있었으니, 성은 홍씨요, 이름은 아무였다. 대대 명문거족[1]의 후예로서 어린 나이에 급제해 벼슬이 이조판서에까지 이르렀다. 물망[2]이 조야[3]에 으뜸인데다 충효까지 갖추어 그 이름을 온 나라에 떨쳤다. 일찍 두 아들을 두었는데, 하나는 이름이 인형(仁衡)으로 본처 유 씨가 낳은 아들이고, 다른 하나는 이름이 길동(吉童)으로 시비[4] 춘섬이 낳은 아들이었다.

홍 판서는 길동을 낳기 전에 한 꿈을 꾸었다. 갑자기 우레와 벽력이 진동하며 청룡이 수염을 거꾸로 하고 공(公)을 향하여 달려들기에, 놀라 깨니 한 바탕 꿈이었다. 마음속으로 크게 기뻐하여 생각하기를, '내 이제 용꿈을 꾸었으니 반드시 귀한 자식을 낳으리라.' 하고, 즉시 내당으로 들어가니, 부인 유 씨가 일어나 맞이하였다. 공은 기꺼이 그 고운 손을 잡고 바로 관계하고자 하였으나, 부인은 정색을 하고 말했다.

"상공께서는 위신을 돌아보지도 않은 채 어리고 경박한 사람의 비루한

1_ **명문거족** : 名門巨族. 이름난 집안과 크게 번창한 집안
2_ **물망** : 物望. 여러 사람이 인정하거나 우러러보는 명망(名望)
3_ **조야** : 朝野. 조정과 재야
4_ **시비** : 侍婢. 곁에서 시중드는 여자 종

행위를 하고자 하시니, 첩은 따르지 않겠습니다."

하며 말을 마치고는 손을 떨치고 나가 버렸다. 공은 몹시 무안하여 화를 참지 못하고 외당으로 나와 부인의 지혜롭지 못함을 한탄하였다.

그때 마침 시비 춘섬이 차를 올리기에, 그 고요한 분위기를 틈타 춘섬을 이끌고 곁방에 들어가 바로 관계하였다. 그 무렵 춘섬의 나이는 열여덟이었는데, 한번 몸을 허락한 후에는 문 밖에 나가지 아니하고 타인과 접촉할 마음도 먹지 않기에, 공이 기특하게 여겨 애첩으로 삼았다.

과연 그달부터 태기가 있더니 열 달 만에 옥동자 하나를 낳았는데, 생김새가 비범하여 실로 영웅호걸의 기상이었다. 공은 한편으로 기뻐하면서도 부인의 몸에서 태어나지 못한 것을 안타깝게 여겼다.

길동이 점점 자라 여덟 살이 되자, 총명하기가 보통이 넘어 하나를 들으면 백 가지를 알 정도였다. 그래서 공은 더욱 귀여워하면서도 출생이 천해, 길동이 늘 아버지니 형이니 하고 부르면 즉시 꾸짖어 그렇게 부르지 못하게 하였다. 길동은 열 살이 넘도록 감히 부형을 부르지 못하고, 종들로부터 천대받는 것을 뼈에 사무치게 한탄하면서 마음 둘 바를 몰랐다.

"대장부가 세상에 나서 공맹[5]을 본받지 못할 바에야, 차라리 병법이라도 익혀 대장인[6]을 허리춤에 비스듬히 차고 동정서벌[7]하여 나라에 큰 공을 세우고 이름을 만대에 빛내는 것이 장부의 통쾌한 일이 아니겠는가. 어찌하여 내 한 몸이 적막하고, 부형이 있는데도 아버지를 아버지라 부르지 못하고

5_**공맹**: 孔孟. 공자와 맹자
6_**대장인**: 大將印. 장수가 차던 병부의 신표
7_**동정서벌**: 東征西伐. 여러 나라를 이리저리 정벌함.

형을 형이라 부르지 못하니 심장이 터질 것만 같구나. 이 어찌 통탄할 일이 아니겠는가!"

하고, 말을 마치며 뜰에 내려와 검술을 익히고 있었다.

그때 마침 공이 또한 달빛을 구경하다가 길동이 서성거리는 것을 보고 즉시 불러 물었다.

"너는 무슨 흥이 있어서 밤이 깊도록 잠을 자지 않느냐?"

길동은 공경하는 자세로 대답했다.

"소인은 마침 달빛을 즐기는 중입니다. 그런데, 만물이 생겨날 때부터 오직 사람이 귀한 존재인 줄 아옵니다만, 소인에게는 귀함이 없사오니, 어찌 사람이라 하겠습니까?"

공은 그 말의 뜻을 짐작은 했지만, 일부러 책망하는 체하며,

"네 무슨 말이냐?"

했다. 길동이 절하고 말씀드리기를,

"소인이 평생 설워하는 바는, 소인이 대감 정기를 받아 당당한 남자로 태어났고, 또 낳아 길러 주신 부모님의 은혜를 입었음에도 불구하고, 아버지를 아버지라 못하옵고, 형을 형이라 못하오니, 어찌 사람이라 하겠습니까?"

하고, 눈물을 흘리며 적삼을 적셨다. 공이 듣고 나자 비록 불쌍하다는 생각은 들었으나, 그 마음을 위로하면 마음이 방자해질까 염려되어 크게 꾸짖어 말했다.

"재상 집안에 천한 종의 몸에서 태어난 자식이 너뿐이 아닌데, 네가 어찌 이다지 방자하냐? 앞으로 다시 이런 말을 하면 내 눈앞에 서지도 못하게 하겠다."

이렇게 꾸짖으니 길동은 감히 한 마디도 더 하지 못하고, 다만 엎드려 눈물을 흘릴 뿐이었다. 공이 물러가라 하자, 그제서야 길동은 침소로 돌아와

슬퍼해마지 않았다. 길동이 본래 재주가 뛰어나고 도량이 활달한지라 마음을 가라앉히지 못해 밤이면 잠을 이루지 못하곤 했다.

하루는 길동이 어미 침소에 가 울면서 아뢰었다.

"소자가 모친과 더불어 전생 연분이 중하여, 금세에 모자가 되었으니, 그 은혜가 지극하옵니다. 그러나 소자의 팔자가 기박하여 천한 몸이 되었으니 품은 한이 깊사옵니다. 장부가 세상에 살면서 남의 천대를 받음이 불가한지라, 소자는 자연히 설움을 억제하지 못하여 모친 슬하를 떠나려 하오니, 엎드려 바라건대 모친께서는 소자를 염려하지 마시고 귀체를 잘 돌보십시오."

그 어미가 듣고 나서 크게 놀라 말했다.

"재상가의 천생이 너뿐이 아닌데, 어찌 마음을 좁게 먹어 어미 간장을 태우느냐?"

길동이 대답했다.

"옛날, 장충의 아들 길산(吉山)[8]은 천생이지만 열세 살에 그 어미와 이별하고 운봉산에 들어가 도를 닦아 아름다운 이름을 후세에 전하였습니다. 소자도 그를 본받아 세상을 벗어나려 하오니, 모친은 안심하고 후일을 기다리십시오. 근간에 곡산댁의 눈치를 보니 상공의 사랑을 잃을까 하여 우리 모자를 원수같이 알고 있습니다. 큰 화를 입을까 하오니 모친께서는 소자가 나감을 염려하지 마십시오."

하니, 그 어머니 또한 슬퍼하였다.

원래 곡산댁은 곡산 지방의 기생으로 상공의 첩이 되었던 것인데, 이름은 초란이었다. 아주 교만하고 자기 마음에 맞지 않으면 공에게 고자질을 하기에,

---

8_**길산**: 장길산(張吉山). 조선 숙종 때 해서(海西)지방의 구월산(九月山)을 중심으로 전국적으로 활동한 도둑의 우두머리

집안에 폐단이 무수하였다. 자신은 아들이 없는데 춘섬은 길동을 낳아 상공으로부터 늘 귀여움을 받게 되자, 속으로 불쾌하여 길동을 없애 버릴 마음만 먹고 있었다.

하루는 초란이 흉계를 꾸미고 무녀를 청하여 말하기를,

"내가 편안하게 살려면 길동을 없애는 방법밖에는 없다. 만일 나의 소원을 이루어 주면 그 은혜를 후하게 갚겠다."

고 하니, 무녀가 듣고 기뻐서 대답했다.

"지금 흥인문 밖에 일류 관상녀가 있는데, 사람의 상을 한번 보면 전후 길흉을 판단합니다. 그 사람을 청하여 소원을 자세하게 말하고, 공께 소개하여 그녀로 하여금 전후사를 자신이 본 듯이 이야기하게 하면, 공이 속아 넘어가 길동을 없애고자 할 것이니, 그때를 틈타 이리이리하면 어찌 묘한 방법이 아니겠습니까?"

이에 초란이 크게 기뻐서 먼저 은돈 오십 냥을 주고 관상녀를 청해 오도록 하자, 무녀가 하직하고 갔다.

이튿날 공이 내실에 들어와 부인과 더불어 길동이 비범함을 화제로 이야기하면서 다만 신분이 천함을 안타까워하고 있던 중, 문득 한 여자가 들어와 마루 아래서 인사를 하기에, 공이 이상하게 여겨 물었다.

"그대는 어떠한 여자인데 무슨 일로 왔소?"

그 여자가 말했다.

"소인은 관상 보는 사람이온데, 우연히 상공 댁에 이르렀습니다."

공이 이 말을 듣고 길동의 장래를 알고 싶어 즉시 길동을 불러서 보이니, 관상녀가 이윽히 보다가 놀라 말하기를,

"이 공자의 상을 보니 천고 영웅이요 일대 호걸이지만, 지체가 부족하니 다른 염려는 없을 듯합니다."

하고는 말을 하고자 하다가 주저하기에, 공과 부인이 크게 의심이 나서 말했다.

"무슨 말인지 바른 대로 이르라."

관상녀가 마지 못하는 체하며 주위 사람들을 내보내고 말했다.

"공자의 상을 보니, 가슴 속에 조화가 무궁하고 미간에 산천 정기가 영롱하오니 실로 왕이 될 기상입니다. 장성하면 장차 온 집안이 멸망하는 화를 당할 것이오니, 상공께서는 유념하십시오."

공이 듣고 나서 놀란 나머지 한참 동안이나 묵묵히 있다가 마음을 진정시키고 이르기를,

"사람의 팔자는 피하기 어려운 것이니, 너는 이런 말을 누설하지 말라."

당부하고는, 돈푼이나 주어 보내었다.

그 후로는 공이 길동을 산에 있는 정자에 머물게 하고 행동 하나하나를 엄격하게 감시했다. 길동은 이런 일을 당하자 설움이 더욱 북받쳤지만 어쩔 수가 없어 육도삼략이라는 병법과 천문지리를 공부하고 있었다. 공이 이 사실을 알고는 크게 근심하여 말했다.

"이 놈이 본래 재주가 있으니, 만일 과분한 마음을 품게 되면 관상녀의 말과 같을 것이니, 이를 장차 어찌하랴?"

이때 초란이 무녀와 관상녀와 내통하여 공을 놀라게 하고는 길동을 없애고자 거금을 들여 자객[9]을 매수했는데, 그 이름은 특재였다. 초란은 특재에게 전후 내막을 자세히 일러 주고는 공에게 가서 아뢰었다.

9_**자객**: 刺客. (어떤 음모에 가담하거나 남의 사주를 받고) 사람을 몰래 찔러 죽이는 사람

"며칠 전 관상녀가 아는 일이 귀신 같으니, 길동의 앞일을 어떻게 처리하려 하십니까? 저도 놀랍고 두려우니 일찍 길동을 없애 버리는 것이 나을 듯 하옵니다."

공은 이 말을 듣고 눈썹을 찡그리면서,

"이 일은 내 손바닥 안에 있으니, 너는 번거롭게 굴지 말라."

하고 물리치기는 했으나, 자연히 마음이 어지러워 밤이면 잠을 이루지 못해 병이 나고 말았다.

부인과 좌랑 인형이 크게 근심이 되어 어쩔 줄을 모르고 있는데, 초란이 곁에서 모시고 있다가 아뢰었다.

"상공의 병환이 위중하심은 길동으로 인한 것입니다. 저의 좁은 소견 으로는 길동을 죽여 없애면 상공의 병환도 완쾌되실 뿐 아니라, 가문도 보존할 것이온데, 어찌 이 점을 생각하지 않으시는지요?"

부인이 이르기를,

"아무리 그렇다 한들 천륜이 지중한데 차마 어찌 그런 짓을 하겠나."

고 하자, 초란이 말했다.

"듣자오니 특재라는 자객이 있는데, 사람 죽이기를 주머니 속의 물건 잡듯이 한답니다. 그에게 거금을 주고 밤에 들어가 해치게 하면 상공이 아셔도 어쩔 수 없을 것이오니, 부인은 재삼 생각하십시오."

부인과 좌랑이 눈물을 흘리면서 말했다.

"이는 차마 못할 바이로되, 첫째는 나라를 위함이요, 둘째는 상공을 위함이며, 셋째는 홍씨 가문을 보존하기 위함이니, 너의 생각대로 하려무나."

그러자 초란이 크게 기뻐하면서 다시 특재를 불러 사정을 자세히 이야기 하고, 오늘 밤에 급히 행하라 하니 특재가 그렇게 하겠다 하고, 밤이 되기를 기다렸다.

　한편, 길동은 그 원통한 일을 생각하니 잠시를 머물지 못할 바이지만, 상공의 엄령[10]이 지중하므로 어쩔 수가 없어 밤마다 잠을 설치고 있었다.

　그런데 그날 밤, 촛불을 밝혀 놓고 주역[11]을 골똘히 읽고 있는데 까마귀가 세 번 울고 갔다. 길동은 이상한 예감이 들어 혼잣말로,

　"저 짐승은 본래 밤을 꺼리는데, 이제 울고 가니 매우 불길하구나."

하면서 잠시 주역의 팔괘로 점을 쳐보고는, 크게 놀라 책상을 밀치고 둔갑법[12]으로 몸을 숨긴 채 동정을 살피고 있었다.

　사경쯤 되자 한 사람이 비수를 들고 천천히 방문으로 들어왔다. 길동이 급히 몸을 감추고 주문을 외니, 갑자기 한 줄기 음산한 바람이 일어나면서 집은 간 데 없고 첩첩산중에 풍경이 굉장하였다. 크게 놀란 특재는 길동의 조화가 무궁한 줄 알고 비수를 감추며 피하고자 했으나, 갑자기 길이 끊어지면서 층암절벽이 가로막자 오도 가도 못하는 처지가 되었다. 사방으로 방황하다가 피리 소리를 듣고서야 정신을 차리고 살펴보니, 한 소년이 나귀를 타고 오며 피리 불기를 그치고 꾸짖었다.

　"너는 무엇 때문에 나를 죽이려 하는가? 무죄한 사람을 해치면 어찌 천벌이 없으랴?"

　하고 주문을 외니, 홀연히 검은 구름이 일어나며 큰 비가 물을 퍼붓듯이 쏟아지고 모래와 자갈이 날리었다. 특재가 정신을 가다듬고 살펴보니 길동이었다. 재주가 대단하다고는 여기면서도 '어찌 나를 대적하리오.' 하고 달려

10_**엄령** : 嚴令. 엄한 명령
11_**주역** : 周易. 유교의 경전 중 3경(三經)의 하나인 『역경(易經)』
12_**둔갑법** : 遁甲法. 술법을 써서 마음대로 자기 몸을 감추거나 다른 것으로 변하게 하는 법

들면서 소리쳤다.

"너는 죽어도 나를 원망하지 말라. 초란이 무녀와 상녀로 하여금 상공과 의논하게 하고 너를 죽이려 한 것이니, 어찌 나를 원망하랴."

칼을 들고 달려드는 특재를 보자, 길동은 분함을 참지 못해 요술로 특재의 칼을 빼앗아 들고 호통을 쳤다.

"네가 재물을 탐내어 사람 죽이기를 좋아하니 너같이 무도한 놈은 죽여서 후환을 없애겠다."

하고 칼을 드니, 특재의 머리가 방 가운데 떨어졌다. 길동은 분노를 이기지 못해 그날 밤에 바로 관상녀를 잡아 와 특재가 죽어 있는 방에 들이쳐 박고 꾸짖기를,

"네가 나와 무슨 원수 졌다고 초란과 짜고 나를 죽이려 했나?"

하고 칼로 치니, 처참하기 그지없었다.

이때 길동이 두 사람을 죽이고 하늘을 살펴보니, 은하수는 서쪽으로 기울어지고 달빛은 희미하여 마음은 더욱 울적해졌다. 분통이 터져 초란마저 죽이고자 하다가 상공이 사랑하는 여자라는 데 생각이 미치자, 칼을 던지고 달아나 목숨이나 건지기로 마음먹었다. 바로 상공 침소에 가 하직 인사를 올리고자 하는데, 마침 공도 창밖의 인기척을 듣고서 창문을 열고 살폈다. 공은 길동임을 알고 불러 말했다.

"밤이 깊었거늘 네 어찌 자지 않고 이렇게 방황하느냐?"

길동은 땅에 엎드려 아뢰었다.

"소인이 일찍 부모님께서 낳아 길러 주신 은혜를 만분의 일이나마 갚을까 하였더니, 집안에 옳지 못한 사람이 있어 상공께 참소하고 소인을 죽이고자 하기에 겨우 목숨은 건졌으나 상공을 모실 길이 없기로 오늘 상공께 하직을

고하옵니다."

하기에, 공이 크게 놀라 물었다.

"너는 무슨 일이 있어서 어린아이가 집을 버리고 어디로 가겠다는 거냐?"

길동이 대답했다.

"날이 밝으면 자연히 아시게 되려니와, 소인의 신세는 뜬구름과 같사옵니다. 상공의 버린 자식이 어찌 갈 곳이 있겠습니까?"

길동이 두 줄기의 눈물을 감당하지 못해 말을 이루지 못하자, 공은 그 모습을 보고 불쌍한 마음이 들어 타일렀다.

"내가 너의 품은 한을 짐작하겠으니, 오늘부터는 아버지를 아버지라 부르고 형을 형이라 불러도 좋다."

길동이 절하고 아뢰었다.

"소자의 한 가닥 지극한 한을 아버지께서 풀어 주시니 죽어도 한이 없습니다. 엎드려 바라옵건대, 아버지께서는 만수무강하십시오."

이렇게 말하고 하직하니, 공이 붙잡지 못하고 다만 무사하기만을 당부하였다. 길동이 또 어머니 침소에 가서,

"소자는 지금 슬하를 떠나려 하오나 다시 모실 날이 있을 것이니, 모친은 그 사이 귀체를 아끼십시오."

하고 작별 인사를 하였다. 춘섬이 이 말을 듣고 무슨 까닭이 있음을 짐작하나 굳이 묻지는 않고 하직하는 아들의 손을 잡고 통곡하면서 말했다.

"네 어디로 가려 하느냐? 한 집에 있어도 거처하는 곳이 멀어 늘 보고 싶었는데, 이제 너를 정처 없이 보내고 어찌 잊으랴. 부디 쉬 돌아와 만나기를 바란다."

길동이 절하고 문을 나와 멀리 바라보니 첩첩한 산중에 구름만 자욱한데 정처 없이 길을 가니 어찌 가련치 않으랴.

한편, 초란은 특재의 소식이 없자 이상하다 싶어 사정을 알아보라 했더니, 길동은 간 데가 없고 특재와 관상녀의 시신만 방 안에 있더라고 했다. 이에 혼비백산[13]하여 급히 부인에게 알리니, 부인은 크게 놀라 좌랑을 불러 이 일을 이야기하고 상공에게도 알렸다. 이 소식에 접한 상공은 대경실색[14]하며 말했다.

"길동이 밤에 와 슬피 하직하기에 이상하다 여겼더니 결국 이런 일이 벌어졌구나."

이에 좌랑이 감히 숨기지 못하여 초란이 그동안에 한 일을 아뢰었더니, 공은 더욱 분노하여 초란을 내쫓고 슬그머니 그들의 시체를 없앤 후 종들을 불러 이런 말을 입 밖에 내지 말라고 당부하였다.

그 무렵 길동은 부모와 이별하고 정처 없이 떠돌다가 어떤 경치 좋은 곳에 이르렀다. 인가를 찾아 점점 들어가니 큰 바위 밑에 돌문이 닫혀 있었다. 가만히 그 문을 열고 들어가자 평원과 광야가 나타나는데, 거기에는 수백 호의 인가가 즐비하고 여러 사람이 모여 잔치를 하며 즐기고 있었다.

알고 보니 그곳은 도적의 소굴이었다. 한 사람이 길동을 보고 예사롭지 않다는 듯 반겨 말했다.

"그대는 어떤 사람이기에 이곳에 찾아 왔소? 이곳에는 영웅이 모여 있으나 아직 우두머리를 정하지 못하고 있으니, 그대가 만일 용력[15]이 있어 참여할 마음이 나면 저 돌을 들어 보시오."

13_ **혼비백산**: 魂飛魄散. 혼백이 날아 흩어지다. '몹시 놀라 어찌할 바를 모름'의 뜻
14_ **대경실색**: 大驚失色. 몹시 놀라 얼굴빛이 하얗게 변함.
15_ **용력**: 勇力. 용맹스러운 힘

길동이 이 말을 듣고 다행히 여겨 절하고 말했다.

"나는 경성 홍 판서의 서자[16] 길동인데, 집에서 천대받기가 싫어서 아무 데나 정처 없이 다니다가, 우연히 이곳에 들어왔소. 마침 모든 호걸들이 동료 되기를 바라니 대단히 감사하거니와, 장부가 어찌 저만한 돌 들기를 근심하리오."

하고, 그 돌을 들어 수십 보를 걷다가 던졌는데, 그 돌 무게는 천근이었다. 여러 도적들이 일시에 칭찬하기를,

"과연 장사로다. 우리 수천 명 중에 이 돌 드는 자가 없더니, 오늘 하늘이 도와 장군을 내려 주셨도다."

하고 길동을 윗자리에 앉힌 뒤, 차례로 술을 권하며 옛날 의례대로 흰말을 잡아 맹서하면서 언약을 굳게 맺었다. 이에 많은 사람들이 일시에 응낙하고 온 종일 즐기며 놀았다.

그 후 길동은 여러 사람과 더불어 무예를 연습해 수개월 안에 군법을 엄히 세웠다.

하루는 여러 사람들이 하나의 제의를 했다.

"우리가 벌써부터 합천 해인사(海印寺)[17]를 쳐 그 재물을 빼앗고자 하였으나 지략이 부족하여 실천에 옮기지 못했는데, 이제 장군님 의견은 어떠하신지요?"

길동은 웃으며,

"내가 장차 출동할 터이니 그대들은 내 지휘대로만 하라."

하고는 푸른 도포에 검은 띠를 두르고 나귀 등에 올랐다. 부하 몇 명도

16_**서자**：庶子. 첩의 몸에서 태어난 아들
17_**해인사**(海印寺)：합천군 가야면 가야산 남서쪽에 있는 사찰로 신라 애장왕 때 세워짐.

데리고 갔다.

"내가 그 절에 가서 동정을 살펴보고 오겠다."

하며 가는 뒷모습이 완연한[18] 재상가 자제였다.

길동이 그 절에 들어가 주지에게 먼저 말했다.

"나는 경성 홍 판서 댁 자제다. 이 절에 공부를 하려고 왔는데, 내일 백미 이십 석을 보낼 것이니 음식을 깨끗이 장만하라. 너희들과 함께 먹겠다."

하고는 절 안을 두루 살펴보며 뒷날을 기약하고 동구를 나오니, 모든 중들이 기뻐하였다.

길동이 돌아와 백미 수십 석을 보내고 부하들을 불러 놓고 말했다.

"내가 아무 날 그 절에 가 이리이리 할 것이니, 그대들은 뒤를 따라와 이리이리 하라."

그날이 다가와 부하 수십 명을 데리고 해인사에 이르렀더니, 중들이 맞이해 들어갔다. 길동이 노승을 불러,

"내가 보낸 쌀로 음식이 부족하지 않던가?"

하니 노승이,

"어찌 부족하겠습니까. 너무 황감[19]하였습니다."

고 하였다. 길동이 맨 윗자리에 앉아, 모든 중을 일제히 청해 각기 상을 받게 하고는 먼저 술을 마시며 차례로 권하니, 모든 중이 황감해 하였다. 길동이 상을 받고 먹다가 모래를 슬그머니 입에 넣고 깨무니 소리가 크게 났다. 중들이 듣고 놀라 사과를 했지만 길동은 일부러 화를 내어 꾸짖었다.

"너희들이 음식을 어찌 이다지 깨끗하지 않게 했느냐? 이는 반드시 나를

18_**완연한** : 분명한
19_**황감** : 惶感. 황송하고 감격스러움.

깔보고 업신여기는 짓이다."

하고 부하들을 시켜 모든 중을 한 줄에 결박하여 앉으니, 모두가 겁이 나서 어쩔 줄을 몰랐다. 이윽고 수백 명이 일시에 달려들어 모든 재물을 제 것 가져가듯 하니, 중들이 보고 다만 입으로 소리만 지를 따름이었다.

외출했던 불목한[20]이 마침 그때 돌아오다가 이 일을 보고 관가에 알리니, 합천 원[21]이 관군을 뽑아 그 도적을 잡게 했다. 장교[22] 수백 명이 도적을 쫓다가 문득 보니 송낙[23]을 쓰고 장삼을 입은 중이 산에 올라가 외쳤다.

"도적이 저 북쪽의 작은 길로 가니 빨리 가 잡으시오."

관군들은 그 절의 중이 가르치는 줄 알고 풍우같이 북쪽의 작은 길로 찾아가다가 잡지도 못하고 날이 저문 후에 돌아갔다.

길동은 부하들을 남쪽의 큰길로 보내고 홀로 중의 차림으로 관군을 속여 무사히 소굴로 돌아오니, 모든 부하들이 이미 재물을 가져다 놓고 있었다. 그들이 함께 사례하기에 길동은 웃으며,

"장부가 이만한 재주 없대서야 어찌 여러 사람의 우두머리가 되리오."
했다.

그 후, 길동은 스스로 호를 활빈당이라고 하면서 조선 팔도로 다니며 각 읍 수령이 불의로 모은 재물이 있으면 탈취하고, 혹시 가난하고 의지할 데 없는 사람이 있으면 구제하되, 백성은 침범하지 않고 나라의 재산에는 추호도 손을 대지 않았다. 그래서 부하들은 그 뜻에 감복하였다.

20_**불목한** : 불목하니. 절에서 밥 짓고 물 긷는 일을 맡아서 하는 사람
21_**원** : 員. 조선 시대에, 고을을 다스리던 관원을 두루 일컫던 말. 수령(守令)
22_**장교** : 將校. 각 군영과 지방 관아의 군무에 종사하던 낮은 벼슬아치를 통틀어 이르던 말
23_**송낙** : 예전에 여승이 주로 쓰던, 송라를 우산 모양으로 엮어 만든 모자.

[중략]

하루는 천문[24]을 보다가 놀라 눈물을 흘리기에 주위에서 무슨 까닭으로 슬퍼하느냐고 물으니, 길동이 탄식하면서 말하기를,

"내가 부모의 안부를 하늘의 별을 보고 짐작해 보려고, 지금 하늘을 본즉 부친의 병세가 위중하신지라, 그러나 나의 몸이 먼 곳에 있어 거기에 이르지 못하는구나."

하니 모든 사람들이 슬퍼하였다.

이튿날 길동은 월봉산에 들어가 훌륭한 묘 자리를 구한 후, 묘 닦는 일을 시작하여 석물[25]을 국릉[26]과 같이 하였다. 그러고는 한 척의 큰 배를 준비하여 부하들에게 조선국 서강 강변으로 몰고 가서 기다리라 하였다. 자신은 즉시 머리를 깎고 중의 모습을 갖춘 뒤에 작은 배 한 척을 타고 조선을 향하였다.

이 무렵, 홍 판서는 홀연히 병을 얻어 위중해지자 부인과 인형을 불러 말하기를,

"내가 죽어도 다른 한은 없으나, 길동의 생사를 알지 못하는 것이 한스럽구나. 제가 살아 있으면 찾아올 것이니, 적서[27]를 구분하지 말고 제 어미를 잘 대접해라."

하고 숨이 끊어지니, 온 집안이 슬픔에 잠겨 장사를 치르고자 하나, 묘 터를 구하지 못해 난처하였다.

하루는 문지기가 알리기를,

24_**천문** : 天文. 천체의 운행에 따라 역법(曆法)을 연구하거나, 길흉을 예언하는 일
25_**석물** : 石物. 무덤 앞에 돌로 만들어 놓은 물건
26_**국릉** : 國陵. 임금의 무덤
27_**적서** : 嫡庶. 적자(嫡子)와 서자(庶子). 즉, 본처의 아들과 첩의 아들

"어떤 중이 와서 영위[28]에 조문하려 합니다."

고 했다. 이상하게 여겨 들어오라 했더니, 그 중이 들어와 목을 놓아 크게 우니 모든 사람이 곡절을 몰라 서로 얼굴만 돌아보았다. 그 중이 상주에게 한 번 통곡한 뒤 말하기를,

"형님께서 어찌 아우를 몰라보십니까?"

고 했다. 상주가 자세히 보니, 그 중은 바로 아우 길동이었으므로 붙잡고 통곡하며 말하였다.

"아우야, 그 사이 어디 갔더냐? 아버지께서 평소에 유언이 간절하셨는데 이제사 오니 어찌 자식의 도리가 이러한가?"

상주는 길동의 손을 이끌고 내당에 들어가 모부인을 뵈옵고 춘섬을 상면케 하였다. 한바탕 통곡한 뒤 춘섬이 물었다.

"네가 어찌 중이 되어 다니느냐?"

이에 길동이 대답했다.

"소자가 조선을 떠나 머리 깎고 중이 되어 지술[29]을 배웠지요. 이제 부친을 위하여 좋은 터를 구했으니, 모친은 염려 마십시오."

인형이 크게 기뻐하면서 말했다.

"너의 재주 기이하여 좋은 터를 구했다고 하니 무슨 염려가 있겠느냐."

다음날 길동이 운구[30]하여 제 모친을 모시고 서강 강변에 이르니, 지휘해 놓은 배가 기다리고 있었다. 배에 올라 화살같이 빨리 저어 한 곳에 다다르니, 여러 사람이 수십 척의 배를 대기시켜 놓고 있었다. 서로 반기며 호위하여

28_**영위**: 靈位. 죽은 이의 영혼을 모신 자리. 신위(神位)
29_**지술**: 地術. 풍수설에 따라 지리를 살펴서 묏자리나 집터 따위의 좋고 나쁨을 점치는 술법
30_**운구**: 運柩. 관을 운반하는 일

가니 그 광경이 대단하였다. 어언간 산 위에 다다르자, 인형이 자세히 보니 산세가 웅장하였다. 이에 길동의 지식을 못내 탄복하였다.

일을 마치고 함께 길동의 처소로 돌아오니, 백 씨와 조 씨가 시어머니와 시숙을 맞아 뵈옵는 한편, 인형과 춘랑은 못내 길동의 지식을 탄복하고, 또한 춘섬은 길동이 장성하였음을 칭찬하였다.

그 후 여러 날이 지나자, 인형은 길동과 춘섬을 이별하면서 아버님 산소를 극진히 모실 것을 당부한 후, 산소에 하직하고 길동의 처소를 떠났다.

본국에 이르러 모부인을 뵈옵고 전후 사실을 말씀 드리니, 부인이 신기하게 여겼다.

한편, 길동은 아버님 제사를 극진히 받들어 삼년상³¹을 마치고 난 후, 모든 영웅을 모아 무예를 익히며 농업에 힘을 쓰니, 병사는 잘 조련되고 양식도 풍족했다.

남쪽에 율도국이라는 나라가 있었는데, 기름진 평야가 수천 리나 되어 실로 살기 좋은 나라였으므로, 길동이 늘 마음속으로 그 나라를 차지하려고 생각해 오던 바였다. 모든 사람을 불러 말하기를,

"내가 이제 율도국을 치고자 하니 그대들은 최선을 다하라."

하고는 그날로 진군을 하였다. 길동은 스스로 선봉장이 되고 마숙을 후군장으로 삼아, 잘 훈련된 병사 오만을 거느리고 율도국 철봉산을 다다라 싸움을 걸었다.

율도국 태수 김현충이 난데없는 군사가 싸움을 걸어오는 것을 보고 크게

31_**삼년상**: 三年喪. 부모의 상을 당해 삼 년 동안 거상하는 일

놀라 왕에게 보고하는 한편, 한 부대의 군사를 거느리고 내달아 싸웠다. 길동이 이를 맞아 싸워 한 번의 접전에 김현충을 베고 철봉을 얻어 백성을 달래어 위로하였다. 그리고 정철로 하여금 철봉을 지키게 하고, 대군을 지휘해 움직여 바로 도성을 치는데, 먼저 격서[32]를 율도국에 보냈다. 그 글의 내용은 이러하였다.

"의병장 홍길동은 글을 율도왕에게 부치나니, 대저[33] 임금은 한 사람의 임금이 아니요, 천하 사람의 임금이다. 내 하늘의 명을 받아 병사를 일으켜 먼저 철봉을 파하고 물밀 듯 들어오고 있으니, 왕은 싸우고자 하거든 싸우고, 그렇지 않으면 일찍 항복하여 살기를 도모하라."

왕이 다 보고 나서 소리쳐 말하기를,

"우리나라가 철봉을 굳게 믿거늘, 이제 잃었으니 어찌 대항하랴."

하고는, 모든 신하를 거느리고 항복했다.

길동이 성중에 들어가 백성을 달래어 안심시키고 왕위에 오른 후, 전의 율도왕을 의령군에 봉했다. 또한 마숙과 최철을 각각 좌의정과 우의정으로 삼고 나머지 여러 장수에게도 각각 벼슬을 내리니, 조정에 가득 찬 신하들이 만세를 불러 하례하였다.

왕이 나라를 다스린 지 삼 년 만에 산에는 도적이 없고, 길에서는 떨어진 물건을 주워 가지지 않으니, 태평세계라고 할 만하였다. 왕이 백룡을 불러,

"내가 조선 성상께 표문[34]을 올리려 하니, 경은 수고를 아끼지 말라."

하고 당부를 했다. 그 후 길동은 표문과 편지를 홍 씨 집안으로 부쳤다.

32_**격서** : 檄書. 급히 여러 사람에게 알리려고 여러 곳에 보내는 글
33_**대저** : 大抵. 대체로 보아서. 무릇
34_**표문** : 表文. 임금에게 표(表)로 올리는 글

백룡이 조선에 도착하여 먼저 표문을 올리니, 임금이 표문을 보고 크게 칭찬하였다.

"홍길동은 진실로 기이한 인재로다."

그리고 홍인형을 위로 사신으로 삼아 유서[35]를 내렸다. 인형이 임금의 은혜에 감사한 후 돌아와 모부인에게 임금과 이야기한 내용을 말씀 드리니, 부인이 또한 길동에게 가고자 하였다.

인형이 마지못해 부인을 모시고 출발하여 여러 날 만에 율도국에 이르렀다. 왕은 그들을 맞이하여 향안[36]을 차려놓고 유서를 받은 후, 모부인과 인형을 환대하였다. 산소를 찾아본 후 큰 잔치를 베풀어 즐겼다. 그런데 여러 날이 지난 후 유 씨가 갑자기 병을 얻어 죽으니, 선릉에 쌍장[37]하였다. 인형이 왕을 하직하고 본국에 돌아와 임금에게까지 보고하니, 임금이 모친상 당했음을 위로하였다.

율도왕이 삼년상을 마치니, 대비도 이어 세상을 떠나 선릉에 안장하고 삼년상을 마쳤다. 왕이 삼남 이녀를 낳으니, 장자와 차자는 백 씨 소생이고, 삼자와 차녀는 조 씨 소생이었다. 장자 현을 세자로 봉하고 그 나머지는 모두 군[38]으로 봉하였다.

왕이 나라를 다스린 지 삼십 년에 갑자기 병이 들어 별세하니 나이 칠십이 세였다. 왕비도 이어 죽으니, 선릉에 안장한 후 세자가 즉위하여 대대로 이으면서 태평스럽게 살아갔다.

35_ **유서**: 論書. 관찰사나 절도사·방어사 등이 부임할 때 왕이 내리던 명령서
36_ **향안**: 香案. 향로나 향합 따위를 올려놓는 상
37_ **쌍장**: 雙葬. 둘의 시체를 한 무덤에 묻음.
38_ **군**: 君. 왕의 서자(庶子)를 비롯한 가까운 종친(宗親)이나 공이 있는 신하에게 내리던 존호(尊號)

허균의 「홍길동전」을 다 읽으셨나요?
그러면 작품의 내용을 생각하면서 이 소설의 인물, 사건, 배경 등 여러 요소들에 대한
자신만의 **마인드맵**을 그려 보세요~!

홍길동전

줄거리

홍길동은 홍 판서의 서자로 태어나 어려서 인재가 될 기상을 보였으나, 천생인 탓으로 아버지를 아버지라 부르지 못하고 형을 형이라 부르지 못하는 한을 품는다. 초란이 앞장서 자객을 시켜 길동을 없애려고 하지만 길동은 위기에서 벗어나자 집을 나서 방랑의 길을 떠난다.

그러다 도적의 소굴에 들어가 힘을 겨루어 두목이 되고 기이한 계책으로 해인사의 보물을 탈취한 길동은 활빈당이라 자처하고 팔도 수령들의 불의의 재물을 탈취, 빈민에게 나누어주고 백성의 재물은 추호도 다치지 않는다. 함경감사를 비롯하여 팔도가 다같이 길동을 잡으러 나서지만 도리어 우롱만 당하고 만다. 결국 국왕이 길동을 잡으라는 체포 명령을 전국에 내렸지만 초인간적인 길동의 도술을 당해날 수 없었다. 길동은 오히려 병조판서의 교지를 내리면 잡히겠다는 방을 써 붙여 관가를 희롱한다. 조정에서는 홍 판서를 시켜 회유하고 병조판서를 제수하여 회유하기로 한다. 길동은 대궐 안에 들어와 평생의 한을 풀어 준 천은에 감사하고 공중으로 사라진다.

그 후 길동은 고국을 떠나 남경으로 가다가 산수가 화려한 율도국을 발견한 후 정벌하여 율도국왕이 된다. 마침 아버지가 죽으매 고국으로 돌아와 아버지의 삼년상을 마치고 다시 율도국으로 돌아가 나라를 잘 다스리며 태평성대를 구가한다.

주제

봉건적 계급제도 타파
탐관오리 응징과 빈민 구제
해외 진출과 이상국 건설

●**등장인물**
·**홍길동** : 고난을 극복하는 비범하고 영웅적인 주인공
·**홍판서** : 적서를 차별하는 길동의 부친
·**홍인형** : 길동의 형
·**춘섬** : 모성이 강한 길동의 모친
·**초란** : 길동의 서모로 전형적인 악인
·**특재** : 초란의 하수인

●**갈래** – 고전 소설(한글 소설, 사회 소설, 영웅 소설)

●**배경** – 조선 광해군 시대

●**성격** – 현실 비판적, 이상적

●**출전** – 「홍길동전」(경판본)

모범답 → p. 272

1. 길동이 도적들의 소굴에 들어간 후 해인사의 재물을 탈취한 목적으로 가장 알맞은 것은?( )

① 자신의 뛰어난 능력을 입증해 보이기 위하여

② 부패한 승려들에게 경각심을 일깨우기 위하여

③ 탐관오리들에게 자신의 존재를 알려 주기 위하여

④ 자신이 재상가의 자제임을 증명해 보이기 위하여

⑤ 도적들의 의식을 깨우쳐 착한 백성들로 만들기 위하여

2. 홍길동이 벌였던 의적 활동은 어떤 점에서 모순된 행동일까요?

....

....

01 운수 좋은 날
1.④ 2. 속되고 거친 말투를 있는 그대로 사용함으로써 하층민의 밑바닥 인생을 사실감 있게 보여주고, 이를 통하여 현실을 고발하고자 했기 때문이다.

02 붉은 산
1.④ 2.'붉은 산'과 '흰 옷'과 조국애, 또는 조국 산하와 우리 민족에 대한 향수를 상징한다. 특히 '붉은 산'은 일제에게 수탈당한 식민지 조국의 비참한 모습을 상징한다.

03 산
1.③ 2.묘사 중심의 서정적인 요소만을 강조함으로써 사건, 갈등, 성격 표현 등 소설이 기본적으로 갖춰야 할 서사성이 부족하다.

04 돌다리
1.④ 2.땅이란 천지만물의 근거야.

05 학
1.⑤ 2.두 친구 사이를 갈라놓았던 이념의 갈등을 극복하여, 우정이 회복되고 전쟁의 상처가 치유되고 있음을 상징한다.

06 쑥 이야기
1.② 2.모녀의 생계를 유지해 주는 수단이면서 동시에 그들의 궁핍과 고통을 의미한다.

07 학마을 사람들
1.④ 2.무너져버린 마을 공동체의 전통과 질서를 회복하려는 마을 사람들의 희망과 의지를 상징한다.

08 수난이대
1.⑤ 2.팔을 잃은 만도가 다리를 잃은 진수를 업고 외나무다리를 건너듯이, 남북한이 서로 상대방의 아픔을 이해하고 도우면서 민족 분단의 비극을 극복해 나가야 한다.

09 요람기
1.③ 2.과거를 회상하는 어투와 간결한 문체로 이루어져 있다.

10 박씨전
1.① 2.병자호란이라는 역사적 사건을 배경으로 하고 있으며, 역사적 실존 인물(이시백, 임경업, 용골대, 용홀대 등)을 등장시킨 점 때문이다.

11 심청전
1.④ 2.심 봉사가 제의적 행위로 눈을 뜰 수 있다고 믿는 것, 뱃사람들이 인간을 제물로 바쳐 제사를 지내는 행위 등이다.

12 홍길동전
1.① 2.의적 활동도 본질적으로는 남의 재물을 빼앗는 도둑질이라는 점이다.